跨文化视野下
中西经典文学翻译研究

白晶 姜丽斐 付颖 著

吉林大学出版社

图书在版编目（CIP）数据

跨文化视野下中西经典文学翻译研究 / 白晶，姜丽斐，付颖著．一长春：吉林大学出版社，2018.4
ISBN 978-7-5692-2264-7

Ⅰ．①跨… Ⅱ．①白… ②姜… ③付… Ⅲ．①文学翻译—研究 Ⅳ．① I046

中国版本图书馆 CIP 数据核字（2018）第 108559 号

书　　名：跨文化视野下中西经典文学翻译研究
　　　　　KUA WENHUA SHIYE XIA ZHONG-XI JINGDIAN WENXUE FANYI YANJIU

作　　者：白　晶　姜丽斐　付　颖　著
策划编辑：朱　进
责任编辑：朱　进
责任校对：冯莉娜
装帧设计：贺　迪
出版发行：吉林大学出版社
社　　址：长春市人民大街 4059 号
邮政编码：130021
发行电话：0431-89580028/29/21
网　　址：http://www.jlup.com.cn
电子邮箱：jdcbs@jlu.edu.cn
印　　刷：北京市金星印务有限公司
开　　本：787mm×1092mm　　1/16
印　　张：13.75
字　　数：210 千字
版　　次：2018 年 8 月第 1 版
印　　次：2018 年 8 月第 1 次
书　　号：ISBN 978-7-5692-2264-7
定　　价：50.00 元

前　言

　　中西跨文化交流主要指中国主流文化和西方主流文化之间的交往、传播和互动。一个民族最主要的文化来自经典文化作品的传承与发展传播,在跨文化交流中,经典文学作品的翻译至关重要。经典文学作品的翻译研究是中西文化交流和融合的主要动力,中国与其他国家、民族的文化交流是中国文化发展的重要动力。回顾中国数千年的社会发展变迁史,可以看到文学翻译活动已经影响渗透到其文化发展的各个方面。离开了这些文学翻译活动,我们就很难真正写出一部完整的中国社会文化文学史,也无法梳理清楚数千年来的中外文化与文学交流史。与此同时,西方文学经典作品也随着西方传教士的翻译流入中国。

　　中西方经典文学翻译的发展是人类文明发展史上一个具有共性的文化交际行为,是一个与译入语民族、国家的社会、政治、文学、意识形态、诗学观念等都有着密切关系的文化交往行为。

　　本书分八章对跨文化视野下的中西经典文学翻译这一主题进行阐述。首先,第一章从宏观的角度对中西翻译思想、理论的演变轨迹进行梳理,并且对中西方翻译的未来进行展望。第二三章主要突出了文学翻译的类型、审美等方面,不仅分析了文学翻译的影响,还阐述了文学翻译的译者艺术风格。第四五章以跨文化为主旋律,分析多维与跨文化传播视角下的中西方文学翻译的属性与功能等多个方面。第六七章以中国文学翻译的代表人物——林纾、张爱玲为主题,对林纾与张爱玲的文学作品以及文学翻译思想进行研究与探索。第八章为全书的最后一个章节,主要写了中西方文学史上的文学巨匠,并对他们翻译的经典作品进行赏析。

　　本书是由白晶、姜丽斐、付颖三位老师合著而成。哈尔滨金融学院的白晶老师负责撰写了第二章和第五章,大约 6 万字;黑龙江大学的姜丽斐撰写第一章和第三章,大约 5 万字,牡丹江师范学院的付颖负责撰写了第四、六、七、八章,大约 5 万字。

本书是牡丹江师范学院科研项目青年项目课题:新丝路背景下中华典籍英译问题与策略研究(QN2018022)的阶段性成果。

本书在撰写过程中得到了许多同仁、专家和朋友的关心与支持,同时也参考了许多前人的研究成果和专业书籍等资料,在此一并向有关人员致以诚挚的谢意。由于作者水平有限,书中难免有不妥之处,在此肯请同行不吝赐教。

目 录

第一章　中西方文学翻译与文化交流 …………………………………… 1

第一节　我国对西方社科经典的翻译 ………………………………… 1

一、清末民初我国对西方社科名著的翻译 ………………………… 1

二、20世纪五六十年代我国对俄苏、东欧社会主义国家文学的翻译
………………………………………………………………………… 4

三、新时期我国对现代西方各种思潮流派著作的翻译 ………… 8

第二节　西方对中国文化典籍的翻译 ………………………………… 11

一、西方各国对中国古代文化典籍的翻译 ……………………… 11

二、西方各国对中国古代文学名著的翻译 ……………………… 15

第三节　我国新时期以来对外国文学的翻译 ……………………… 21

一、新时期外国文学翻译概述 …………………………………… 21

二、新时期我国对世界文学经典名著的翻译出版的特点 ……… 22

第四节　中西方的翻译思想与理论 ………………………………… 25

一、西方的翻译思想与理论 ……………………………………… 25

二、中国的翻译思想与理论 ……………………………………… 31

三、中西方翻译思维的差异 ……………………………………… 36

第五节　中西方翻译的现状与未来展望 …………………………… 41

一、中国翻译事业的历史与发展 ………………………………… 41

二、西方翻译事业的历史与发展 ………………………………… 45

第二章　多维视角看翻译 …………………………………………… 48

第一节　英汉语言与文化对比 ……………………………………… 48

一、中西方翻译发展历程对比 …………………………………… 48
二、英汉语结构歧义的分析与排除 ……………………………… 51
三、基于语言文化对比角度看翻译 ……………………………… 53
第二节　基于语言文化对比角度看翻译 ………………………… 55
一、语言文化对比 ………………………………………………… 55
二、文化与翻译对比 ……………………………………………… 55
第三节　现代文化视角下的英语翻译 …………………………… 59
一、中国文化视角下的比较文学 ………………………………… 59
二、翻译与文化 …………………………………………………… 69
三、翻译过程中的文化融合与碰撞 ……………………………… 70
四、文化的差异与翻译 …………………………………………… 70
第四节　现代审美视角下的英语翻译 …………………………… 73
一、翻译美学理论 ………………………………………………… 73
二、中国传统翻译美学的现代含义 ……………………………… 74
三、翻译美学的主题论 …………………………………………… 79
第五节　生态翻译学研究 ………………………………………… 80
一、生态学与生态翻译学思想 …………………………………… 80
二、生态翻译学的现状 …………………………………………… 89
三、公示语与生态翻译学 ………………………………………… 90
四、宏观视角下的生态翻译学体系 ……………………………… 96
五、微观视角下的生态翻译学体系 ……………………………… 99
六、生态翻译学的理论应用 ……………………………………… 102
第三章　中西方文学翻译的类型 ……………………………… 109
第一节　散文翻译 ………………………………………………… 109
一、散文翻译的原则 ……………………………………………… 109
二、散文翻译实践与讲评 ………………………………………… 110
第二节　小说翻译 ………………………………………………… 113
一、小说翻译的原则 ……………………………………………… 113
二、小说翻译实践及讲评 ………………………………………… 114

　　第三节　戏剧翻译 …………………………………………… 117

　　　一、戏剧翻译的原则 ……………………………………… 117

　　　二、戏剧翻译实践及讲评 ………………………………… 118

　　第四节　诗歌翻译 …………………………………………… 121

　　　一、诗歌翻译的原则 ……………………………………… 121

　　　二、诗歌翻译实践及讲评 ………………………………… 122

第四章　中西方文学翻译的风格与审美 ……………………… 128

　　第一节　文学作品宏观层面风格 …………………………… 128

　　第二节　文学作家的艺术风格 ……………………………… 129

　　　一、作家人格与风格的再现 ……………………………… 130

　　　二、作品语言风格的再现 ………………………………… 130

　　第三节　文学译者的风格 …………………………………… 132

　　　一、译者的审美趣味 ……………………………………… 132

　　　二、译者风格与作者风格的关系 ………………………… 133

　　　三、译者对原作风格的再现 ……………………………… 133

　　第四节　文学翻译的审美客体 ……………………………… 134

　　　一、文学作品的意象美 …………………………………… 134

　　　二、文学作品的艺术真实 ………………………………… 135

第五章　跨文化多维视角下的文学翻译 ……………………… 138

　　第一节　交际理论与文学翻译 ……………………………… 138

　　　一、交际理论概述 ………………………………………… 138

　　　二、动态对等与功能对等 ………………………………… 139

　　　三、文学翻译：跨文化的交际行为 ……………………… 139

　　第二节　解构主义视角下的文学翻译 ……………………… 140

　　　一、解构主义及其翻译观 ………………………………… 140

　　　二、解构主义翻译思想对翻译理论与实践的启示 ……… 141

　　　三、解构主义对文学翻译的阐释 ………………………… 142

　　第三节　阐释学视角下的文学翻译 ………………………… 143

　　　一、阐释学概述 …………………………………………… 143

二、理解即翻译 ··· 145

三、文学翻译中的视域融合 ······························ 145

第四节　全球化语境下的文学翻译 ························ 147

一、文学翻译的文学性与文化性 ······················· 147

二、文学翻译的文学性与科学性 ······················· 148

第六章　跨文化传播视角下的文学翻译 ················ 151

第一节　国内外翻译与跨文化传播学 ··················· 151

一、国外翻译结合跨文化传播学 ······················· 151

二、国内翻译结合跨文化传播学 ······················· 151

第二节　翻译研究新视野——跨文化传播学 ·········· 153

一、文化的定义、特征 ····································· 153

二、传播的定义与内涵 ····································· 154

三、文化和传播的关系 ····································· 155

四、跨文化传播 ··· 156

五、翻译的跨文化传播属性 ······························ 157

第三节　翻译的跨文化传播功能 ·························· 158

一、翻译是一座跨文化传播的桥梁 ···················· 158

二、文化翻译产生翻译文化 ······························ 159

三、翻译传播的社会文化功能 ··························· 159

第七章　中国近现代文学翻译——林纾 ··············· 161

第一节　林纾的翻译思想 ··································· 161

一、翻译救国 ··· 161

二、开启民智 ··· 162

三、改写原著 ··· 162

四、忠于原著 ··· 164

第二节　林纾的文学翻译策略 ···························· 165

一、语言策略 ··· 165

二、规划策略 ··· 167

三、迎合时代的策略 ·· 169

　　四、认真的翻译态度 ………………………………………… 171

　第三节　林纾文学翻译的贡献 ………………………………… 172

　　一、自由活泼的文言体，促进了语言和文体的变革 ………… 172

　　二、打破传统偏见，提高了小说的地位 ……………………… 172

　　三、首开中西比较文学研究 …………………………………… 173

　第四节　林纾生态翻译学与文学翻译作品 …………………… 173

　　一、生态翻译学视域下的林纾翻译 …………………………… 173

　　二、林纾的文学生态翻译作品 ………………………………… 174

第八章　中国现代女性文学翻译——张爱玲 ………………… 177

　第一节　作家张爱玲的文学翻译与创作 ……………………… 177

　　一、张爱玲的创作对其翻译的影响 …………………………… 177

　　二、张爱玲的翻译对其创作的促进 …………………………… 183

　第二节　张爱玲的女性意识与文学翻译 ……………………… 188

　　一、张爱玲的女性意识 ………………………………………… 188

　　二、在翻译中体现女性意识 …………………………………… 194

　　三、张爱玲的翻译实践与西方女性主义翻译实践的比较 …… 197

　第三节　张爱玲翻译中的文化意识 …………………………… 202

　　一、改写情节 …………………………………………………… 203

　　二、省略人名 …………………………………………………… 204

　　三、译者的文化身份 …………………………………………… 205

　第四节　张爱玲生态翻译学与文学翻译作品 ………………… 206

　　一、翻译生态环境中游离与回归的译者张爱玲 ……………… 206

　　二、女性经验与生态女性主义翻译调和的译者张爱玲 ……… 207

参考文献 ……………………………………………………………… 209

第一章 中西方文学翻译与文化交流

第一节 我国对西方社科经典的翻译

一、清末民初我国对西方社科名著的翻译

19 世纪四五十年代至 20 世纪 20 年代的清末民初时期，以鸦片战争为起始点，一直延续到五四运动之前。西方列强依靠军事力量打开了中国的国门，就在此时中国一些先进的知识分子和政治家也因此而觉醒。在鸦片战争之后，尤其是甲午海战之后，中国先进的知识分子意识到：中国之所以落后，除了因为科学技术的落后，重要的原因是社会观念的陈旧。

翻译——一种"师夷长技以自强"的手段，它的对象也不再仅仅局限于早期的自然科学著作之中，而是逐渐将政治、经济、法律等方面的西方社科名著纳入其中。如，翻译的书有"西国章程之书"（法律文献）、"穷理格物之学"（主要是社科经典）还有"民史"（农业史、商业史、工艺史）。

在梁启超等维新派人士的倡导下，翻译重心向社科文献乃至社科经典的转移蔚然成风。《游学译编》《译书汇编》等译界刊物，商务印书馆、大同译书局以及文明书局等出版机构，广泛参与到社科名著的翻译中来。就译者而言，熊月之认为：西学东渐的历史，也是中国造就自己翻译人才的历史，他曾做过系统的分类论述。晚清中国译才，可以分为三类：第一类是中述人才，即与传教士等西方合作翻译时担任笔述

工作的人，如李善兰、王韬、徐寿等，这一类所谓的"中述人才"主要翻译的还是自然科学文献；第二类则是西译类人才，也就是说自己通晓西文，能够独立开展翻译的工作，此类人才中，最早的是林则徐的幕僚袁德辉，最出名的是严复、周桂笙、伍光建、马君武等；第三类是日译人才，即从日文转译西文，这一类人数最多，如梁启超、章宗祥、杨廷栋等。后两类主要从事的就是社科经典的翻译。以留日学生为例，他们先后组织了大量的前所未有的翻译团体，如译书汇编社、东新译社、闽学会、湖南翻译社、会文学社、教科书译辑社、国学社等，主要翻译日译本的西方著作和日文著作，这些译介的西书多是政治、法律方面的。

作为清末很有影响的资产阶级启蒙思想家、翻译家和教育家，严复被誉为中国近代史上向西方国家寻找真理的"先进的中国人"之一。严复是当时翻译西方社科名著的译者中著述最精、贡献最大、影响也最为深远的译者。胡适指出"严复是介绍近世思想的第一人"。

梁启超更多是将西方先进的社会思想引入中国，这一行为对社科经典的翻译起到了推动的作用。梁启超在旅日期间先后创办并主编了《新民丛报》和《新小说》，大力宣传西方新的哲学、政治和文化思想。随着有识之士的倡导和翻译家的译介，笛卡儿、康德、孟德斯鸠、卢梭、伯伦知理、达尔文、边沁、亚里士多德、培根等近代西方的自由、文明、科学、民权、进化等概念和思想，都陆续传入中国。

马君武是继梁启超和严复两位之后，译介较多西方社科经典名著的翻译家。马君武以诗歌翻译而享有盛名，但他在从事诗歌翻译的同时也翻译社科经典。马君武于 1902 年在日本创办并主编《翻译世界》，同年起陆续翻译了《斯宾塞女权篇达尔文物竞篇合刻》《法兰西今世史》《赫克尔一元哲学》《达尔文物种由来（第 1 卷）》（又名《达尔文天择篇》）等许多名篇。

以章太炎、杨荫杭为代表的优秀旅日翻译家也通过翻译日文译本对西方的社科思想给予译介，列如，章太炎翻译的《社会学》、杨荫杭翻译的《物竞论》等译本，在当时中国社会都产生了一定的影响。

（一）物竞天择、适者生存

这一时期严复所译赫胥黎的《天演论》在当时的中国掀起了最大的波澜，就影响力而言是巨大的。"物竞天择、适者生存"是其中的核心观点，"物竞"是指生物彼此之间的"生存性竞争"，也就是说优秀的品种将会战胜劣势的物种，强大的品种将会战胜弱势的物种；"天择"就是自然选择，自然淘汰。生物就是在"生存竞争"和"自然淘汰"的过程中演进进化的。而由于清政府的腐败无能，当时的中国在鸦片战争，尤其是中日甲午战争之后国力贫弱、民生凋敝，一步步陷入被殖民、被奴役的泥沼。以强者的姿态出现，在竞争中立于不败之地，才能改变这种"落后就要挨打"的局面。"物竞天择、适者生存"成为了让中国摆脱国弱民穷状况的一剂良药。

严复在翻译斯宾塞的《群学肄言》和赫胥黎的《天演论》过程中，也受到了社会达尔文主义潜移默化的影响。他宣传"物竞天择，适者生存"的自然进化规律，号召国人团结互助，奋起抗争。这一思想成为当时救亡图存、维新变法的重要理论根据。

当时正在求学时期的鲁迅、陈独秀、胡适等人都深受《天演论》精神的影响。当然这种影响绝不仅限于少数几个具有进步思想的青年中间。胡适暗合《天演论》中"适者生存"这一理念，并改名为胡适之。

（二）个人自由、民族独立

近代西方哲学家笛卡儿、霍布斯、培根、康德的著作中都蕴藏着自由的思想，法国大革命前弥漫着的自由思潮在卢梭的著作中有所体现，英国的穆勒、边沁、斯宾塞都倡导自由主义。穆勒有两种自由观：一是有界限的自由，即行为自由，以不害于他人为准则；二是无界限的自由，人民不但要获得学术思想的自由（议论和著述的自由），还要有宗教信仰的自由。

梁启超阐明了个人"自由"和国家"自主"之间的关联。个人自由是国家自主的基础，国家自主能够确保个人自由得以实现，两者相互依存。他所关注的不仅仅是个人的"平等"和"自由"，也包含国家的"独立"和"自主"。

（三）民主思想、平等意识

民主是保护人类自由的一系列原则和行为方式，它是自由的体制化表现。

在翻译《法意》和《群学肄言》的过程中，孟德斯鸠的"君主立宪"思想和斯宾塞的"三育"思想对严复产生了潜移默化的影响，这两种思想成为他提出的"三民"思想的主要来源。严复在《原强》中创造性地提出"自由为体，民主为用"的口号，明确阐释了民主和自由的依存关系以及对于中国国民素质提高的指导意义。严复于1895年提出鼓民力、开民智、新民德的"三民"思想。所谓鼓民力，就是要有健康的体魄；所谓开民智，主要是以西学代替科举；所谓新民德，是指倡导废除专制的统治，实行君主立宪制度，最终实现"尊民"愿望。

洋务运动时期，在"中学为体、西学为用"思想的指导下，人民明白依靠清政府转换自身体制、自上而下的社会改革被证明是行不通的。因此，普通民众日益成为关注的焦点，人们转而关注自下而上的这种对于国民性的根本改造的这种思想领域的变革。人人有自主权利，人人皆平等。在民权与国权关系上，民权是国权的根基。只有人人具有权利，才能确保一国的权利。

马君武在《＜民约论＞译序》《＜法兰西今世史＞译序》等文中对卢梭的民主思想也予以高度关注。马君武对于"主权在民"的推崇和对自由平等的关照等思想也都受到了《民约论》的影响。社会契约思想中的民主和平等思想直接化为近代中国追求民主革命、创立共和的思想原则。

"德先生"和"赛先生"更是成了新文化运动后引领进步思想的青年学生的旗帜。清末民初民主观念在严复、梁启超和马君武等人以译介为契机加以推动与这一理念的提出不无关系。

二、20世纪五六十年代我国对俄苏、东欧社会主义国家文学的翻译

20世纪五六十年代，主要是指中华人民共和国成立至"文化大革命"爆发前的十七年。俄苏文学是指俄罗斯文学和苏联文学的合称。

　　译界对于苏联文学采取的是全盘接受的态度,所翻译的主要有法捷耶夫、肖洛霍夫、高尔基、马雅可夫斯基、奥斯特洛夫斯基等著名苏联作家的作品,但也不乏二三流的作家作品。在俄苏文学中,以苏联文学为重中之重,这与当时中国在政治上对苏联的盲目崇拜有关。在所有译介作品中,高尔基的作品译介得最多,他的自传体小说三部曲《童年》《在人间》《我的大学》也是一版再版,仅1956年到1964年之间就出版了十四卷《高尔基选集》。肖洛霍夫的四卷本长篇诗史小说《静静的顿河》经修改重译后,在当时国内的读书界风靡一时。奥斯特洛夫斯基的《钢铁是怎样炼成的》在中国的发行量达几百万册,堪称出版发行史上的奇迹。除了知名作家的作品,比科斯莫捷米扬斯卡娅的《卓娅和舒拉的故事》,留科夫的《海鸥》等书的译作,也得到了中国读者的青睐。

　　俄罗斯作家作品的翻译主要集中在19世纪俄罗斯经典作家的作品上。俄罗斯文学作家作品的翻译较之苏联文学的作品显得要少许多,但较之欧美国家的文学作品,其翻译出版的总数还是要多得多。鲁迅译的果戈理的长篇小说《死魂灵》于1952年果戈理逝世100周年之际,由人民文学出版社再版,同时出版的还有果戈理的喜剧剧本《钦差大臣》,《普希金文集》在1949—1957年曾再版过10次,契诃夫的作品也是译介的热点,他的戏剧《万尼亚舅舅》不仅被译成中文,在1954年契诃夫逝世50周年之际还得以在中国上演。除此之外,屠格涅夫的长篇小说《罗亭》《父与子》及作品特写集《猎人笔记》也都得以出版,还有《屠格涅夫戏剧集》(李健吾译)在1951—1954年间分四卷出版。

　　这一时期对于东欧社会主义国家文学的译介主要集中在反映民族独立、体现爱国主义精神的作品方面。波兰、捷克斯洛伐克和匈牙利三国知名作家占的比重最大。引入的捷克斯洛伐克作家及作品主要有伏契克及其代表作《绞刑架下的报告》、哈谢克及其代表作《好兵帅克》等。作为匈牙利作家的杰出代表,裴多菲的长篇叙事诗《勇敢的约翰》和诗选也数次再版。对于波兰作家作品的译介,则主要集中在密茨凯维支、显克维支两位作家。孙用译的《密茨凯维支诗选》在1954年和

1958 年先后出版和再版。

从整体上看,这一时期的译作以苏联文学为主体,辅之以东欧社会主义国家文学和俄罗斯文学。苏联文学所传递的文化价值主要体现在牺牲奉献精神、爱国主义和革命英雄主义三个方面,俄罗斯文学的译介给中国人带来了人道主义和批判精神,而东欧文学则更多是激起了刚刚建立新中国的中国人民更为强烈的自由意识和民族独立。

(一)爱国主义、革命英雄主义和牺牲奉献精神

苏联文学是以牺牲奉献精神、爱国主义和革命英雄主义为主要特征的,其中有相当一部分反映的是卫国战争时期的英雄人物身上所具有的可贵品质。马雅可夫斯基给中国读者留下深刻印象的是他用以表达苏联人民激昂热情的"阶梯诗",其中最为著名的有长诗《好!》和《列宁》等。高尔基的《海燕》,海燕象征着无产阶级革命先驱者,把海燕放在暴风雨来临之前的大海上,实则是把它放在了俄国革命运动的前夕。长篇小说《钢铁是怎样炼成的》是当时在中国影响最为广泛的一部苏联文学作品,小说主人公保尔·柯察金的名言"把我的整个生命和全部精力,都献给了这个世界上最壮丽的事业——为了人类的解放而斗争"激励了数以百万计的中国青年读者。《卓娅和舒拉的故事》中的卓娅绝不屈从于法西斯淫威,最终被处死,她的弟弟舒拉在姐姐死后屡建功勋,最终也牺牲在自己的工作岗位上。当然,东欧社会主义国家文学也不乏革命英雄主义和牺牲精神的典范,捷克斯洛伐克作家伏契克的《绞刑架下的报告》也是这种精神的集中体现。

书中英雄人物所代表的牺牲奉献精神、革命英雄主义和爱国主义理想成了无数中国青年的人生价值取向,这些作品在当时中国读者中广为传播,影响了几代中国的热血青年。不知有多少青年在《钢铁是怎样炼成的》《卓娅和舒拉的故事》《海鸥》《勇敢》等作品中受到教育。

(二)民族自由意识

民族自由意识的传播主要有赖于东欧社会主义国家文学在中国的译介。连绵不断的战争带来政权的频繁更迭,这些国家的人民始终是以弱小民族的面貌出现,长期被西方列强所压制,有的甚至长期处于殖民地状态。东欧社会主义国家处于欧洲帝国主义列强的包围之中,是欧、

亚、非三洲交界的咽喉地带,其中罗马尼亚、保加利亚、阿尔巴尼亚以及前南斯拉夫所处的巴尔干半岛更是有相当重要的地理位置。地理位置的特殊性决定了东欧各社会主义国家成了大国争相抢占的战略要地。历史上的磨难锻造出他们坚强的精神力量,锤炼了这些国家人民的意志,争取民族自由的意识在这些国家的普通民众间世代相传。

《密茨凯维支诗选》收录了《给波兰母亲》《青春颂》等这样一些名篇,奴颜媚骨的波兰贵族、坚贞的革命者以及残酷的沙俄统治者的形象跃然纸上。匈牙利诗人裴多菲的著名诗作《自由与爱情》中写到的"生命诚可贵,爱情价更高,若为自由故,两者皆可抛"将这种情绪生动形象地诉诸笔端。显克维支的《火与剑》《洪流》《伏沃窦约夫斯基先生》三部曲,分别描述了波兰抵抗俄国、瑞典封建主及土耳其——鞑靼人入侵的斗争。所有这一切都足以说明他们的作品和其中所呈现的民族自由意识能在刚刚赢得国家独立的中华大地上引起中国人民的共鸣的原因。

"弱小民族""被损害民族"不过是对生活在该地区各民族岌岌可危的生存状态的客观呈现。东欧社会主义国家的文学作品被周作人、鲁迅等新文学作家归入"被损害民族的文学"之列。实际上,民族自由意识、爱国主义理想在所有这些翻译过来的东欧作家的作品中都有明显的表现,并不仅仅局限于裴多菲和密茨凯维支的作品。

（三）批判精神和人道主义精神

中华人民共和国成立之初,除了以理想主义和英雄主义为主线的革命文学之外,也译介了相当数量的批判现实主义作品,以此来暴露现实生活中的问题,所体现的主要是一种批判精神。这种精神在俄国作家契诃夫、果戈理和捷克斯洛伐克作家哈谢克的作品中有较为集中的体现。契诃夫的代表作《装在套子里的人》和《变色龙》讽刺、揭露的不仅仅是一个因循守旧的胆小鬼和一个见风使舵的警察,更是那个穷凶极恶的沙皇专制主义,是那个崇拜官爵的俄国社会。果戈理的剧本《钦差大臣》和长篇小说《死魂灵》将谄媚钻营的官吏、形形色色贪婪愚昧的地主以及广大农奴的悲惨处境等可怕的现实揭露得淋漓尽致。

鲁迅对果戈理的评价是"以不可见之泪痕悲色,振其邦人",果戈理高超的讽刺艺术使他得到了鲁迅的推崇。契诃夫对于中国作家的影响也较为明显。秦牧也曾说：“三大小说家的作品给我很大的启迪，特别是契诃夫，两千字的篇幅也能写得那样生动、细腻和准确，写短容易，但要写得既短又好就难了。”

人道主义精神始终是贯穿俄国文学的，19世纪俄罗斯文学如此，20世纪苏联文学亦复如此。《普希金文集》中不乏“小人物”和“多余人”等现实生活中的普通人。屠格涅夫的作品不仅关注农民，还关注“新人”（新一代的平民知识分子）和“多余人”（贵族知识分子）。即便是《钢铁是怎样炼成的》一书中也有保尔和冬妮亚的爱情，但这一传统在20世纪50年代中期以前，人们却始终视而不见，这一状况直至1956年“解冻文学”时期的苏联文学步入高潮期后才有所改善。尼古拉耶娃的《拖拉机站站长和总农艺师》、肖洛霍夫的《一个人的遭遇》、爱伦堡的《解冻》都被译成中文。“解冻文学”关心人的命运，加强对人物心理的描写，反对公式化和概念化倾向。英雄人物开始让位于普通小人物。在这一思潮的影响下，中国文学界出现了一个昙花一现的“百花文学”，前后持续了一年左右的时间，但很快就衰落下去。

三、新时期我国对现代西方各种思潮流派著作的翻译

现代西方社会思潮可谓观点纷杂、学派林立，其中包括存在主义、西方马克思主义、意志主义、弗洛伊德主义、新康德主义、实用主义、功利主义、唯科学主义等。这些思潮在20世纪二三十年代由康有为、梁启超等资产阶级改良派介绍传入中国，被当成反帝、反封建专制的利器。后来，在改革开放之后的新时期这些思潮又得到重新审视。

同时，社会思潮所以能引起社会共鸣，与其价值取向的目标性分不开。一种思想只有与相当数量社会成员追求的目标相关时，在反映相当数量社会成员的意愿，才能形成一种具有吸引力的思潮……由此可见，社会思潮总是和价值取向相关的，现代西方社会思潮之所以能够在中国掀起波澜，与其精神实质与中国当时国情的契合密不可分。不论是影响的角度还是从译介来看，意志主义、存在主义以及精神分析学派是最值得探讨的流派。

海德格尔和萨特是存在主义的主要代表，该思潮的重要代表著作

是萨特的《辩证理性批判》和《存在与虚无》、海德格尔的《存在与时间》。三联书店于1987年出版了《存在与时间》（陈嘉映、王庆节译）的译本。萨特对于其著作的译介在新时期最早掀起热潮，是存在主义思潮最具影响力的人物。吴格非将萨特作品在新时期的评介分成两个阶段：第一阶段为20世纪70年代末到80年代中期，萨特主要以文学家的身份被介绍给中国读者；第二阶段为20世纪80年代中期至今，哲学界对萨特研究也从单纯地批判走向了认真客观的阐释和分析。1978年1月的《外国文艺》发表了林青翻译的萨特的名剧《肮脏的手》，这是"文化大革命"以后首篇被译介过来的萨特作品。1981年10月，柳鸣九编选的厚达562页的《萨特研究》由中国社会科学出版社印行7000册。在"新时期"所有与萨特有关的书籍中，这是阅读面最广、影响最大的一本，该书出版后很快售罄，于是在1983年7月又加印了3万册。

意志主义的主要代表人物是叔本华和尼采。作为创始人，叔本华最重要的著作之一《作为意志和表象的世界》（石冲白译）在1982年由商务印书馆出版。尼采是继叔本华之后，德国唯意志流派的另一位主要代表。"尼采热"是继"萨特热"和"弗洛伊德热"之后的又一热潮。尼采的主要著作《悲剧的诞生》《查拉图斯特拉如是说》和《看这个人》都有新译出版，每部著作至少有两种译本。《权力意志》《论道德的谱系》和《偶像的黄昏》等著作也首次有了中译本。

此外，在西方马克思主义流派经典著作的译介方面，卢卡奇的《历史和阶级意识》和《社会存在本体论》以及马尔库塞的《现代文明和人的困境》在1989年都有了中译本，人文主义的马克思主义被介绍到了中国。1993年还翻译出版了马尔库塞的《理性与革命》。这些译作的相继出版，在当时的中国社会产生了一定的影响。

在新时期，前两大特点对于中国的影响较大，非理性主义在中国表现为人本主义精神和个性解放意识，对于现代资本主义社会矛盾的剖析，在中国也转化为经济飞速发展过程中对于"异化"的批判。

（一）人本主义精神

萨特的存在主义将"人的存在"作为哲学研究对象，探讨人在世界中的存在,人的价值、意义、自由以及限制等。萨特有一篇名著,题为《存在主义是一种人道主义》,存在主义对于人的关注由此可见一斑。意志主义是一种视意志为最高原则,并用其建构世界、指导人生的哲学思潮。弗洛伊德主义更是将非理性主义夸大为泛性欲主义,片面强调人的本能和欲望等内在生命驱动力。这些思潮共同的"非理性主义色彩"实则从存在价值、本能欲望、意志力量三个不同的角度关注人本身。

虽然这些思潮有极端和片面的倾向和不足,但对于人的关注却在新时期中国对于人主体意识的觉醒起到了决定性作用。萨特的名言"存在先于本质""懦夫使自己成为懦夫,英雄使自己成为英雄",尼采的"我就是尼采,我就是太阳!""上帝死了",弗洛伊德的"本我(id)"和"潜意识"等等,都通过译介使中国读者熟知。人们渴望表达压抑已久的情感,而这种情绪在萨特、尼采和弗洛伊德对于人的关注中获得了最大限度地释放。"自我"和"人道"成了新一代作家关注的焦点。张辛欣的《在同一地平线上》和徐星的《无变奏主题》中都有对于人的存在的关注。还有人指出,在张爱玲小说中可以觅得弗洛伊德主义的踪迹,其中有关于俄狄浦斯情结、本能、个体本能和社会文明之间的冲突等人性要素。

(二)个性解放意识

在中国伦理思想史上,儒家思想中有"重义轻利"的理念,强调"克己""节欲",宋明理学家甚至提出"存天理,灭人欲"。"三纲五常"更是将人们束缚于封建宗法等级之中,使人始终背负着沉重的精神枷锁。中华人民共和国成立以后,马克思主义的道德观也受到了中国传统观念的影响,出现了禁欲主义的倾向,而西方现代社会思潮则反其道而行之,主张个性解放和精神自由。自由是萨特的存在主义、尼采的权力意志和弗洛伊德主义的核心内容。

第二节　西方对中国文化典籍的翻译

一、西方各国对中国古代文化典籍的翻译

（一）《论语》等儒家经典在西方各国的翻译

儒家经典的翻译始于明末清初的传教士,他们在中国传教的过程中发现,儒生集团是中国的统治集团,基督教教义倘若不结合儒家思想,就难以得到广泛的传播。为了消解基督教和儒家思想的冲突,并利用儒家经典为传教服务,以利玛窦为代表的传教士实行了"补儒"与"合儒"的举措,他们主动与中国士大夫来往,还认真攻读和研究中国儒家经典,并将这些经典译为西文出版。意大利传教士罗明坚是来华传教士中最早从事中国古典文献西译的人。早在 1582 年,他就将《三字经》译为拉丁文。在返回欧洲以后,他还将"四书"中《大学》的部分内容翻译成拉丁文并发表。1593 年,利玛窦将"四书",即《大学》《中庸》《论语》《孟子》翻译成拉丁文,寄回意大利出版发行,不过遗憾的是该译本已经遗失。而法国的传教士金尼阁则在 1626 年将"五经",即《诗》《书》《礼》《易》《春秋》译为拉丁文,并附以注解,在杭州出版,然而这些译文也不知去向。1658 年,意大利耶稣会士卫匡国在慕尼黑出版了《中国上古史》。

1687 年,比利时传教士柏应理在巴黎出版《中国贤哲孔子》一书,中文标题为《西文四书直解》,包括《大学》《中庸》《论语》的译文和注解,尚缺《孟子》。这是现存最早的较为完整的儒家经典拉丁文译本,也是 17 世纪欧洲介绍孔子及其著述的最完备的书籍。此书并非一人一时之作,而是几名欧洲传教士多年工作的结晶。

《中国贤哲孔子》的主体部分为《大学》《中庸》《论语》的译文和注解,共 288 页,总题目为《中国之智慧》（*Sapientia Sinica*）。译文的最大特点是力图证明中国的儒家经典著作其实和基督教的教义一致。然而,尽管此书的最初目的是借"译"宣教,给那些到东方传教的人提供帮助,但实际发行后,在社会各界引起了广泛关注和强烈反响,对中

国文化的西传具有客观上的先驱作用。《中国贤哲孔子》对启蒙时期的西方哲学家和思想家的影响尤为突出,法国启蒙思想家大多读过此书。伏尔泰在《风俗论》中介绍孔子学说,资料来源就是柏应理的这本书。孟德斯鸠认真阅读了这部艰涩的拉丁文译著,并做了详细的笔记,他还在笔记中将书中的许多段落译成法文。英国政治家、散文家坦普尔(William Temple)在读过《中国贤哲孔子》一书之后,极为推崇孔子的伦理思想,并将孔子的学说与希腊哲学相提并论。《中国贤哲孔子》是第一部比较完整地向西方介绍中国传统文化的书籍,它的出版具有重大意义。

法国作为18、19世纪国际汉学研究的中心,也产生了不少儒家经典的译本。18世纪法国最大的汉学家宋君荣曾翻译过《诗经》《书经》《礼记》和《易经》。1817年,法国汉学家雷慕沙在巴黎出版了《中庸》译本,该版本共160页,刊有汉文、满文、拉丁文直译本和法文译注,书前有关于孔子道德的评论。

自1843年起,19世纪最著名的英国汉学家理雅各开始主持《中国经典》(The Chinese Classics)的翻译工作,涉及儒家经典九种和道家经典两种,并各自附以原文、注释及长篇绪论。

《中国经典》陆续出版后,在西方引起了轰动,欧美人士由此得以深入了解中国传统文化,理雅各也因在翻译上的成就与汉学研究方面的贡献,在当时国际汉学中心巴黎获得了极高的赞誉。19世纪90年代,理雅各已在牛津担任汉文教授,此时,他再次开始对《中国经典》进行修订。理雅各的《中国经典》可说是影响最为深远的儒家经典译著。

亚瑟·韦利翻译的儒家经典的英译本也具有鲜明的特色,因此影响深远、流传广泛。1937年9月,亚瑟·韦利所译的《诗经》(The Book of Songs)在伦敦出版,共358页。此书出版后曾多次重印,经过修订后,还出过美国版,最近一次重印是在1996年。1938年11月,韦利的《论语》英译本(The Analects of Confucius)在伦敦出版。此书出版后曾多次重印,并于1946年在荷兰再版,在美国也至少有两种版本。韦利在译本"序言"中说明,《论语》的文字似乎显得机械而枯燥,但在翻译时,他已明确地认识到《论语》的文学性,所以他在翻译中尽量体现出《论语》作为文学作品的特征，以满足相关读者的需要。因此，韦利的《论语》译文比较具有现代气息，晓畅易读，文学性较强，其影响超越了汉学研究群体，影响了普通的读者群。

除了拉丁文、法文、英文译本以外，儒家经典在德国和俄罗斯的翻译和研究也十分普遍。20 世纪初的德国著名汉学家卫礼贤就曾译出多种儒家经典，并在欧洲国家得到广泛赞誉。卫礼贤 1899 年来到青岛开始传教生涯，不久，他开始向德语读者译介中国的古典作品，以儒家典籍为主。他在不同报刊上先后发表了节译的《诗经》（1904）、《大学》和《论语》（1905）等。1910 年，他翻译的《论语》全文由德国耶拿的迪德里希斯（Diederichs）出版社出版了第一版。后来，他还翻译出版了《论语》修订版和《孟子》（1914）、《大学》（1920）、《中庸》（1930）等一系列儒家著作的德文译本。由于这些译著，卫礼贤不仅在德国，甚至在整个欧洲都赢得了声誉。

《易经》德译本使卫礼贤享有盛誉，至今已再版 20 多次，成为西方公认的权威版本，相继被转译成多种文字，传遍整个西方世界。瑞士著名心理学家荣格（Carl Gustav Jung）曾高度称赞卫礼贤的德文译本《易经》，认为这一译本在西方是无与伦比的。受到这部《易经》译本的启发，荣格提出了重要的"共时性原则"（synchronicity），并将这种"共时性原则"作为其分析心理学发展的基石。

相比之下，俄罗斯对中国儒家经典的翻译则体现了不同的发展路径。俄国汉学家对中国典籍的翻译自 18 世纪中期开始，初期以翻译满文典籍、史志以及蒙古学书籍为主，后来通过满文逐渐掌握汉语，进而开始儒家经典的翻译。俄罗斯"汉学第一人"罗索欣曾指导学生沃尔科夫翻译了"四书"，这是俄国翻译儒学著作的最早尝试。在儒家经典翻译领域作出开拓性贡献的是罗索欣之后的另一位著名汉学家列昂季耶夫。1782 年，列昂季耶夫首次进行了《易经》的俄译尝试，向俄罗斯人介绍了《易经》中的辩证思想，并分别于 1780 年和 1784 年出版了《大学》与《中庸》。

现当代俄罗斯（苏联）汉学家较为重视中国文学作品，而对儒家经典的翻译相对较少。稽辽拉是当代汉学家中少有的儒学研究和翻译专家。稽辽拉为中俄混血,其学术之路受到两国关系和政治环境的影响,变得十分坎坷。由于他长期无法接触现实问题,因此,只能埋头于故纸堆,研究《论语》等中国古代典籍,最后成为俄罗斯最著名的儒学专家。20世纪末,稽辽拉总结自己毕生的研究成果,开始全面而系统地翻译《论语》。1998年,稽辽拉的《论语》俄译本顺利出版,他因此获得俄罗斯前总统叶利钦颁发的"俄罗斯最杰出的科学活动家"的金质奖章。

(二)《道德经》等道家经典在西方各国的翻译

西方各国对道家经典的研究和翻译也可追溯到来华的传教士。法籍的传教士傅圣泽是较早对道家经典进行研究的西方学者。他曾对两种《道德经》的版本做过笺注,认为"道"是指基督教的造物主"上帝","道"相当于"上帝",也相当于天。傅圣泽对《道德经》的解读方法和主要观点在早期来华的传教士当中是非常普遍的,他们往往寻找一切证据,将中国儒道经典和基督教教义联系起来。

1816年,法国汉学家雷慕沙出版满语本《太上感应篇》的法文译本。该书包含数千个传说、轶事和故事,反映了道教的信仰和习惯,可读性极强。1842年,儒莲实现了老师的理想,出版了全译法文本《道德经》。儒莲在译本中正确地表达了《道德经》的内容,他认为《老子》的"道"和人们的行为、思想、判断、理性是两回事,因此主张采用"自然"一词来理解"道"。这一观点强化了《道德经》作为宗教典籍的作用。当时的大多数汉学家将儒莲译本视为最佳译本。

《道德经》的英文翻译也具有悠久传统。《道德经》的英译本主要包括如下几种:1891年的理雅各译本《道家的经典:道德经》、1934年的韦利译本《道及其威力:道德经以及它在中国思潮中地位的研究》、1963年的陈荣捷译本《老子之道》、1963年的刘殿爵译本《中国经典:道德经》、1977年的林保罗(Paul J. Lin)译本《老子〈道德经〉及王弼注译本》、1989年的陈爱琳(Ellen M. Chen)译本《道德经新译新注》以及1989年的韩禄伯(Robert G. Henricks)译本《老子道德经:新出马王堆本的注译与评论》。在这些译本当中,理雅各译本、韦利译本和韩禄伯译本在各自所处的历史阶段都极具代表性。

韦利的译本于 1934 年在伦敦出版。此书是韦利的著名译著之一，内容包括《前言》《导论》《道德经》译文以及附录短文六篇。韦利在前言中申明，这一译著是为喜爱人类通史的普通读者服务的。书中附录的六篇短文，分别介绍了老子与《道德经》写作的传说、《道德经》的各种中文注释本、阴阳与五行的含义、《道德经》在世界上的影响等方面的内容。值得指出的是，韦利还是一位诗人和文学家，他的翻译往往极富文学色彩，但这部译著中的《道德经》译文却更注重表达老子的哲学思想，而并不注重译注的文学性。

二、西方各国对中国古代文学名著的翻译

（一）《三国演义》在西方各国的翻译

《三国演义》最早的英译文片段是托姆斯（*P. P. Thorns*）所译的《著名丞相董卓之死》，发表于 1820 年。1834 年，德庇时所著的《汉文诗解》收录了他所摘译的《三国演义》。此后，威廉斯（S. W. Williams）摘译的《三国演义》第一回，登载于《中国丛报》（*Chinese Repository*）1849 年版第 18 期。1876 至 1880 年，司登特（C. C. Stent）节译的《孔明的一生》，连载于《中国评论》（*China Review*）杂志。翟理思也翻译了不少《三国演义》片段，分别收录于他不同的著作中。1886 年，阿兰特（C. Arendt）选译了《三国演义》的部分篇目，登载于《北京东方学会杂志》。1902 年，《亚东杂志》的创刊号登载了卜舫济（Hauks Pott）所译的《三国演义》部分内容。1902 年，上海出版的《皇家亚洲学会华北分会杂志》登载了杰米森（A. C. Jamieson）所译的"草船借箭"的故事。1905 年，上海基督教长老会出版社（*Presbyterian Mission Press*）出版了约翰·斯蒂尔（Rov. J. Steele）所译的《三国演义》第四十三回。此外，北京外文出版社出版的英文版《中国文学》（*Chinese Literature*）1963 年第一期也发表有杨宪益和戴乃迭摘译的《三国演义》片段，题为"赤壁之战"（The Battle of the Red Cliff）。

1925 年，上海别发洋行（Kelly&Walsh）出版了邓罗（C. H. Brewilt Taylor）所译的《三国演义》（*San Kuo Chih Yen I*，*or Romance of the Three Kingdoms*），分两卷。长期以来，邓罗译本是《三国演义》

唯一的英文全译本，因此，尽管存在很多错误，还是在西方产生了较大的影响。事实上，对于西方读者来说，这个全译本篇幅太长，人物和情节也过于繁多。因此，该译本在 1959 年重印时，加上了米勒（Andrew Miller）的导言，对于读者欣赏邓罗的全译本起到了一定的帮助作用。

1972 年，张慧文（Cheung Yik——Man）的《三国演义》选译本（*Romance of Three Kingdoms*）在香港出版，译本主要包括赤壁之战的故事。此后的一个《三国演义》英译本则于 1976 年由纽约潘蒂昂图书公司（Pantheon Books）出版，译者为罗慕士。他的译本也是选译，题为《三国：中国的史诗剧》（*Three Kingdoms：China's Epic Drama*），包括原书第二十回至八十五回的内容，涵盖了全书一半多的内容。本书的导言专门针对一般读者，较为通俗易懂。评论者认为，罗慕士译本将《三国演义》译为生动的英语，已足以取代邓罗的译本。

（二）《水浒传》在西方各国的翻译

《水浒传》的法译文出现较早。早在 19 世纪中叶，法国著名汉学家巴赞就摘译了《水浒传》的部分内容。1879 至 1909 年在上海出版了意大利著名汉学家晃德在（*P. Angelo Zottoli*）编译的拉丁文与中文对照五卷本《中国文化教程》，第一卷载有晃德在的《水浒传》拉丁文摘译，内容是武松的故事。1897 年，法国人德·比西（De Bussy）将晃德在编译的《中国文化教程》第一卷转译为法文，其中就包括《水浒传》的摘译。《水浒传》最早的法译文单行本于 1922 年出版，书名为《中国的勇士们》，包括《水浒传》前十二回的全译，全书共 219 页，附有插图。

1978 年，法国伽利玛出版公司出版了《水浒传》一百二十回本的全译本，这是译者谭霞克（Jacques Dars）用了近十年的时间完成的。全书分为两巨册，共 2500 页，译文词汇丰富，语言优美，行文亦生动活泼，能真切地传达出原著的艺术风貌。它被推崇为"世界巨著的一部代表译作"，并获选为 1978 年的最佳读物。由于译本的巨大成功，谭霞克荣获法兰西 1978 年文学大奖。

《水浒传》的英译最早也以片段译文的形式出现。1872 年，香港出版的《中国评论》第一卷载有署名 H. S. 的《一个英雄的故事》，内

容为林冲故事的节译。1901 年出版的翟理思的《中国文学史》在对
《水浒传》进行介绍时,选译了"鲁智深大闹五台山"的故事。1929
年,英国汉学家杰弗里·邓洛普(Geoffrey Dunlop)所翻译的七十回
本《水浒传》的英文节译本在伦敦和纽约同时出版。

《四海之内皆兄弟》这个译本于 1933 年在纽约和伦敦分别出版,
全书共 1,279 页,分为两卷,附有插图,并由伦敦和纽约的不同出版社
多次重印。赛珍珠的翻译主要是直译,但译本的书名却和原书名完全不
同。因此,她选择了孔子的名言"四海之内皆兄弟"作为英译本的书
名,因为这句话反映了梁山好汉所崇尚的道义精神。西方评论界认为,
这一译本文字流畅,但并未充分传达原文的风格。

1937 年,杰克逊(J. N. Jackson)翻译的《水浒传》七十回节译
本由上海商务印书馆出版。全书分为两卷,卷一包括第一至三十回,共
434 页;卷二包括第三十一至七十回,共 435 页。卷一正文前有一百零
八将人名表、梁山以外人名表及施耐庵序,两卷书后都印有"扈三娘活
捉王矮虎"画图。杰克逊这个英译本是用意译的方式译出的。一些美国
评论家指出,尽管在杰克逊的译本中存在很多错误,而且原著的精神和
风味都大大失落了,但有些生动的章节还是译得不错,一百零八将人
名表也对读者的理解有所帮助。杰克逊译本曾于 1953 年、1968 年和
1976 年在英美重印。

《水浒传》的德文翻译也有多种。第一个将《水浒传》的片段文字
译成德文的是鲁德尔斯贝尔格,他的两篇译文分别是关于杨雄和潘巧
云的故事以及武松的故事,都收录于他所编译的《中国小说》一书中,
发表于 1914 年。弗朗茨·库恩在出版《水浒传》译本之前,也于 20 世
纪 30 年代中期发表了三篇德译文。

1927 年,书名《强盗与士兵:中国小说》在柏林出版,共 293 页。
这是七十回本《水浒传》在西方的第一部节译本,在欧美有一定的影
响,我们在前文曾提到,杰弗里·邓洛普就曾将此德译本转译成英文。
1934 年,弗朗茨·库恩翻译的一百回本《水浒传》的节译本在莱比锡
出版,书名《梁山泊的强盗》,共 839 页,1964 年重印。库恩译本采取
意译的方式,是一百回本《水浒传》的自由选译本,译文成功地传达了

原书的精彩之处,在西方有较大影响。

（三）《西游记》在西方各国的翻译

《西游记》的英译数量较多,情况大致如下：

片段译文。《西游记》最早的片段英译文出现于 19 世纪末。1895年,上海北华捷报社（North China Herald）出版了塞缪尔 I. 伍德布里奇（Samuel I.Woodbridge）所译的小册子《金角龙王,皇帝游地府》,包括原著第十回、第十一回的部分内容。翟理思的《中国文学史》一书,在对《西游记》内容进行介绍时,也翻译了原著第九十八回中的一段文字。1905 年,上海北华捷报社出版的《亚东杂志》（*Eastern Asia Magazine*）登载了詹姆斯·韦尔（James Ware）翻译的两段英译文,分别为《西游记》前七回的摘译和第九至第十四回的摘译。1922 年倭讷（Wanner）编著的《中国神话与传说》在伦敦出版,其中第十六章介绍了《西游记》,包括小说主要情节的片段译文。1921 年,卫礼贤编著的《中国神话故事集》于纽约出版,其中包括《西游记》情节的译述。1965 年出版于纽约的《中国文学宝库：散体小说戏剧集》也收录了编者翟楚和翟文伯所翻译的《西游记》第五十九回,登载于 216至 234 页。1966 年,英文版《中国文学》登载了杨宪益和戴乃迭摘译的《西游记》。1972 年,夏志清和白之（Cyril Birch）合译的《西游记》第二十三回登载于白之主编的《中国文学选集》（*Anthology of Chinese Literature*）,题为"八戒的诱惑"（The Temptation of Saint Pigsy）。

几种选译本。《西游记》最早的英译本题为《圣僧天国之行》,于1913 年由上海基督教文学会出版,译者为蒂莫西·理查德（Timothy Richard）。该译本包括前七回的全译和第八回至第一百回的选译,并于1940 年重版。1930 年,海伦·M·海斯（Helen M. Hayes）的一百回选译本《佛教徒的天路历程：西游记》于伦敦和纽约同时出版。1944年,纽约还出版了陈智诚与陈智龙（Chan Christina and Chan Plato）合译的《西游记》英文选译本,弓名《魔猴》,并附有插图。

亚瑟·韦利译本。1942 年,亚瑟·韦利的《西游记》英译本在纽约出版,书名为《猴》（*Monkey*）。韦利的译本准确精彩,流畅可读,大获成功,自 1942 年刊印以来,曾多次重印。此外,韦利还将《西游记》

译为《猴子历险记》，专供儿童阅读。

余国藩译本。1977 年，《西游记》的第一个全译本的第一卷由芝加哥大学出版社出版，译者是著名的华裔汉学家余国藩。余国藩的译本《西游记》共分四卷，现已全部出齐。余国藩的《西游记》英文全译本，受到西方学术界的高度赞扬与肯定。评论家一般认为，余国藩译本忠实于原文而又流畅可读。注释和长篇的导言都为普通读者提供了很多必要的信息，对他们很有帮助。遗憾的是，由于书籍市场和读者心理的变化，余国藩译本始终未能像当年的韦利译本那样受到普通读者的欢迎。

在法国，《西游记》的翻译早在 19 世纪中叶就开始了。当时在巴黎出版的《亚洲杂志》刊出了西奥多·帕维所译的《西游记》，译文后来收录于帕维编译的《故事与小说集》。1912 年，苏利埃·德·莫朗（Soulie de Morant）的《中国文学选》一书在巴黎出版，收录了《西游记》的片段译文。此外，徐仲年编译的法文本《中国诗文选》出版于 1933 年，该书也摘译了《西游记》的两段译文。

《西游记》的德文译介始于卫礼贤编译的德文本《中国通俗小说》一书。该书出版于 1914 年，其中第十七篇、第十八篇、第九十二篇以及第一百篇都与《西游记》内容有关。1946 年，乔吉特·博纳（Georgette Boner）与玛丽亚·尼尔斯（Maria Nils）合译的《西游记》的德文百回选译本于苏黎世出版，书名《猴子取经记》，共 464 页，附有插图。该译本根据韦利的英译本《猴》转译。1962 年，约翰娜·赫茨费尔德翻译的德文选译本《西游记》由格雷芬出版社刊行，共 502 页。

（四）《红楼梦》在西方各国的翻译

《红楼梦》的英译跨越了 170 多年的时间，凝聚了不同译者的艰苦努力，促成《红楼梦》这部中文巨著在英语世界广泛流传。1846 年，英国驻宁波领事罗伯聃将《红楼梦》第六回的一些片段译为英语，译文登载于《正音撮要》（*The Chinese Speaker*）（又称《官话汇编》），由宁波的基督教长老会出版社出版。

乔利译本。在 1892 到 1893 年间，第一个较为系统的《红楼梦》

英文摘译本由香港别发洋行（Kelly&Walsh Ltd）及澳门商务排印局（Typographia Commercial）分别出版第一、二卷，书名为 *Hung Lou Meng* 和 *The Dream of the Red Chamber*。译者为英国驻澳门副领事乔利（H. Bencraft Joly）。

王良志译本（一）。明恩溥（Dr. Arthur Smith）为其撰写序言。这一译本共有 95 章，约 60 万字，主要着眼于宝黛的爱情故事。

王际真译本。1929 年，王际真的《红楼梦》英文节译本由纽约达波德·多伦公司（Doubleday Doran Co.）和伦敦路脱来奇公司（Routledge Ltd.）同时出版，书名为 *Dream of the Red Chamber*。著名汉学家亚瑟·韦利为该译本作序。该译本在 20 世纪 60 年代以前是英语世界主要流通的《红楼梦》译本。

王际真译本（二）。经过近三十年的增补和修订，新译本中加入了大量的细节描写。这个译本共有 60 章，574 页。美国著名诗人和评论家马克·范·多伦（Mark Van Doren）为其作序。该译本流传很广。

麦克休译本。1957 年，《红楼梦》的另一个英译本 *The Dream of the Red Chamber*，由纽约的潘蒂昂公司（Pantheon Books Inc.）出版，伦敦的路脱来奇及克甘公司（Routleledge & Kegan Paul）则于 1958 年出版这一译本，译者为美国的麦克休姐妹（Florence Mchugh and Isabel Mchugh），译本共有 582 页，并于 1975 年由美国格林伍德公司（Greenwood Ltd.）重印。

1973 年至 1980 年，英国汉学家、原牛津大学中文教授大卫·霍克思（David Hawkes）翻译的《红楼梦》前八十回由英国的企鹅出版社（Penguin Group）分三卷出版，书名为 *The Story of the Stone*，三卷的副标题分别为 *The Golden Days*（1973），The Crab——Flower Club（1977），*The Warning Voice*（1980）。1982 年至 1986 年，约翰·闵福德（John Minford）翻译了后四十回，在同一书名下分两卷出版，副标题分别为 *The Debt of Tears*（1982）与 *The Dreamer Wakes*（1986）。

第三节　我国新时期以来对外国文学的翻译

一、新时期外国文学翻译概述

新时期我国对世界文学经典名著的翻译从重印"文化大革命"前已翻译出版的名著开始。1977 年，莎士比亚的《哈姆雷特》《雅典的泰门》，果戈理的《死灵魂》，斯威布的《希腊的神话和传说》，阿拉伯民间故事集《一千零一夜》等五种世界文学经典名著得以重印出版。

1978 年 5 月，为缓解"文化大革命"带来的书荒，原国家出版局组织调动全国出版印刷力量，重印了 35 种中外文学名著，其中包括《悲惨世界》《高老头》《欧也妮·葛朗台》《威尼斯商人》《安娜·卡列尼娜》《艰难时世》《九三年》《契诃夫小说选》《莫泊桑短篇小说选》《易卜生戏剧四种》《鲁滨孙漂流记》《汤姆·索亚历险记》《希腊神话》《一千零一夜》《斯巴达克斯》《牛虻》等 16 种外国文学名著。重印的这些经典名著基本上还是以 20 世纪五六十年代的翻译选择规范为标准，或是被马列经典作家肯定过的具有进步意义的作品，或是政治色彩较少的神话和民间故事，具有"政治上的安全性"。

同年，中宣部批准恢复因"文化大革命"而被迫中断 12 年之久的"外国文学名著丛书"出版计划。该丛书的出版计划由中国科学院文学研究所主持，人民文学出版社、上海译文出版社共同承担出版任务，预计出书 200 种，到 1981 年即出 53 种，最后实出 145 种。丛书选题精良、译笔上乘，几乎囊括了东西方各民族从古代到 19 世纪末的史诗、诗歌、戏剧、小说等体裁的杰作，可谓集精粹之大成。

如果说"外国文学名著丛书"偏向外国古典文学名著的译介，那么从 1981 年起，人民文学出版社及上海译文出版社合作陆续推出的"二十世纪外国文学丛书"则着重介绍了外国的现当代文学作品。该丛书收录《丧钟为谁而鸣》《母与子》《喧哗与骚动》《船长与大尉》《百年孤独》《儿子与情人》等作品百余种，其中相当大一部分为外国现代派作品。

20世纪70年代末80年代初,这些名著一经投放市场即引发读者连夜排队抢购,对长期接触不到外国文学的人们而言,这是"空白之后的一种爆发",它们引发的"阅读的狂欢"至今仍为广大读者津津乐道。

20世纪80年代至今,我国的世界文学经典名著翻译沿着丛书化、系列化的道路发展。各个出版社都推出了自己的名著丛书,如"外国古典文学名著选粹"(人民文学出版社)、"世界文学名著文库"(人民文学出版社)、"世界文学名著珍藏本"(上海译文出版社)、"世界文学名著普及本"(上海译文出版社)、"现当代世界文学名著丛书"(上海译文出版社)、"外国文学名著及续篇丛书"(上海译文出版社)、获"诺贝尔文学奖作家丛书"(漓江出版社)、"世界文学名著经典文库"(中国书籍出版社)、"世界经典名著必读文库"(南方出版社)、"世界文学博览丛书"(河北教育出版社)、"世界传世名著"(延边人民出版社)、"21世纪世界文学名著金库"(延边人民出版社)、"世界名著百部精华"(延边人民出版社)、"纸生态书系·外国文学典藏"(海峡文艺出版社)、"外国文学名家精选书系"(山东文艺出版社)、"中译经典文库·西方文学名著"(中国对外翻译出版公司)、"世界文学名著典藏"(长江文艺出版社)、"世界少年文学名著文库"(中国书店)等。

许多文学名家,如莎士比亚、托尔斯泰、高尔基、陀思妥耶夫斯基、屠格涅夫、普希金、巴尔扎克、易卜生、塞万提斯、果戈理、契诃夫、莱蒙托夫、涅克拉索夫、雪莱、狄更斯、勃朗特姐妹、乔伊斯、歌德、海涅、卡夫卡、莫泊桑、波德莱尔、加缪、泰戈尔、纪伯伦、马克·吐温、索尔·贝娄、纳博科夫、巴尔加斯·略萨、亨利·米勒、索尔仁尼琴、卡尔维诺、库普林、特朗斯特罗姆、川端康成、东山魁夷等的全集、选集在新时期也陆续出版。

二、新时期我国对世界文学经典名著的翻译出版的特点

回顾20世纪70年代末至今的世界文学经典名著翻译出版的历程,我们可以总结出如下特点:

（一）经典的设立标准——由政治意识形态到作品的文学性、艺术性

20世纪五六十年代，强调文学的政治功能一直是我国文艺路线的核心。相应地，在外国文学翻译领域，政治意识形态，即作品进步与否则成为外国文学择取，乃至经典设立的标准。在"社会主义现实主义"标尺下，20世纪50年代成为经典的外国文学作品主要包括以下几类：苏联及东欧社会主义国家文学、限于19世纪现实主义文学的西方古典文学，及被认为是现实主义、进步的，或具有社会主义倾向的20世纪文学，如英国的萧伯纳、高尔斯华绥，法国的罗曼·罗兰、巴比塞、阿拉贡、艾吕雅，美国的辛克莱、德莱塞、斯坦贝克、法斯特、马尔兹，古巴的纪廉，智利的聂鲁达，土耳其的希克梅特，日本的藏原惟人、小林多喜二、德永直、宫本百合子等。政治意识形态标尺不仅确定经典的范围，还以"思想艺术上的'典型化'程度、对劳动者的同情程度、对封建主义和资本主义社会黑暗的揭发程度"等为具体标准划定经典的等级。20世纪50年代末期，随着中苏关系的冷却，苏联文学的地位急剧下降。在"批资""批修"的口号声中，一批作为反面教材供批判用的苏联及西方当代作品得以内部发行。总体而言，20世纪五六十年代，政治意识形态一直左右着外国文学经典的确立、瓦解与经典的等级区分，这样的标准导致我们逐渐走向文化上的自我封闭。到了新时期，主流意识形态话语日益宽松，文艺领域的"百花齐放、百家争鸣"使得作品的文学性、艺术性取代了政治意识形态，成为确立经典的主要标准。自我封闭也为主动开放所取代，新时期世界文学经典名著翻译出版在数量、题材和影响上取得了巨大的突破。

（二）数量——从"书荒"到"书海"

从数量的角度，新时期以来的世界文学经典名著翻译出版从20世纪70年代冰冻复苏时重印的十余本外国文学名著，到始于20世纪70年代末80年代初的几套颇具影响的大型丛书，再到市场经济下各出版社推出的卷帙浩繁的各类丛书，经历了从"书荒"到"书海"，出版丛书化、系列化、多元化的历程。

（三）题材选择——多样化

在题材的选择上，新时期以来的世界文学经典名著翻译出版体现了多样化的特征，表现为经典范围的扩大。从作品的时间跨度上讲，不仅包括世界各国古典文学名著、近代作品，还包括了外国现当代文学的精华；从作品体现的思潮看，不仅包括古典主义、现实主义、浪漫主义作品，还包括 19 世纪中期以来的现代主义和后现代主义作品，现代派的各个流派，如象征主义、表现主义、未来主义、意识流、超现实主义、存在主义、荒诞文学、新小说、垮掉的一代、黑色幽默等在新时期都得到了热情的译介。

（四）世界文学经典名著的影响与接受——古典文学经典让位于现当代文学经典

我国新时期以来对世界文学经典名著的翻译不仅为读者提供了了解世界各国历史的变化、社会思想的演进、文明的发展以及各国文学的源流、继承和发展的宝库，满足了读者的精神需求，丰富了读者的阅读选择，扩大和强化了新时期作家的"世界文学视野"和"世界文学意识"，在文学观念和创作方法方面对新时期的文学创作产生了巨大影响。相较于古典文学经典和 20 世纪以前的浪漫主义、现实主义经典，对新时期文学创作产生影响的主要是各国的现当代文学经典。各国现代主义、后现代主义文学名家的影响超过了浪漫主义、现实主义的经典作家。

新时期以来我国对西方现代派文学、西方通俗文学，以及世界文学经典名著的翻译见证了我国对外国文学的翻译从 20 世纪 70 年代末的"小心翼翼的试探""挑战禁区、走向开放"，到 20 世纪 80 年代填补缺失，再到 20 世纪 90 年代之后进入"世界文学语境化"时期的历程。近几十年来，翻译文学无论在数量、题材还是翻译文学的择取标准上都取得了较大的突破，这体现了新时期文学观念的多元化，也促进了我国与世界各国在更加广阔的范围二，更即时、充分的文化交流。

第四节　中西方的翻译思想与理论

一、西方的翻译思想与理论

（一）西方古代及中世纪时期的翻译思想

对宗教典籍的翻译拉开了西方翻译史的帷幕。然而,最早的《圣经》译本虽然可以追溯到古希腊时期的《七十子希腊文本》,但真正开启西方翻译思想源流的却是罗马人。因为在整个罗马帝国时期,罗马人翻译了大量的希腊文化典籍,而这些翻译实践催生了西方人最初的翻译理念和翻译思想,有人也因此将罗马人推崇为"西方翻译理论（思想）的发明者"。在罗马帝国早期和中期的翻译家中,特别值得关注的有西塞罗、贺拉斯、昆体良以及帝国末期的哲罗姆和奥古斯丁五人。

西塞罗是罗马历史上著名的演说家、政治家、哲学家和修辞学家。在翻译大量希腊文学、政治和哲学著作的基础上,他在《论优秀的演说家》（*Deoptimo genere oratorum*）和《论善与恶之定义》（*De finibus bono rum etmalorum*）两本书中表达了对翻译的看法。他提出,"要作为演说家、而不是作为解释者进行翻译",认为在翻译时"没有必要字当句对,而应保留语言的总的风格和力量"。译者在翻译的时候"不应当像数钱币一样把原文词语一个个'数'给读者,而是应当把原文重量'称'给读者"。因为在西塞罗看来,最优秀的演说家必须能"用其演讲教导、娱乐、感动观众的心灵",因此"作为演说家"进行翻译,其用意就是要求译者在翻译时要考虑读者因素,要考虑翻译文本的接受效果。至于"翻译时没有必要字当句对",这表明西塞罗反对"逐字"翻译,推崇自由翻译。他强调在翻译的时候选词造句要以符合自己的语言也即译入语的用法为准,以便使译文能达到感动读者的目的。在此基础上,西塞罗认为翻译也是一种文学创作。西塞罗推崇创造性的自由翻译,以译文的效果作为追求的目标,他的这一翻译思想可以说开启了西方翻译史上文艺学派的先河,他也因此被称为西方翻译史上第一位翻译思想家。

继西塞罗之后,贺拉斯成为另一位有代表性的翻译思想家。贺拉斯是罗马最著名的抒情诗人、批评家兼翻译家。在翻译观点上,他受西塞罗的影响,同样认为翻译必须避免直译,应该采取灵活的翻译方法。他主张将希腊优秀的诗作翻译改编成戏剧。他认为如果遇到拉丁语中没有的新词,可以通过翻译借用希腊词汇,这样不仅可以满足写作、翻译的需要,同时还可以丰富祖国的语言。贺拉斯的翻译观对后世的影响很大,他在《诗艺》一书中所说的"不要费事以一个忠实的译者逐字翻译"流传甚广,常被后人引用以批评死扣原文、不知变通的翻译。

昆体良也是这个时期重要的翻译思想家。作为著名的演说家和修辞学家,昆体良对翻译的看法主要集中在《演说术原理》一书中。他注意到希腊语和拉丁语两种语言之间在词汇、修辞等方面的差异,但他并不认为这种差异会导致无法传译。在他看来,无论语言、文化间有多大差异,但表达同一思想、观点、情感的途径是多样的,翻译虽然无法获得与原作同样的效果,但可以通过各种手段接近原作。他主张用最出色的词汇翻译希腊作品。原文是诗歌,可以用散文的形式翻译。最后,昆体良还提出"翻译要与原作进行竞争"。他认为翻译也是创作,翻译应该比原作更好,应该超越原作。

在罗马帝国的早期和中期,翻译实践以世俗典籍为主要对象。到了罗马帝国末期,随着基督教在帝国境内获得合法地位,《圣经》翻译成为一股潮流,出现了像哲罗姆和奥古斯丁这样有代表性的翻译实践者和思想家。

哲罗姆生前被誉为罗马神父中最博学的人,他对语法、修辞、哲学、希腊宗教诸多知识领域无一不精通。在任教皇达马苏一世的秘书时,他耗时 23 年,翻译完成了《通谷拉丁文本圣经》。哲罗姆的《通俗拉丁文本圣经》与《七十子希腊文本》一起成为中世纪流传最广、最具有权威性的《圣经》译本,它后来还代替了《七十子希腊文本》成为西方各国民族语《圣经》翻译的第一原本。

在长期的翻译实践中,哲罗姆形成了自己的翻译观。他强调自己翻译的时候并不采用逐字对译的方法,而是采用意译的方法。但他同时也很清楚地认识到,翻译《圣经》这种崇高的宗教文本不宜一概采用意译,而应该主要采用直译,他强调意译应更多地应用于文学翻译中,翻译方法的选择要依翻译文本的类型而定。针对《七十子希腊文本》所标榜的翻译是受到了"上帝的感召",哲罗姆坚持认为,正确的翻译要靠知识,靠对原文的正确理解,而不是靠"上帝的感召"。

罗马帝国晚期另一位与哲罗姆齐名的翻译家就是著名的神学家、作家奥古斯丁。在《论基督教义》等文章中,他发表了对翻译的看法。他提出,一个合格的《圣经》译者必须具备以下三个条件:首先是要通晓两种语言,其次是熟悉并"同情"所译题材,最后是要具有一定的校勘能力,即能够对《圣经》各种不同文本进行对比,以便找出正确的译文。奥古斯丁还提出翻译中应该注意三种不同的风格:朴素、典雅和庄严。他认为这三种风格的取舍主要取决于读者的要求。他还进一步发展了亚里士多德的"符号"理论,指出翻译中必须考虑"所指""能指"和译者"判断"的三角关系。在有关翻译单位的问题上,他认为翻译的基本单位是词,这也反映了他比哲罗姆更倾向于直译。

奥古斯丁与哲罗姆相似的地方在于他们并不是一味提倡比较自由的翻译方法,而是强调根据翻译对象的性质选择翻译方法。这个观点在西方翻译思想史上具有开创性的意义。

在中世纪早期三百年时间里有两位翻译家值得关注,他们是古罗马哲学家波伊提乌和西撒克逊王阿尔弗烈德。波伊提乌出生于罗马显贵之家,受过良好的教育,博学多才,对翻译情有独钟,曾立下宏愿要将亚里士多德所有的作品翻译成拉丁文,甚至还想翻译柏拉图的所有作品。当然,他的宏伟计划并未完全实现。他认为只要将原文的内容完美地传达出来,就可以不用考虑原文的语言形式。

阿尔弗烈德国王是一位学识渊博、勤于翻译实践的学者。他翻译了奥古斯丁的《独语》、波伊提乌的《哲学的慰藉》《英格兰人民教会史》以及教皇格利高利一世的《宗教慰藉》等作品。至于翻译方法,他认为应该"有时采取逐字翻译,有时采取意译",全看译者是否能够"最简洁最清晰地解释原文"。总之,要"采取最易懂的方式将其他语言翻译成英语"。

中世纪末期最著名的翻译理论家是列奥那多·布鲁尼(Leonardo

Bruni，1369—1444年),意大利著名的人文主义者、学者和政治家,他翻译过柏拉图、亚里士多德等希腊哲学家的作品,他是西方翻译史上最早对翻译问题进行专题研究的学者,被称为这个时期对翻译思想贡献最大的人。在"论正确翻译的方法"一文中,他指出,翻译不是一件简单的事情,它的本质是语言之间的转换。因此,要想翻译出优秀的作品,译者必须精通两种语言,尤其是应该对所涉及语言的种种特征有全面的把握,包括修辞特征等。对于有文学特性的作品,译者要能把握原文的韵律和节奏,尤其是原作特有的风格。译者在翻译的时候要全身心投入,努力保留原作的风格。布鲁尼还提出,译者在翻译的过程中"要使自己脱胎换骨",成为原文作者那样,完全保留原文及原作者的风格特征。这个观点透露出西方翻译实践和思想逐渐侧重于文学翻译。

（二）西方文艺复兴时期的翻译思想

多雷是法国文艺复兴时期著名的人文主义者、印刷商、学者和翻译家,他翻译、编辑过《圣经·新约》、弥撒曲、柏拉图的对话录《阿克赛欧库斯》以及拉伯雷的作品。他不仅是一位勤奋的翻译家,同时还是一位杰出的翻译思想家。在"论出色翻译的方法"一文中,他对翻译问题进行了系统的论述。他说,要想翻译得出色,必须做到以下五点:第一,充分吃透原作者的意思;第二,精通所译作品的语言,同时对译语也能熟练应用;第三,切忌做逐字翻译的奴隶;第四,避免生词僻语,尽量使用日常语言;最后,注重译语修辞,让译文的词语安排不仅读起来朗朗上口,听上去也能让人感到愉悦甜美。多雷所列出的翻译五原则包括对翻译的理解、译者对语言的掌握、翻译的方法以及译作的风格等问题,从这个意义上说,这篇论文可视作西方最早的一篇系统论述翻译问题的文章,在西方翻译思想史上占有相当重要的地位。

文艺复兴时期另一位重要的翻译思想家是德国的马丁·路德。如前所述,路德是16世纪德国宗教改革运动的领袖,德语版《圣经》的译者,被公认为是"德国文学语言之父"。他从事翻译的目的很明确,就是要让普通的民众都能读懂《圣经》,从而为他所追求的宗教改革服务。为此目的,路德在选择翻译的语言时坚持一个基本原则,即使用普通民众的语言。

　　文艺复兴之后,西方历史进入了近代时期。从 17 世纪到 19 世纪,西方资本主义获得了充分的发展,社会繁荣,科技发展加速,西方各国之间的文学和文化交流也日趋频繁。这一切都促使翻译活动及翻译思想更加繁荣,这段时期也成为近代西方翻译史上的繁荣发展时期。这一时期具有代表性的翻译思想家先后有英国的德莱顿、泰特勒,法国的于埃、巴特,以及德国的歌德、施莱尔马赫和洪堡。

　　17 世纪是英国翻译活动的高潮时期,涌现出了不少翻译思想家。德莱顿是其中的主要代表人物,被称为 17 世纪英国最重要的诗人、批评家、剧作家和翻译家。1697 年,他翻译的维吉尔的作品出版,这是他最主要的译作。德莱顿在生命的最后一年,即 1700 年,还翻译出版了《古今寓言集》,内容为奥维德、乔里和薄伽丘等人作品的译述。他对翻译的分类在西方翻译思想史上影响甚大。他将翻译分成三类:第一类为逐词译,即将原作逐词、逐行从一种语言转换成另一种语言;第二类为释译,即具有一定自由度的翻译,在这类翻译中,原作者一直留在译者视线内,不会消失,但原作者的遣词造句却不像他所表达意思那样受到译者严格的遵循;第三类为拟译,在这类翻译中,译者享有自由,不仅可以与原文的造句行文和意思不同,而且可以在认为适当的时候将两者都抛弃,只是从原文中撷取一些大概的提示,随心所欲地在原文基础上再度创造。德莱顿在区分三类翻译的基础上进一步分析,他认为翻译时既不能采用逐词译,也不能采用拟译,因为若采用前一种方法,语言之间的差异会导致这种翻译不可能实现,若采用后一种方法,译者竭力美化原作,这种补偿性翻译又太过自由,也背叛了原作的意思。

　　于埃是 17 世纪法国著名的翻译家和翻译思想家。在当时法国译坛自由翻译成为潮流的大趋势下,于埃提出翻译要忠实于原文和原作者。于埃十分重视译文对原文和原文作者的忠实,这里的忠实并非要求译者死扣原文的字句,而是要在兼顾语言流畅的条件下,传达出原作的风格和原作者的风采,这对译者提出了更高的要求。不可否认,他的翻译忠实观对法国译坛盛行的自由翻译之风起到了一定的纠偏作用。

　　(三)西方 18 世纪至 19 世纪的翻译思想

　　18 世纪至 19 世纪,西方翻译活动发生了明显的变化,宗教典籍翻译已经逐渐退潮,圣经翻译的重要性已经大不如从前,取而代之的是翻译大量的文学作品和社科经典。在翻译实践的推动下,西方翻译思想有了大幅度的飞跃,主要表现在翻译思想比较成熟,翻译观点更加系统和多样,既有从传统语言学角度讨论翻译的洪堡,也有从阐释学角度切入翻译问题的施莱尔马赫;既有提出划分翻译种类的歌德,也有提出翻译标准的泰特勒。可以说,正是从这个时期开始,西方翻译理论思维进入萌芽阶段。

歌德是享誉世界的文学巨匠,精通拉丁语、希腊语、法语、英语、西班牙语等。歌德对翻译有独特的见解,他认为翻译的重要性是显而易见的,译者是"人民的先知"。关于翻译的方法,歌德认为朴实无华的翻译是最恰当的翻译,而自由翻译则无法传达出原作的精髓。

同时期德国另两位重要的翻译思想家是施莱尔马赫和洪堡。施莱尔马赫是德国著名的神学家、哲学家,也是探索阐释学理论的第一位学者。1813 年 6 月 24 日,他在柏林德国皇家科学院做了题为"论翻译的不同方法"的演讲,这篇演讲整理成文字后成为翻译研究领域的一篇具有标志性意义的论文,在文中他表达了如下一些翻译观点:

首先,施莱尔马赫区分了"真正的翻译"和"纯粹的口译"。作为西方第一个做此区分的人,他认为"纯粹的口译"主要指从事商业翻译,是一种十分机械的活动,可以实践,但不值得为之付出特别的学术关注。

其次,施莱尔马赫将"真正的翻译"进一步区分为"释译"和"模仿"。前者主要指翻译科学或学术类文本,后者主要指处理文学艺术作品。两者的主要区别在于:释译要克服语言的非理性,这种翻译如同数学的加减运算一样,虽然机械但可以在原文和译文之间达到等值,而模仿则利用语言的非理性。这类翻译虽然可以将文字艺术品的摹本译成另一种语言,但无法做到在所有方面都与原文精确对应。

他的这一思想后来被美国翻译理论家韦努蒂所采用,发展出了翻译的归化与异化理论,在当前中外翻译界引起了极大的关注和回应。

二、中国的翻译思想与理论

（一）建立在佛经翻译基础上的中国翻译思想

中国翻译活动的历史十分悠久,距今已有几千年的历史,但是翻译思想的出现则要晚得多,直到两汉时期佛经翻译开始以后才陆续出现。一些基本的翻译观念,如"文"与"质",便是在佛经翻译实践的基础上形成的。

佛经翻译自两汉开始,以唐为高峰时期并一直延续至宋元时期,这段时期可视作中国翻译发展史的第一阶段。在这一阶段,佛经翻译的主角都是出家僧人,译者多半来自西域,外来译者和本土译者的比例大致为 10∶1。

开启中国传统译论源流的也许可首推支谦,他的《法句经序》被视作中国最早讨论翻译的文字。支谦共译佛经 88 部, 118 卷。《高僧传》评价支谦的译经"曲得圣义,辞旨文雅"。支谦觉得前人翻译的佛经"其所传言,或得胡语,或以义出音,近于质直",所以他主张"其传经者,当令易晓,勿失厥义",更进一步要求翻译时要"因循本旨,不加文饰"。支谦的翻译思想反映了早期佛经翻译中"质派"的译论观点,在中国翻译史上具有重要的影响和地位。

晚于支谦的道安是另一位著名的译经大师。道安总结了佛经翻译中五种会导致失去原文本来面目即"失本"的情况,以及译者会碰到的三种困难即"三不易"。"五失本"的第一种情况是因为佛经原文的词序是倒装的,翻译时要按照汉语习惯把将颠倒过来,会导致"失本";第二种情况是佛经原文文字质朴,汉语崇尚文采,翻译时对原文加以修饰,会导致"失本";第三种情况是佛经原文有较多繁琐重复的内容,翻译时将它们都简略掉了,会导致"失本";第四种情况是佛经原文中在长行后有偈颂复述,即所谓"义说",类似汉人韵文中的乱辞,内容其实是重复的,翻译时将这些千五百字的"义说"都删除了,会导致"失本";第五种情况是佛经原文中每讲完一事转述新的内容时,会将前面所说的内容再说一遍,这些重复的话也全部都删除了,从而也会导致"失本"。而翻译中的"三不易"是:第一,原文中圣人之言与其所处时代相应,比较古雅,现在时过境迁,翻译时要改古适今,很是"不易";第二,原文中千年之前的圣人之言立意高远,要把其中所蕴含的丰富含义传递给浅俗大众,殊为"不易";第三,释迦牟尼大弟子阿难是佛祖的同时代人,他在出经时尚且反复斟酌、兢兢业业,现在我们这些与佛祖相距千年的凡夫俗子来翻译佛经,那就更是"不易"了。道安的"五失本、三不易"说不光指出了佛经翻译所面临的困难,从某种程度上而言,还触及了翻译的一个本质问题,即翻译的不可译性,这在当时来说相当不容易。

到了南北朝时期,由于当时的统治阶级大力扶植佛教,全国兴建了很多寺庙,所谓"南朝四百八十寺"便是描写的那一时期的景况。佛教在这个阶段十分兴盛,相应地佛经翻译也随之增多。据有关统计,南北朝时期翻译佛经 668 部,共 1439 卷,主要译经师达 58 名。佛经翻译事业的繁荣给翻译思想的发展提供了土壤,这方面的代表要数生活于南北朝至隋这个时期的彦琮。

从公元 618 年至 907 年,中国历史进入唐代,这不仅是中国封建社会发展的最鼎盛时期,也是中国佛经翻译极度兴盛的高潮时期。在这一时代,出现了很多知名的译经师,其中最著名的是玄奘。他先后主持翻译了《大般若经》等经论 75 部,共计 1335 卷,成为我国古代佛经翻译数量最多的僧人。玄奘译经的质量很高,被称为"新译",以区别于他之前出现的佛经译本。

玄奘对翻译理论的贡献在于他提出了"五不翻"的观点。所谓"五不翻"指的是佛经在从梵文译成汉语的时候,有五种情况不能采用意译,而应该保留原文的发音,即采用音译。这"五不翻"分别是:第一,"为秘密故";第二,"含多义故";第三,"此无故";第四,"顺古故",这时只需沿用而无须另译;第五,"生善故"。整体而言,玄奘的"五不翻',讨论的是更加详细的翻译方法,即在什么情况下使用音译。讨论问题的具体化表明了理论的发展和深入。

唐代是我国佛经翻译的高峰期,玄奘提出的"五不翻"以及他所主持的译场实践对后来的佛经翻译都有很重要的指导和启发意义。公元 907 年唐朝灭亡,中国封建社会进入五代十国时期,随后进入宋元时期,佛经翻译渐渐走向衰退,像盛唐时期的大型译场也早已不见。这说明,中国历史上第一次翻译高潮,即佛经翻译已经告一段落。在经历了宋元长达六百年的沉寂后,中国翻译史上的第二次翻译高潮出现了,这就是从 17 世纪初至 18 世纪中叶即明末清初的西方科技翻译高潮。这次翻译高潮与第一次翻译高潮有很多相似之处,如刚开始时都是外来译者成为翻译的主力,后来随着翻译活动的增多,逐渐有本土译者参与。明末清初的西方科技翻译高潮的前奏是西方传教士的翻译活动。西方传教士来到中国主要目的在于传教,同时他们也介绍了西方的学术,促进了中西科学文化的交流。在这次翻译浪潮中,最著名的本土译者是徐光启。

（二）建立在社科经典、文学名著翻译基础上的中国翻译思想

徐光启（1562—1633 年）是明末著名的科学家、政治家,中西科学交流的先驱,"中国圣教三柱石"之一。

对于翻译,徐光启以下几点看法值得注意。首先,徐光启认识到翻译的重要性,他认为,只有通过翻译学习别人的长处,才谈得上后来的超越,这种拿来主义的翻译态度是十分宝贵的思想,放在当时的历史与文化语境下,显得弥足珍贵。其次,徐光启翻译的目的是"以裨益民用"。最后,徐光启的翻译实践扩大了翻译的对象和范围,从宗教和文学扩展至自然科学如数学、农学、历法等领域。

然而,徐光启的实践和主张后来并没有得到延续。明亡后,清朝统治阶级并没有意识到学习他人的重要性,反而在以后实行"闭关锁国"的政策,不仅传教士的在华活动被严格控制,西方典籍翻译也受到限制,中西方的文化交流进入低谷。

清朝的自我封闭阻碍了中西方的交流。1840 年,西方列强的炮舰敲开了中国的大门,中国开始被迫向西方打开国门。在清末这个"三千年未见之变局"的时代,一批先觉的中国人开始将目光投向西方,寻求中国自立富强之途。这个时期涌现出了众多的翻译家,时代赋予他们的译论以强烈的致用特色。这里有"开眼看世界"的第一人林则徐,有洋务派坚持"中学为体、西学为用"的代表,也包括了像马建忠和严复这样眼光更加高远的人物,他们强调翻译的重要作用。

林则徐以及洋务派很多人士主张翻译西书以强国体,他们在翻译实践方面有很大贡献,但在翻译思想方面建树甚微。清末对翻译思想贡

献最大的是马建忠和严复。马建忠（1845—1900年），字眉叔，今江苏镇江人，清末洋务派重要官员，维新思想家和语言学家。马建忠参与主办洋务，投身实业。

马建忠在甲午年冬（1894年）写下了《拟设翻译书院议》一文，他有感中国"见欺于外人辈矣"，认为要想改变时局必须做到知彼之虚实，而要达此目的，非翻译西书而不可。因此在马建忠看来，"译书之事，乃当今急务"。马建忠的"善译"说与美国著名翻译理论家奈达博士的"等效"论十分相似，都强调译本的接受效果。然而"善译"只有合格的译者才能达到，这就要求及时培养译才。马建忠意识到这一点，呼吁"译书之才之不得不及时造就也，不待言亦。"马建忠提出的"善译"说以及关于建立翻译书院的建议，都体现了一位中国学者在翻译问题上的远见卓识，也是中国翻译理论建设的重要思想资源。

晚清思想家中对中国译论作出最大贡献的当推严复。严复（1854—1921年），字又陵，又字几道，今福建福州人，清末著名思想家、翻译家和教育家。严复对翻译思想的贡献在于他提出了著名的"信、达、雅"说，这三个字直到今天仍然在中国翻译界有着重要的影响，成为中国传统译论的重要里程碑。

有学者指出，严复的"信、达、雅"三字虽然早在佛经翻译里就出现过，但将三者总结在一起加以说明的，则始自严复。对于后世而言，严复翻译思想中的"信"和"达"并没有引起多大的争议，关键在"雅"上，人们对此意见不一。梁启超的批评自然不无道理，毕竟浅显易懂的语言可以最大限度地推广译本，以达到启蒙的目的，但严复心中的读者并不是普通的民众，而是当时的士大夫阶级。

严复之后，中国传统译论继续沿着自己的轨迹进展，先后出现了傅雷的"神似"说和钱钟书的"化境"论。傅雷（1908—1966年），著名翻译家和文学评论家，上海市南汇县人。1927年赴法学习，主攻美术理论和艺术评论。1931年回国后，傅雷开始了一生的法国文学的翻译和介绍工作，译作丰硕，共30余种，且风格独特，备受好评。其中家喻户晓的译作有《高老头》《欧也妮·葛朗台》《邦斯舅舅》《约翰·克利斯朵夫》等。

傅雷之所以能取得如此令人瞩目的翻译成就,首先在于他对翻译极其认真负责的态度。其次,这与傅雷本人深厚的专业修养分不开。傅雷不只具有精深的中、法文语言修养,还对音乐、美术、艺术等各种相关学科也都有极高的造诣,丹纳的《艺术哲学》内容旁涉多种学科,翻译起来极为不易,唯傅雷能把它顺利译出。

傅雷翻译思想中最为人推崇的是他的"神似"说。傅雷的"神似"说正视中西语言文字和文化差异的客观存在,强调译者不应片面追求所谓的忠实即"形似",而要求译者应该从更本质的层面去传递原文的内容,包括原作的风格、意境、神韵等。

钱钟书(1910—1998年)是中国现代著名学者和作家。他家学渊源,从小接受良好的古典文学教育,不仅在文学创作上成就卓著,其长篇小说《围城》被译成多种语言广为流传。他在学术研究领域的成就也是举世瞩目,其学术巨著《管锥编》以及诗论《谈艺录》、论文集《七缀集》等都是中国学界的经典之作。钱钟书并不以翻译著称,尽管他曾多年从事过《毛泽东选集》的英译,但在《管锥编》里广征博引世界各国经典格言的同时,还提供了许多精彩的绝妙佳译。

所谓"化境"说,出自他1981年发表的《林纾的翻译》。在这篇文章中钱钟书指出:"文学翻译的最高标准是'化'"。

中国的传统翻译理论从支谦到钱钟书主要经历了两个大的发展阶段,即古代的以佛经典籍为主要翻译对象的第一发展阶段和近现代及当代以社科经典、文学名著为主要翻译对象的第二发展阶段。这两个发展阶段的主要翻译对象尽管发生了变化,但其翻译思想基本上是一脉相承的。罗新璋把中国传统的翻译思想和理论归纳为"案本""求信""神似""化境"这八个字,可谓深得中国传统译论之真味。"案本""求信"四个字非常贴切地归纳出了建立在佛经典籍翻译基础上的中国古代翻译思想,那就是"原文至上","追求忠实"。而"神似""化境"则非常形象地点出了建立在文学翻译基础上的中国近现代和当代翻译思想的精髓,从表面的忠实向深层次的忠实发展,从文本表面的相似到追求译文与原作接受效果的一致。中西翻译思想出现实质性变化只能在中西翻译发展史的第三阶段,对西方而言是在第二次世界大战结束以后,对中国而言则还要晚将近三十年,大约在 20 世纪 70 年代末、80 年代初以后。

三、中西方翻译思维的差异

(一)整体与个体的翻译思维

1. 汉民族的整体观与英美人的个体观

中国传统哲学强调思维上的整体观,将天、地、人视为一个统一的整体。整体观使得汉民族偏重直接而全面观察事物,经常发现事物各方面的对应、对称和对立。

英美人也强调整体性,但更关注整体中的个体,而不是个体的堆积,着眼于物质与能量的分别研究,注重元素、结构和形式的分析。"头痛医头,脚痛治脚"的方法已是西方个体观的体现。

2. 整体和个体思维与汉英语言特征

汉语句子内部及句子之间注重内在关系和整体性,依据意义上的连贯或意念,句子之间可以少用或完全不用关联词语或形式词语。如:

三省十八县,汉家客商,瑶家猎户、药匠,壮家小贩,都在这里云集贸易。猪行牛市,蔬菜果品,香菇木耳,海参洋布,日用百货,饮食小摊……满街人成河,万头攒动。若是站在后山坡上看下去,晴天是一片头巾、花帕、草帽,雨天是一片斗篷、纸伞、布伞。(古华:《芙蓉镇》)

本例采用了"流泻式疏放铺排"方式,"无主从之分,只有先后之别","句子、词组不辨,主语、谓语难分",使用"人称"主语、主动语态、无主句和流水句等,句子相互之间的关系或意义较为模糊,表现了汉语语法的隐性和柔性。如下面的英语语段,即上面汉语例子的英译:

From eighteen counties in three provinces came Han merchants, Yao hunters and physicians, and Zhuang peddlers.There were two markets for pigs and buffaloes, stalls of vegetables, fruit, mushrooms and edible fungus, snakes and monkeys, sea—slugs, foreign cloth, daily necessities and snacks…The place swarmed with people, rang with a hubbub of voices.If you looked down from the back hill on fine days, you saw turbans, kerchiefs, straw hats; on wet days, coir capes and umbrellas of cloth or oiled paper.(Gu Hua:Furong Town)

很明显,英语的词语、句子内部,以及句与句之间的组织和连接十分明确、严谨,以求个体的满足和完善。它以丰满的形态外露,重形合,句中各种意群成分的结合都用适当的连接词和介词来表现相互关系,形式严紧而缺乏弹性,力求言能尽意、关系裸露。

（二）悟性与理性的翻译思维

1. 汉民族重悟性思维,英美人偏理性思维

儒、道、佛等先秦时代的思想家重视"悟",如老子的"无"中生"有"等。

柏拉图、亚里士多德、笛卡尔、康德、黑格尔等进行的哲学研究,直到后来的分析科学、语言哲学等,都分别从不同角度探讨并强调了人的认知理性的逻辑性、抽象性、普遍性和必然性。

2. 悟性和理性思维与汉英语言特征

汉民族重顿悟,讲求悟性,含蓄的哲学和宗教思想弥漫于汉语,汉语的模糊性（词性模糊、语义模糊、语言单位模糊）便是这一特点的反映,尤其在文言文中,重悟性使其语法呈隐性,话语中可以不断出现文字的跳跃,注重意念流,其清晰的脉络全凭"悟性""交流"。如：

（若）知彼（而又）知己,（则）百战（而）不殆；（若）不知彼而知己,（则）（将）一战（及）一负；（若）不知彼（而又）不知己,（则）每战（将）必败。

本例中的句子或分句中都省去了一些词语（如例中括号内增加的词）,但句与句或分句与分句之间的语义、逻辑关系等并没因此而受到影响,读者可从上下文中或"意序"中悟出。

语言学家叶斯柏森把英语称为具有"阳刚之气"的语言。英译上面例子时,不但要把省略的部分补充出来,还要增加英语词法、句法等所需要的成分。

（三）具象与抽象的翻译思维

1. 汉民族重具象思维,英美人偏抽象思维

古代中国人非常重视具体的"象",强调思维认识过程中表象的作用,以感觉、知觉、表象为依据,习惯于形象思维,注重直观经验。在认识过程中往往以表象代替概念,进行类比推理,从一般的、本质的和必然

的属性来把握对象,撇开了个别的、非本质的和偶然的东西,以感性认识为主。

在《范畴篇》中,亚里士多德对语词作了分类,对印欧语的句子进行了抽象概括,总结出主谓(SV)结构。公元前5世纪,古希腊就开始了语法研究,归纳出语言的基本特征。特拉克思著有影响深远的经典语法著作《读写技巧》,这样的语法著作及其语法研究表明西方人更善于抽象思维。

2. 具象和抽象思维与汉英语言特征

在具象思维的影响下,汉语更倾向使用具体的词语,使用"'实''明''直''显''形''象'的表达法",常常以"实"的形式表达"虚"的概念,以具体的形象表达抽象内容,以语义连贯代替形式衔接,但能从语言的逻辑关系及上下文中"悟"出其意义和逻辑关系。在诗词中,具象词语更是得到广泛的运用。

(四)直觉与逻辑的翻译思维

逻辑思维是运用概念、判断、推理、分析、例证、实证等理性方式来研究和认识事物的本质和规律,研究思维形式及其规律的科学。汉民族以直觉思维为重,而英美人则以逻辑思维为主。

1. 汉民族重直觉思维,英美人偏逻辑思维

我国先秦时的儒家、道家和佛教都注重直觉体悟宇宙本体。孔子说"内省不疚",由心的内省来领会宇宙的根本规律。

形式逻辑对西方中世纪时期以及之后的西方哲学和自然科学都产生了深刻的影响。15世纪下半叶,自然科学的发展把自然界分门别类地进行剖析,进一步推进了形式分析思维模式。

2. 直觉和逻辑思维与汉英语言特征

直觉思维不以试验和分析为重,对事物本质的认识会有很大的或然性和神秘性。不像英语,汉语的语言结构不够严谨,语法分析不够明确、系统,话语的理解主要建立在"悟"的基础之上。如:

出了垂花门,早有众小厮们拉过一辆翠幰青𫓧车,邢夫人携了黛玉坐上,众老婆们放下车帘,方命小厮们抬起,拉至宽处,驾上驯骡,出了西角门往东,过荣府正门,入一黑油漆大门,至仪门前,方下了车。(曹

雪芹、高鹗：《红楼梦》第三回）

　　本例有 5 个表示动作的词语,都是按照事件的时序排列的,前后顺序一目了然,动作描写形象生动,自然流畅。尽管动作的执行者几次变更,分别有"众小厮们""邢夫人""黛玉""众老婆们",但整个描述还是清清楚楚、错落有致,因为汉语是以事件为中心来组织,而不是以人物为中心来组织的。

　　根据亚里士多德的形式逻辑,逻辑的产生是建立在对语言强烈的哲学意识和深刻的哲学反思之上,而不是仅仅出于对思维规律的兴趣。由于受到形式逻辑的影响,英语结构明确、形式严谨、形态清晰。所以,翻译上例时,要增加一些形态或形式的词语,如名词单复数、冠词、动词的时态以及句子间的连接词语等：

　　Outside the ornamental gate pages were waiting beside a blue lacquered carriage with kingfisher—blue curtains, into which Lady Xing and her niece entered.Maids let down the curtains and told the bearers to start.They bore the carriage to an open space and harnessed a docile mule to it.They left by the west side gate, proceeded east past the main entrance of the Rong Mansion, entered a large black—lacquered gate and drew up in front of a ceremonial gate.

　　它们对各自的语言都会产生一定的影响,相互联系,互为因果,构成不同民族所特有的思维倾向。

　　（五）文字、思维和语言之间的关系

　　汉字是象形文字,是音、形、义的统一体,"以形写意,从概念直接到文字",具有直观性、直接性,必须从整体把握其意义。英语是拼音文字,"以形记音,以音载义",走的是"从概念到语音再到文字"的道路,形态标记十分重要,这又与英美人的个体性思维相匹配。

　　英语采用了拼音文字,字形与字的读音具有一致性和对应性,语音是第一性的,文字是第二性的,在这种体系里,文字只能是"符号的符号",与所指事物之间没有什么联系,"从概念先到语音再到文字",无直观性,但很抽象。

　　从思维的规律和特点来分析,汉语不把逻辑分析或是理性认识的结果展示在语言的表层,而当作一个过程和手段,其目的是使对事物的描写更直接、更直观,更具有整体性。

英语句法中,抽象的逻辑分析不仅是一个过程,而且借助于曲折变化、复合句句法结构等语法手段表达思想,形态是抽象逻辑分析的重要手段和结果。

（六）中西方思维差异对翻译的影响

西方文化的思维模式以主客体对立为出发点,崇尚理性；而东方式思维则呈直觉性、感性的特征,往往以经验、感受去以己度人,去参悟、领会,有着明显的笼统性和模糊性,强调整体,忽视个体,强调义务责任,形成集体意识,并具有传统导向的作用。

人区别于动物的最大的特点就是思维,各国人们可能会由于各自语言的起源、构成等不同原因造成相互理解上的困难,但人们对客观事物的思维活动是一致的,所以各国人们的相互理解并不是不可能的,也显示出了翻译工作者的重要性。精确的翻译要求对原文准确理解,这时思维的差异就会对两种语言的转换产生影响,接下来将从思维方式、思维习惯、思维风格等多方面进行讨论：

1. 思维方式差异对翻译的影响

（1）中国人喜欢采用散点式思维方式,西方采用焦点式思维方式。中方习惯于由多归一的顺序,以动词为中心,以时间逻辑事理为序,横向铺叙,形成"山多归一"的流水式的"时间型造句法",西方人擅长由主到次、由一到多的空间构造法（王秉钦《文化翻译学》）。

（2）中方倾向于具体化,西方更倾向于抽象主义。中国人喜欢将事物一一举出来,而西方则是说出事物的特征,或进行概括。

（3）长期以来中国人形成了以人为中心来思考一切事物的方法,中国传统思维是以主体自身为对象,而不是以自然为对象（王秉钦《文化翻译学》）。

2. 思维习惯不同对翻译的影响

虽然各国人们的思维活动是一致的,但是并不代表对于同一事物他们的理解也一样,对事物的喜好也一样。在翻译过程中,译者常常根据自己积累的文化经验和养成思维习惯进行联想。例如,当中国人谈到

"狗"（dog）时，脑海中常出现"走狗、猪狗不如、狗仗人势"这类贬义色彩的词，而在西方"dog"除了是个中性词外，主要具有褒义色彩，他们把狗看成是自己的朋友，像"a lucky dog"（幸运儿），"Love me, love my dog"（爱屋及乌）。"牛"在中国人的眼中是"吃苦耐劳""任劳任怨"的象征，鲁迅的诗"横眉冷对千夫指，俯首甘为孺子牛。"如果生搬硬套地进行翻译的话，一定会使译文费解。可见，思维习惯不同，对词义的错误理解会影响译文的准确性。

　　3. 思维风格不同对翻译的影响

　　中西方思维风格不同，造成句子的侧重点不同，句子中事物表达方式不同。英文句子一般重心在前，中文重心靠后；西方国家受到的是基督教的影响，而中文则是受佛教的影响，在事物的表达上就出现了差异，还有地域，历史背景等的影响。

　　综上所述，思维是翻译活动的基础。在经济全球化时代，随着中西方交流的不断深入，对中西方思维差异对翻译的影响的研究，能使中西方进行更深层的了解。

第五节　中西方翻译的现状与未来展望

一、中国翻译事业的历史与发展

　　1. 我国翻译事业的早期起源

　　本书从中国古代翻译史的源流，翻译家的成果及影响，翻译史的特点等入手对中国翻译史做一探讨。任何事物的产生其首要条件必须有文字。秦始皇统一全国以后，统一文字，与之交往的国家也必须有文字，否则翻译工作仍不可能。

　　其次，翻译工作的出现还与中外交往有很大关系。战国秦汉时，南征北战东征西讨，疆域不断扩大，对外交往也不断扩大。不仅与中亚各国密切往来，而且还与朝鲜、日本、越南、印度尼西亚、缅甸、马来西亚等国进行了经济文化交流（《史记》）。互相往来，使翻译事业成为必要并应运而生了。

翻译事业还受物质条件的限制即书写工具的限制,在东汉蔡伦发明造纸术以前,中国有用龟甲、骨片书写的,有用丝绸写字(昂贵),更多的是用竹木简写字和写书,因此这种条件不允许进行大规模的书籍翻译。造纸术发明后,其可能性才增大。

翻译工作的产生还有一个很重要的因素,那就是需要能精通交往之两国文字的人,在丝绸之路上的西域人和僧人往往携带大量经典书籍回国进行翻译。翻译事业基本上也就产生了。

2. 各个朝代的翻译发展

翻译工作出现后,各个朝代几乎都设置了管理这一工作的人员和机构,在秦汉时有一种官员叫典客,他的任务是接待少数民族事务等,汉景帝时改名为大行令,汉武帝以后称为大鸿胪,其属官有行人、译官等,其译官就是沟通"华夷"之间联系的。《汉书·地理志》和《汉书·西域传》记载,西汉时设置译长一职,专为主持传译和奉使的任务,同时在西域各属国中亦设有译长。汉魏之交,相当于译长职务的是译使,也就是出使外国或外国来中国时负责传译的使者(《汉书·地理志》《三国志·田畴列传》)。随着翻译工作的不断发展,翻译机构组织也在不断扩大和完善,译场为中国古代佛教翻译经籍的组织,自晋代以后,渐趋完备,有私人和团体组织者,还有以国家之力设立者,分工甚为细密,有译文、笔受(亦称缀文)、度语(亦称传语)、识梵、润文、识义、校勘、监护等项(《宋高僧传》)。隋唐以后在长安、洛阳等地仍然设有译场从事翻译工作。由于隋唐宋以前,中国的科技文化始终走在世界前列,故而这以前翻译的书籍,基本上都是佛教经典著作。到明清(鸦片战争前),翻译组织更多更完善,有语言、科技等各方面的翻译。明清王朝还设置了专门翻译边疆民族及邻国语言文字的机构——四译馆。明永乐五年(1407年)设四夷馆,选国子监主译事,隶翰林院。内分鞑靼(蒙古)、女直(女真)、西番(西藏)、西天(印度)、回回、百夷(傣族)、高昌(维吾尔)、缅甸八馆。后以太常寺少卿提督馆事,并增八百(掸族)。清初改名为四译馆,省蒙古、女真二馆。乾隆十三年(1748年)并入会同馆(更名"会同四译馆")。会并八馆为西域、百夷二馆。清初还设置了启心郎和笔帖式这两个官职。笔帖式是一种低级官员,掌理翻译满汉章奏文书,以满洲、蒙古和汉军旗人担任。总的来说,翻译组织从产生起,是不断发展趋向完善的。

西汉末期,在中外经济文化的交流中,佛教也从印度传入了中国,东汉初年,佛教在统治阶级中间开始流传,并加以鼓励。汉明帝时曾派蔡悟到大月氏求佛经,他请得大月氏沙门摄摩腾(迎叶摩腾)、竺可兰二僧来到洛阳,并带回了一批佛教经典,就在洛阳兴建了中国第一所佛教寺院白马寺,从事梵本佛经的汉译。此次翻译非同一般,它成为中国佛教传播和佛经翻译之始。中国传统的观念是儒道思想,儒家提倡清静无为,无为而治,思想比较保守,而道家思想几乎是没落的,不主张进取,对自己的前途悲观失望,感到现实生活中的一切都是可怕的和痛苦的,竭力逃避现实,去追求一种精神上的绝对自由,幻想在精神领域中找到一种安慰。这些都与当时传播的生死轮回,乞求来世的佛教观点基本是没有冲突的,因此佛教很容易在中国大地上传播,形成了儒佛道共存的局面。

汉桓帝在位时,他在宫中建立了花老浮屠祠,佛道不分了。佛教影响更加深入宫廷,在统治者大力提倡的情况下,桓灵时代,西域名僧安世高、支珊等都先后到了洛阳,翻译佛经多种,佛教的影响越来越大。支截在四十多年间先后译出佛经达二十三部六十七卷。到魏晋时期玄学发展到其顶峰,但南北朝时期佛教唯心主义又代替了玄学,其影响也远远超过玄学。而《无量清静平等觉经》的异译,又成为净土经典翻译的先驱。安世高在二十余年间,译佛经达九十五部一百一十五卷。所译重在佛教上座部禅法,如《安般守意》《阴持人》等禅经,宣扬数息、止观坐禅方法,对中国后世禅学有一定影响,诸如佛教提倡的从思想上"舍伪归真"即抛弃一切妄念,回到绝对清静本心,"苦乐随缘"即听从命运的安排,不为世俗的苦乐所索引等都被禅学所吸收改造。

梁武帝时,一度定佛教为"国教",可见佛教影响之大、深。同时,大量的佛经又被翻译过来,这时期共翻译经一千多部,三千四百三十七卷之多。如吴国佛教翻译家支谦在三十年间,译出八十八部,一百一十八卷。西晋僧人竺法护翻译达一百七十五部、三百五十四卷。而此时另一翻译家道安法师,对我国翻译事业的发展做出了重大贡献,他整理了已译的经典,撰成了中国第一部"经录",他极力提倡翻译事业并第一次总结了翻译的经验。在他的主持下,翻出了许多重要经论,集中和培养了许多学者和翻译人才,为后来鸠摩罗什的大规模翻译事业提供了有利条件。

鸠摩罗什是中国佛教三大翻译家之一,先后译经七十四部三百八十四卷,他介绍了中观宗的学说,成为后来三论宗的渊源。成实宗,天台宗也都是基于他所译的经论而创立的,没有这些经佛的译出,这些宗派的产生都是不可能的。他和玄奘法师是翻译事业中的两大巨匠,他所翻译的经典,不仅是佛教的宝藏,而且也是文学的重要遗产,它对中国的哲学思想和文学上的影响非常巨大。

三大佛教翻译家之一的真谛,古印度西部优禅尼国人,他因梁武帝的聘请来华,译出很多经论,尤以有关大乘瑜伽宗的为主,其中《摄大乘论》的翻译对中国教佛思想有较大影响,对沟通中印文化起重大作用。

隋唐时期,中外经济文化交流更加繁荣,唐朝时与亚非许多国家都发生了关系,此时的中印文化交流也是空前的,印巴的天文、历法、医学、音韵学、音乐、舞蹈、绘画、建筑等陆续传入,对中国有较大的影响,很多都逐渐融于中国文化之中,成为中国文化的一部分。唐代中印文化交流史上,两国的佛徒作出了卓越的贡献,其中最著名的是我国的唐僧玄奘和义净。玄奘即三藏法师,中国三大佛教翻译之一,唯识宗的创始人之一,唐太宗时他到天竺,在那烂陀寺从戒贤受学,并游学各地,经过17年的学习又回到了长安,译出经论七十五部,凡一千三百三十五卷。多用直译,笔法严谨。所译经籍,对丰富祖国文化有一定贡献,并为古印度佛教保存了珍贵的典籍,世称"新译"。而今印度研究自己古代的文学科技,又必须把这些东西重新翻译过去,这些资料的价值就显得珍贵了。佛教大师义净所译的佛经作为资料对我们今天研究七世纪印度、巴基斯坦和南洋各国的历史、地理的人们,也同样是很珍贵的历史资料。

隋唐时期宗派的研究中心是佛性问题,各宗派都围绕这个问题,把人的心理活动、精神修养(主要是宗教道德修养)和世界观的问题紧密联系起来,构成自己的佛教唯心主义的哲学体系。这些哲学体系,不仅是当时整个哲学的重要组成部分,而且对以后的哲学思想有着深远的影响。后来的唯心主义哲学体系继承了他们的唯心主义传统,而唯心主义哲学家则批判地利用他们所提出的思想资料,丰富了唯物主义哲学思想。可以这样说,不了解隋唐佛教哲学,就不可能完整地了解中国中古以后的哲学史。这些影响也足以说明它们关系之紧密。

宋元明时期,由于程朱理学的产生和发展,理学逐渐占据统治地位,而佛教及译佛经处于低潮阶段。这以后,翻译方向逐渐转向了科技方面。

明清时期,欧洲正进入资本主义时期,天文、地理、数学、机械、力学等方面有了很大的发展,我国的科技、文化在世界上已不再是遥遥领先了,同时中国哲学思想上理学占统治地位,佛教已没有什么地位。因此,这时期的翻译工作都是关于科技方面。比较有贡献的翻译家有明代徐光启、李之藻等,清代有张诚等。徐光启正生活在这个时代。他的科研范围广泛,以农学、天文学为突出,较早从利玛窦等学习西方科技知识,包括天文、历法、数学、测量和水利等学科,并介绍到我国,他吸收西方先进的科技和中国传统的科技发明,在天文、数学、生物学和农学等方面所得的新成就,对生产力的发展有很大帮助。他主持编译的《崇祯历书》是我国天文历算学中一份完整可贵的遗产。他不仅把欧洲数学翻译介绍到中国来,还为我国近代数学的科学名词奠定了基础。他参加翻译的《测量全义》介绍了西方三角术和球面三角术,引述了许多新公式。三角函数表也是经徐光启等首次介绍到我国的。这些都对我国数学的发展做出了不可磨灭的贡献。很多翻译著作都促进了中国生产力的发展,生产力的发展又推动了社会的进步,明末资本主义萌芽的发展与这些西方著作的翻译有着不可分割的联系。

二、西方翻译事业的历史与发展

西方有文字可考的最早笔译活动之一则可追溯到大约公元前 250年罗马人里维乌斯·安德罗尼柯用拉丁语翻译的荷马史诗《奥德赛》,距今有 2200 多年。从古至今,翻译活动不仅深受政治、文化、宗教、语言等多种因素的影响,而且还会随着社会时代的不断变迁而即刻发生着新的变化。根据翻译历史上主要翻译对象与内容的不断变化,并结合人们对翻译具体活动认识的发展阶段过程以及翻译活动的各个不同的历史阶段在社会中所处的地位与影响,研究学者们把西方翻译发展历史划分为三个不同的历史阶段,即以宗教文献为主要翻译对象的宗教翻译阶段、以文学经典名著为主要翻译对象的文学翻译阶段和以实用文献为主要翻译对象的非文学翻译阶段。

翻译界对西方翻译史上主要阶段的划分也是各不相同。严格而言,公元前 250 年,译界开始对《七十子希腊文本》进行翻译,从这个翻译活动开始,一直持续到 16 世纪,即译界对《圣经》的翻译,译界将这段时间称为宗教典籍翻译历史时期,而后开启了以文学名著、社科经典为主要翻译内容对象的文学作品翻译阶段。而自从第二次世界大战以后,译界对实用文献的翻译活动逐渐成为翻译的主要部分,翻译活动从而不断地发展成为了一个专门的职业,与此同时,翻译理论意识得到了迅速的发展,西方翻译历史开始了实用文献翻译的阶段。

第一个历史时期与阶段即对宗教典籍《圣经》的翻译阶段。在西方,主要的宗教典籍翻译即为对《圣经》的翻译。译界对《圣经》的翻译经历了 2200 多年的时间,经历了几个里程碑式的历史发展阶段:首先是公元前 250 年译界对《七十子希腊文本》的翻译,其次是公元 4 世纪到 5 世纪译界对《通俗拉丁文本圣经》的翻译,以后是中世纪初期各民族语的古文本(如古德语译本、古法语译本)、16 世纪宗教改革运动以来的近代文本,以及后来各式各样的现代文本。

第二个历史时期与阶段即文学翻译阶段。译界把西方的文学翻译分为四个时期:早期的文学翻译(民族语言的形成到文艺复兴时期)、启蒙时期的文学翻译(17 世纪到 18 世纪)、浪漫主义时期的文学翻译(18 世纪末到 19 世纪三四十年代)及现代主义时期的文学翻译(19 世纪末到二战结束)。在西方早期的文学翻译时期,较有影响的翻译人物有雅克·阿米欧、托马斯·诺斯、弗罗里欧等,17 世纪英国最伟大的翻译家是约翰·德莱顿。在翻译理论的发展方面,他写过大量的论文和序言,其中阐述了自己对于翻译的不同的看法和观点,系统而明确地提出了许多不同的但却十分实用的翻译原则。他的翻译观点与原则主要包括以下几个方面：翻译是一门艺术,翻译必须掌握原作的特征,翻译必须考虑读者,译者必须服从原作的意思,翻译是可以借用外来词的。

第三个历史时期与阶段即实用文献（非文学）翻译阶段。以信息技术为核心的第三次科技革命,强有力地推动了实用文献的翻译。当今的译界,越来越以对科技、商业、娱乐等实用文献的翻译为核心内容。在西方翻译史上, 20 世纪下半叶曾出现过两次"质"的飞跃,一次是在翻译研究领域中引入了语言学的有关理论,从而出现了翻译研究的"语言学转向";另一次是在文化语境、历史和传统等更为广阔的领域中引入了翻译研究,展开了翻译研究工作,从而出现了翻译研究的"文化转向",进而使翻译研究发展成为一门更为独立的科学。

随着当前世界全球化的加速,世界各国对翻译的需求越来越多,要做好各种翻译,对于译者来说是倍感压力。翻译技巧需从不断地翻译实践中总结,但在这一过程中,译者需对中西翻译历史阶段有个清晰的认识,只有了解翻译工作的过去,才能更好地创造翻译工作的美好未来。

翻译类文学作品中,经典名著译本长盛不衰,尤其是公版书,甚至再版频频。重复翻译扎堆,难免鱼龙混杂。如市场上可见的《小王子》就有五花八门的百余种译本,有些"速成式"中译本品质堪忧,屡屡让翻译界人士摇头叹息。眼下,国内出版社的专业分工愈发淡化,几乎任何出版社都可以做文学翻译类图书,但这些出版机构和编辑团队是否具备相应资质。有专家直言,一些连外语专业编辑都不配备的出版社也在大出世界名著,引人担忧。

第二章 多维视角看翻译

第一节 英汉语言与文化对比

一、中西方翻译发展历程对比

（一）中国翻译发展历程

1. 第一个时期

中国第一位本土翻译大家及翻译理论家当推道安。道安（314—385），俗姓卫，常山扶柳（今属河北省）人。他组织翻译了经书 14 部 187 卷，共 100 万余字，还厘定了翻译文体。道安主张直译，他说，他所监译的经卷，要求"案本而传，不令有损言游字；时改倒句，余尽实录"。道安的翻译思想对后世影响巨大。

2. 第二个时期

从 16 世纪初叶起，葡萄牙、荷兰、西班牙、英国等欧洲资本主义国家的殖民主义者就开始相继对我国东南沿海进行海盗掠夺。在传教的同时，他们向中国人介绍了大量的自然科学知识。利玛窦，意大利传教士，学习过汉语，对中国文化有一定的认识和了解。他外表儒雅，会说中国话，熟知"四书""五经"，1583 年来中国后，很快为明清之际中西文化交流打开了新局面。

3. 第三个时期

第三个时期指鸦片战争至新中国成立这个时期。绝大部分作品是文学翻译作品。文学翻译虽来得较迟，却对我国的翻译产生了深远的影响。

　　五四运动期间,文学翻译成为主流,基本上各文学社团和文学流派都有自己的译论主张和独树一帜的翻译家。文学研究会的茅盾、郑振铎从现实主义角度提出翻译为社会服务,新月派的徐志摩、朱湘等在诗歌翻译上有突出贡献,由众多文艺流派整合而成的左联主张翻译为中国革命现实服务,注重唯物史观的文艺批评著作和苏联社会主义现实主义作品的翻译。

　　4. 第四个时期

　　新中国成立后,翻译呈现另一番景象。翻译遵循党的文艺方针,强调为社会主义服务。亚非拉文学翻译家有楼适夷、季羡林等。比较而言,出于意识形态的原因,欧美作品的翻译着力不多,但也并非一片空白。英国文学方面,卞之琳用诗体翻译了莎士比亚悲剧《哈姆雷特》,传达了莎剧的气势。张谷若翻译哈代的小说真实准确,晓畅通达。还有朱维之译弥尔顿的《复乐园》,查良铮译英国浪漫主义诗歌等,都取得了很高的成就。可以说,没有翻译,就没有新时期各个文化领域的大发展。

　　(二)西方翻译发展历程

　　1. 古代时期

　　西方古代第一部重要的译作是《圣经·旧约》的希腊语译本。历时 36 年方得以完成,称为《七十子希腊文本》。公元 4 世纪末 5 世纪初,著名神学家哲罗姆(347—420 年)奉罗马教皇之命,成功地组织了《圣经》的拉丁文翻译,并将其命名为《通俗拉丁文本圣经》,该译本后来成为罗马天主教承认的唯一圣经文本。西方翻译理论发源于公元前 1 世纪。古罗马帝国政治家和演说家西塞罗发表了著名的《论演说术》。

　　2. 中世纪时期

　　中世纪时期即西罗马帝国崩溃至文艺复兴时期。中世纪末期出现了大规模的民族语翻译,促成了民族语的成熟。英国的乔史翻译了波伊提乌的全部作品和薄伽丘的《菲洛斯特拉托》等,德国的维尔翻译了许多古罗马作品,俄国自基辅时期起翻译了不少希腊语和拉丁语作品,其著名的翻译家有莫诺马赫、雅罗斯拉夫等。

3. 文艺复兴时期

英国翻译题材广泛,历史、哲学、伦理学、文学、宗教著作,无所不及。查普曼先后翻译了荷马史诗《伊利亚特》和《奥德赛》,成就卓越。他认为翻译既不能过于严格,亦不能过分自由。人文主义者廷代尔,以新教立场翻译《圣经》,面向大众,通俗易懂,又兼具学术性与文学性,取得了巨大的成功。然而,他的翻译触犯了当时的教会权威。1535 年,教会以信奉宣扬异教的罪名将廷代尔处以火刑。路德认为,翻译必须采用平民化的语言,必须注重语法和意思的联系,必须遵循一些基本的原则。路德之所以能在翻译实践上取得成功,是和他的理念分不开的。德国另一位代表人物伊拉斯漠认为,翻译必须尊重原作,译者必须要有丰富的语文知识,必须保持原文的风格。

4. 近代时期

从 17 世纪至第二次世界大战结束的近代时期是西方翻译的黄金时期。1611 年,英国出版了《钦定本圣经》,译文质朴典雅,音律和谐,是一部罕见的翻译杰作。不久,谢尔登译出了塞万提斯的《堂吉诃德》。伽亚漠的波斯语作品《鲁拜集》于 1859 年有了第一个英语译本,后几经修订,跻身英国翻译史上最优秀的译作之列。17 世纪法国文坛盛行古典主义,因此翻译以古希腊、古罗马的文学作品为主;19 世纪以西方各国文学的翻译为特色,莎士比亚、歌德、但丁、拜伦、雪莱的许多作品都有了法语译本。这个时期的翻译理论较为全面、系统,具有普遍性。其代表人物有英国的约翰·德莱顿、亚历山大·弗雷泽·泰特勒,法国的夏尔·巴托。

5. 现代时期

翻译理论研究在深度和广度方面亦取得了突破性的进展。所以,翻译理论的研究大都走科学与人文结合的道路。

现代翻译理论时期涌现出一大批在翻译理论与实践方面成绩卓著的人物,并逐渐形成了流派。这些学派的研究使西方翻译理论逐渐形成体系,趋于成熟。

（三）对翻译的不同观点

古今中外的哲学家、思想家、文学家、艺术家、翻译家对翻译情有独钟,用精辟的语言道出翻译之"事"。例如不少人将翻译与绘画相提并论,有道是"隔行不隔理"。

无独有偶,威切斯勒将翻译家与音乐家相比较,认为翻译家和音乐家是同一性质的,他们都把别人的作品通过自己的艺术创造再现给人们。泰德勒则将翻译比喻为复制一幅画。翻译作品不可"太似"原作,如"太似"原作,又如何能称为艺术?

美国语言学家、翻译家奈达(E.A.Nida)是交际翻译观的代表人物。在过去十年,以文化研究为重点的翻译研究形成了一个热门的领域。这一时期,不少西方学者使用"跨文化"来形容翻译的这一活动。其中代表人物为科纳切尔,他明确提出"跨文化翻译"的概念,使翻译活动的层面与文化紧密相连。

20世纪末21世纪初,翻译届迎来了两大翻译新思想:一个胡更生先生的生态翻译学,另一个是从认知语言学视角研究翻译问题。

二、英汉语结构歧义的分析与排除

(一)汉语中常见的结构歧义

1. 歧义格式:VP+ 的 + 是 +NP

a. 援助的是中国

该句可以理解为"中国援助了他国"("援助的"是施事),也可以理解为"它国援助了中国"("援助的"是受事)。

b. 相信的是傻瓜

该句可以理解为"相信某种事情的人是傻瓜"("相信的"是施事),也可以理解为"被相信的人是个傻瓜"("相信的"是受事)。

歧义排除:以上两句产生歧义的原因在于动词的双向性。事实上,只要动词是"双向"的,句子都可能有两种意思。排除歧义的办法在于明确动词的施事对象。

a. 给予援助的是中国(施事)/ 得到援助的是中国(受事)。

b. 傻瓜相信(施事)/ 相信傻瓜(受事)。

2. 歧义格式:VP+NI 的 +N2

a. 发现了敌人的哨兵

该句可以理解为"有人发现了敌人的哨兵",也可以理解为"哨兵发现了敌人"。

b. 咬死了猎人的狗

该句可以理解为"有只狗咬死了猎人",也可以理解为"咬死猎人带的狗"。该格式是朱德熙教授首先发现的。

歧义排除：层次结构切分法

a. 发现了 / 敌人的哨兵，或发现了敌人 / 的哨兵。

b. 咬死了 / 猎人的狗。或：咬死了猎人 / 的狗。

3. 歧义格式：N1+ 的 +N2

a. 母亲的回忆

该短语既可以理解为孩子对母亲的回忆（反映了一种被动关系），也可以理解为母亲对某人或某事的回忆（反映了一种主动关系）。

b. 鲁迅的书

该短语既可以理解为鲁迅写的书，也可以理解为属于鲁迅的书。

歧义排除：提供相关情景语境或改写

a. 这些旧照片勾起了我对母亲的回忆。 / 母亲对往事的回忆挥之不去。

b. 鲁迅的书 / 著作写得很深刻。 / 鲁迅的藏书很多。

（二）英语中常见的结构歧义

1. 歧义格式：ADJ+N1+N2 或 ADJ+N1+and+N2

与以上所探讨的汉语中的情况相同,这种歧义格式因其内部成分的组合或切分的不同而产生歧义,可以理解为 [ADJ+（N1+/and+N2）] 或 [（ADJ+N1）+/and+N2]。

a.old men and women 可以理解为（old）（men and woman）或（old men and）（women）。

b.big brick building 可以理解为（big）（brick building） 或（big brick）（building）。

歧义排除：改写或提供相关情景语境

a. men who are old and women/old men and old women.

b.Compared with those brick buildings over there，this one is the biggest and tallest./On our campus，there stand a few new buildings made of big brick.

2. 歧义格式：N1（施事者）+V+N2（受事者）+PP（介词短语）

a. John hit the man with an umbrella.

在该句中，介词短语 with an umbrella 可以作为 man 的后置定语来修饰限定 the man，因而理解为"约翰打了那个带雨伞的人"，但介词短语 with an umbrella 还可作为方式状语来修饰动词 hit，因而理解为"约翰用雨伞打了那个人"。

b.Fred tripped his teammate with the baseball bat.

在该句中，介词短语 with the baseball bat 可以作为 his/teammate 的后置定语来修饰限定 his teammate，意为"弗雷德把拿棒球拍的队友绊倒了"，同时介词短语 with the baseball bat 还可作为方式状语，修饰谓语动词 trip，意为"弗雷德用棒球拍把他的队友绊倒了"。

歧义排除：改写句子或改变语序

a.John hit the man who had an umbrella（in his hand）. /With an umbrella，John hit the man.

b.Fred tripped his teammate who had a baseball bat（in his hand）. /With the baseball bat，Fred tripped his teammate.

三、基于语言文化对比角度看翻译

（一）语言文化对比

唯有对比深刻，才能将翻译中遇到的困难理解深刻，问题方能迎刃而解。当然对比不应只看到差异，也要看到一致。假如两种语言中没有任何一致性或相同性，翻译活动也就无法进行了。

对比分析可以是共时性研究。它要揭示语言之间的一致性和分歧性，尤其是分歧性。从翻译理论要求看，对比研究应该是"多向度的"。与汉语有关的语际转换必须十分注重对比分析的描写方法，特别是在语义文化及语用文化方面，或求同存异，以同释异，或原原本本摆出差异后再求理解。

没有一种语言不是植根于某种具体的文化之中的，也没有一种文化不是以某种自然语言的结构为中心的。文化翻译的任务不是翻译文化，而是翻译容载或蕴含文化信息的意义。从有效性讲，"一比一"是研究文化与翻译关系最合适的方式。这首先基于文化与语言关系研究，尤其是基于两种或两种以二的语言与文化之间的比较研究,但文化与翻译研究须要更进一步。

（二）语言外因素对比

文化无孔不入地浸透在语言的结构中。我们一般总是以东西方文化的差异来讨论中国社会和西方社会的不同。中国社会独特的家庭观和西方社会也不尽相同,但这种以空间为基础的对比也有其局限性。

李斯曼在《孤独的人群》一书中将人类社会分成三类：

1. 传统导向（tradition-directed）

2. 内心导向（inner-directed）

3. 他人导向（other-directed）

内心导向型的社会总是向内心深处已经建立的一套原则寻求准绳。他们的这套原则是长辈们传下来的。这类社会中的人口增加较快,不停地想开拓新的领域,生活方面也与传统类有很大差别。

他人导向型的社会总是向（同代人中的）他人寻求准绳。由于人们总是在他人中寻求标准,所以他们的标准常常变化,因为他人的行为准则常常变化。作者认为当代美国社会正是这样的社会。在这种社会中人们感到已经再也没有什么可以企盼的新地平线了。

那么中国社会又是如何呢？根据李斯曼的模式,今日的中国和几十年前的中国显然不应属于同一类型。中国社会为了要达到发展的目标,不得不两面作战。在这样一个大的框架下看东西方文化社会的差异定能帮助译者看清将语篇从一种语言转成另一种语言的本质。

所以,译者有必要将那些东西方社会中截然不同的价值观、概念放到不同社会形态的大背景下仔细分析能正确解读出它们在原来语言中的意义以及在跨文化交流中可能衍生出来的附加含义,使得不同社会文化背景的人在错综复杂的跨文化交流中仍可以“心有灵犀一点通”。

第二节　基于语言文化对比角度看翻译

一、语言文化对比

对比不应只看到差异,也要看到一致。假如两种语言中没有任何一致性或相同性,翻译活动也就无法进行了。

那么到底从哪些方面来剖析对比英汉语言呢?看来我们还得沿用语言研究上常用的方法,即根据语言单位的大小一一论述。

对比分析可以是共时性研究。它要揭示语言之间的一致性和分歧性,尤其是分歧性。从翻译理论要求看,对比研究应该是"多向度的"。与汉语有关的语际转换必须十分注重对比分析的描写方法,特别是在语义文化及语用文化方面,或求同存异,以同释异,或原原本本摆出差异后再求理解。

没有一种语言不是植根于某种具体的文化之中的,也没有一种文化不是以某种自然语言的结构为中心的。文化翻译的任务不是翻译文化,而是翻译容载或蕴含文化信息的意义。从有效性讲,"一比一"是研究文化与翻译关系最合适的方式。这首先基于文化与语言关系研究,尤其是基于两种或两种以上的语言与文化之间的比较研究,但文化与翻译研究需要更进一步。

二、文化与翻译对比

（一）人类较高层次冲动的差异

人类不满足于生理的冲动和自然的环境,他们有更高的追求。因此,在饮用清泉中的一瓢清水之后,人发明了酒。于是一个简单的人变成了一个复杂的人。酒不再只满足止渴的需求,随酒而来的是文化。因此差异也随之而来。

除了主观的精神活动外,客观的、没有情感的外部自然环境也可能被有情感的人"点石成金",赋予人文色彩。气象预报中的雪是自然,"独钓寒江雪"中的雪是文化。婴儿饥饿时的喊叫是生理的,而成人绝望时的喊叫则是文化的。婴儿的流泪是生理的,而成人回首往事时的流泪则是文化。动物母对子的保护是生理的,中国人孝子的行为则是文化。长空的一声雁叫是自然的,反射到人的心中则转化成文化。

奈达将各种冲动排列如下:

美学审美活动

精神活动

物理活动(如四处走动)

爱和被爱

性

饥饿

口渴

我们可以看到在这个排列的最低层是最基本的生理需求,与文化的关系最远,可以说从最下面三个层次上看,人与动物没有差异,而且人与人之间也没有差异。在较低层上讨论问题,各不同文化的人常可以取得一致。但高层次的冲动则是动物所不具有的,如精神和审美的冲动唯人类所有,而在这种较高层的冲动方面,各文化间的差异就可能很大。

描写电脑软件安装过程,不涉及人的主观因素,因此,也就没有文化因素对译者造成的困难。这些有文化特色的表达法照原来那身打扮有时会很难在译入语的环境里被人接受。

(二)商业和高科技环境中的语言特点

现代社会中的另一个重要方面是科学技术的普及。科技是自然的、客观的、无人为因素的。因此,科技交流必须以标准化为前提。我们不能排除商业和科技活动,也不排除商业的和科技的语言。这类整齐划一的、标准化有时甚至是死板的语言自有其存在的理由。

那么造成这种现象的"元凶"是谁呢?我想绝不能怪罪使用语言的大众。西化的汉语大都出自翻译之手。如果我们不那么译,不懂英文的大众是不会凭空捏造出那么多令人费解的表达法的。

先说贪懒。如前所述,较为贴近原文的译法在某些种类文章的翻译中是应该的。但推而广之,在什么情况下都用这样的译法就不可取了。要译得像汉语,是件十分吃力的事。译者常常要绞尽脑汁才能找到一个恰到好处的译法。

有人甚至认为译文必须像原文,否则就是不忠于原文。要想避免西化的汉语,首先必须树立一个正确的翻译观,译文翻译腔。

从人类各层次的冲动到商业和科技环境中语言的特点,这些都是与文化和翻译这个题目相关的议题,是翻译工作者应该了解的大背景。在各类体裁的语篇中最富有文化特色的表达法是比喻和套语。每种语言都有自己独特的比喻和套语。一个社会中,法律、商业、科技语言膨胀势必会挤掉不少比喻和套语,因为这类具有文化色彩的表达法不常见于上述体裁的语言而是多见于日常的生活语言和文学作品中。

（三）各种比喻或形象语言的用法

比喻和其他文化色彩浓的表达法（如成语）是使语言生动活泼的语言成分。原作者使用这类表达法旨在取得一定的效果。因此,有时译者会显得不公正。译者会想方设法尽量译出莎士比亚的比喻,而对一张日报上的比喻他也许不会花太多精力,有时会扔掉比喻,用普通的语言译出。译者必须仔细掂量一下每一个成语的分量。如果可能的话当然应该尽量在译文中保留比喻或成语,但必要时也应敢于牺牲这些表达法。翻译比喻等文化色彩浓的表达法时,一般常用的办法如下:

1. 照译原文中的比喻。

2. 将原文中的比喻改成地道的译入语中的比喻。

3. 照译原文中的比喻,但附加一个说明。

4. 舍弃比喻,改用普通语言来表达比喻的意思。

第一种情况的优点是保留了原文的特征,能向译人语读者介绍一种源语的表达法,但这样译的前提仍然是译文读者可以接受这种直接搬过来的比喻。假如保持原文比喻的特征会妨碍读者理解译文,那么这种译法就是不可取的。当然可接受性也是可能改变的,目前使用的很多比喻或成语原来都是来自外语,但已在汉语中安家落户,被名正言顺地接受了,但在英汉翻译中这种将原文中的比喻原封不动地照搬到汉语中的机会不多,因为英汉两种语言文化的差异毕竟很大,要在译入语中找到源语中同样的比喻十分困难。

第二种情况是将原文中的比喻改头换面成译文中的比喻。但这种译法是很多译者反复使用的办法。介绍英文的表达法固然可能是翻译的一个方面，但翻译的最主要的任务仍然是交流，地道的中文则是交流顺畅的前提。使用这个译法时还有一个要注意的问题，如果中文的比喻有太强的中国文化特征则应尽量避免使用，如在英译汉中就不能用"轻移莲步"这样的表达法。此外，当一个比喻在原文中举足轻重，甚至是一连串比喻中的一个，是原作者刻意的安排，那么保留源语的比喻则应为首先考虑的译法。

第三种译法是保留原文的比喻，然后再加上一个说明。这实际是对第一种译法的补充。把 The tongue is a fire 译成"口舌如火，火能伤人，口舌亦然。"就是一个典型的例子。如果不加后面的说明，有些读者会无法将 tongue 和 fire 联系起来。周到的译者于是为读者把话说得清清楚楚。其实，这种译法和在译文中加注解差不多，所不同的是译者将脚注引进了正文。

第四种译法是舍弃形象的比喻，索性改用普通的语言。

上面这四种译法是翻译比喻的最常用的译法。人类在远古时期就有用形象传意的能力，但是现代社会越发展，逻辑思维越发达，语言的规则性就越强。因此，在一个商业和科技活动频繁的社会中，人们的逻辑思维会越加发达，而比喻的生存空间也会越来越小。其结果是人类常会精确有余，但灵性不足。译者在处理比喻时如果记住这一现代社会的特征，就能对比喻这类文化内涵浓厚的语言形式给予足够的重视，不至于冷落了语言中的精华。

最后还有一点有必要指出，比喻等形象表达法也非一成不变的语言材料。一个比喻刚刚被引进语言体系时，总是会引来读者极大的注意力，但是随着时间的推移，比喻的色彩常会暗淡。Hole up 原来应该是一个很具形象的比喻说法，形容人躲在一个洞中，但现在它只表示躲起来的意思。"洞"这个形象渐渐隐退。比喻的这种演变是不应该逃过译者的敏锐的眼睛的。

第三节 现代文化视角下的英语翻译

一、中国文化视角下的比较文学

（一）"比较文学"应改称"国别文学比较学"

"比较文学"虽为舶来品，可是听上去却很像我国的古典文学、现代文学以及所谓西部文学，是一种文学。

《中国大百科全书·外国文学卷》中的一段说道："比较文学兴起于 20 世纪初。不同于各民族文学，也不同于总体文学。"

这个定义告诉我们，比较文学是一门学科，不同于一般的定义，这主要是讲了它不同于什么，不研究什么，定义的文字当为肯定的陈述。所以这本权威性的书做这一不同寻常的解释，理由是什么呢？只能是因为"比较文学"这一名称本身语焉不详。

据载，"比较文学"这个词首先出现在法国。英语"比较文学"这一名称中用 comparative 一词。德国把"比较文学"称为"比较的文学科学"。德国人在名称中体现"科学"概念，就比"比较文学"有很大的改进。俄语中用的是 srarnitelnoe literaturovedenie 两个词，意为"比较文艺学"。苏联《大百科全书》称之为"历史——比较文艺学"，而《简明文学百科全书》则称比较文学为"比较文艺学"。在汉语作为母语的人看来，几乎没有什么区别，但是如果前者为"文学"，后为"文艺"，那么两者就不同了。因为在汉语中，文学和文艺是可以彼此代用的，有时不能彼此混同。再者，文艺还用来表示文学和艺术。前者为"科学"，后者为"学"，它们在汉语文中都各有用场。苏联的"比较文艺学"的缺陷和德国的"比较的文学"的缺陷是一样的。将"比较文艺学"看作"文艺学"的一个分支，就像是将"犯罪心理学"看作"心理学"的一个分支是一样的。

"比较文学"一词传入中国，都认为是傅东华的译作所为，但早在1920 年章锡深在《新中国》杂志发表的《新文学概念》里介绍了《比较文学》和《比较文学史》，比傅东华早了十年。汪馥泉和宋桂煌都比傅氏早,只是影响不大。

无论在比较文学发展较早的西方国家,还是远在东方的中国,对于比较文学,人们还没有一个感到满意的名称。20世纪20年代时,莱恩·库柏教授拒绝将他领寻的系称作"比较文学系",他认为"比较文学"不仅语焉不详,还文理不通。

比较文学研究的是一国与另一国或多国文学之间的相互关系,国内外比较文学专家们在这方面可以说已达成共识。但是比较文学被普遍认为包括三个范畴——西方遗产以及各民族文学、东西方文学、世界文学。换言之,比较文学是一种没有语言和政治界限的文学研究。而且比较文学拥有独特的研究方法——比较,它的描绘是分析性的,解说和阐释是辨别性的。我们目前称之为"比较文学"的学科,内容是用比较方法研究其他国家文学的一门学科。

将比较文学改为"国别文学比较学",并采用比较的方法研究文学作品,作为一种手段,它不只隶属于比较文学,国别文学比较学在一定程度上是国别文学相互关系的研究。

(二)关于建立比较文学研究的中国学派之设想

近年来,将呼吁成立中国学派的,这是必然的。第一,这说明了学派是可以先提出一些原则,再依此建立学派,证明了先设想后建立的顺序是合理的。第二,中国学者已经认识到目前已有学派的局限性。为了可以从中国的国情出发进行有效的研究,提出一个适合中国学者研究的有效的途径。对于此,我国早在唐朝,韩愈就提出过"慎其所道",告诉我们方法的重要。

建立学派的可行性已经确认,那么将要建立的中国学派应该具有哪些特点的问题是我们需要了解的。所以,应该注意下列几个方面。

1. 将比较文学的名称改为"国别文学比较学"。

2. 根据自己对"比较"的理解去进行研究,因为不同国度有不同的理解。比较文学教授厄尔·迈纳说:"当前比较文学论著不具有严格的比较性。"为什么会有这样的情况呢?比如巴登斯贝格,他在比较文学方面研究的课题"外国文学对法国文学的影响",到了梵·第根,"认为比较文学研究的是一件作品在哪些方面和别的作品有感情上、体裁上的关系。"三人对比较文学有不同的理解。到了梭瓦和卢梭,他们又说道:"比较文学用历史和哲学的方法,对不同语言或文化的文学现象进行分析性的描写,为了更好地理解文学的特有功能。"梭瓦和卢梭比他的前人有了非常大的提高,但仍和中国对"比较"的传统认识不同。《辞海》这样为"比较"定义的:"把确定事物同异关系的思维和方法的这一定义运用到比较文学研究方面同样是可以的。如果想要进行比较研究,那么被比较的对象之间必须存在某种差异。"在中国人看来,只要都是竹竿,就是"相同的东西"。这几根竹竿就可作为比较的对象,可以比较它们的颜色、长短粗细、轻重、坚韧性、抗拉性、生长环境等等,还可以比较它们的名称、用途、价格等。虽本质不同,但形状有一定的相似,在用途方面却有相同之处,便可以彼此比较。

在比较文学研究中,首先应对各种国别文学分别进行研究,下一步才能对各个事物的内部矛盾进行比较。对两种以上文学深入的了解,再观其不同之处。这就是先"文学"后"比较",这顺序极为重要。这表现了中国学者做学问的科学态度,在比较文学研究方面,就是把握几种国别文学在主题、情节、形象、结构等诸多方面的相同、相异之处,再探究其原因所在。

3. 中国学派应提倡并进行几种不同语言文学作品的直接比较研究。国别文学作品的比较,大部分是根据翻译作品进行比较的。翻译也是一门学问,其中可以研究的问题就很多。译者对两种语言的掌握程度、翻译技能以及表达能力都直接影响质量和效果。比较文学若借助译作,不可能达到全部的原作特点,所以翻译中存在着不可译的成分。但是可译部分也会因为译者的不同或多或少有些差异。一种文字的文学作品会有不同的译本,用不同的译本做比较研究,就会出现多种有差异的比较结果,所以中国学派应该进行不同文字的直接比较研究。在这一点上,我国一些著名专家学者都为我们树立了良好的榜样。

4. 中国学派既然表明要根据自己的理解进行研究,那就要确定几种国别文学的相同与相异。可是文学作品的形式与内容都十分复杂,即便是一位杰出的作家,每件作品肯定具有不同于其他作品的特殊性,所以想要在众多的作品中找到完全一样的东西,恐怕是很难的。这样一来,想要在两位伟大的作家作品中找到相同的内容或者形式,可能性是十分小的。扩大到几种国别文学,要在几种不同语言的作品中挖掘完全相同的内容,这样的机会自然可想而知。每位作家都是在不同的文化背景、生活经历的条件下成长的,对生活的体验与人生观也是不同的。但在众多的不一样的作品中却存在着许多的"相似"。我们所要研究相似点,可能是一小段或几个句子或几个词的用法,所要研究相似线,就是某种关系所连接的许多点,还要研究相似面,那便是作品中的某一章或某一节。通过这些揭示出人类文学的共核,显示出文学发展的主流,便于我们发展和继承。

我们应当阐明"相似"的界定。相似可以分别表现在两种或几种作品的主题、结构、人物形象、语言等诸方面。想要分出作品的相似之处,就需要从各作品产生的社会的历史、文化、政治、经济等各方面去分析。比如同样一种动、植物在不同国家的文学作品中表示的意义就会不同,同样的动作、话语在不同的国家作品中内涵也不会相同。

几种国别文学之间存在的相似,究其原因是它们各自的传统文化中本身就有相似的基因,并且还因为彼此文化的交流而发生影响的关系,但影响与借鉴的因果反映往往出现嫁接的现象,两种文化撞击后容易产生新的文化。文学作品同样也是这样的,所以,要确定几种作品之间的相似,就要对各个事物的内部矛盾的各方面进行比较,不能够简单地从形式上去寻找。

我们之所以要建立中国学派,只是为了不蹈他人的覆辙。先提出建立中国学派的设想,再形成学派的可行性理由是充分的。希望比较文学研究者早日形成比较文学研究中的中国学派,以此向世界展示中国特色的研究成果,为文学的繁荣作出贡献。

(三)再论建立比较文学研究的中国学派

中国比较文学研究者普遍呼吁建立比较文学研究的中国学派。这种呼吁是出于对世界比较文学研究的需要。中国研究者已经认识到世界范围比较文学中各种流派的局限性。中国比较文学研究者如果想进行更为有效的研究,就要在前人的基础上,建立一套属于自己的方法,这就有必要建立中国学派,再从历史的和地域的角度分析,我们也负有这样的使命。比较文学从诞生到现在一直处于不断地改变之中。从法国的一家垄断,到美国的平行研究,开拓了更为广阔的领域,让比较文学的研究方法更加多样化。可美国的平行研究学派并没有让比较文学从诞生起就带有修正,不足之处依旧存在着,但是东方这支拥有世界上也许人数最多的研究队伍,非常有必要建立中国学派,这应当是一个崭新的学派。它应该有一个完整的体系——有自己的名称,一套科学的术语,一套科学的研究方法。

1. 关于名称问题

名称问题是一个带有根本性的问题,而比较文学界早已认识到它的重要性,所以一直争议不休,但是一直没有圆满的结果,所以到现在仍然让不满意的名称依旧保留着。其实不管从中文的构词习惯,还是研究的内容上来看,"比较文学"的名称都是不妥的,应该改称为"国别文学比较学"。在改名称的问题上,中国学派应该表现出气概,如果认为是正确的,就应率先使用。只要是正确的,那么总会被比较文学研究者接受。新名称标志着研究的深入,标志着其发展进入了一个新的阶段,而且我们还应考虑到新名称的简便性,可以先简称为"文学比较学",再称为"文比学"。

2. 关于术语的问题

比较文学中的术语有很多是值得研究的。在国际比较文学大会上,就曾对"影响研究"中之"影响"展开了讨论。不过那只是围绕着"影响"的定义进行的,目的就是要使"影响"站住脚。有的人说,"真正的影响,更像是一种精神的存在",认为这是"国家文学的精髓渗透"。这种观点难免显得过于抽象。"影响"从汉语的角度去看,是指形与影、声与响的关系。如果把两种国别文学的关系视为形影声响,就过分夸张了二者的关系,而且过分简单化了。如果站在"影响的接受者"立场,并且要表现出接受者的正确态度,就只能是"吸收"与"表现"两方面。"吸收"的接受者在吸收时避免不了要"取其精华,去其糟粕"。这也正是对作品所持的正确态度。中国的文学和艺术,十分讲究借鉴。这其中包含了明确的目的和严格的选取标准。所以"借鉴"最能正确表明双方的关系。

"平行研究"从字面无法了解它的内容。从字面上来看,它认为两种国别文学各自沿着各自发展的道路向前推进。那么比较的基础是什么呢?是针对影响研究的。平行研究是将两种以上的国别文学的作品分别研究,并且也研究作品的作者,然后再分门别类地逐项比较。平行研究认为,参与比较的作品要具有"文学性"和"可比性"。我们看出"平行研究"不是一个完善的术语。所以中国学派应该用"同异研究"来取代"平行研究"。

3. 关于研究方法的问题

我们在思考研究方法这一问题时应当与研究目的这一问题联系起来。

回顾比较文学的历史:在有影响力的传播者的题目下,做出了"媒介学"的文章;为了证明影响,就得研究两种以上的国别文学中各自的主题学。法国的梵·第根说:"一部书就像一个人一样,在考察它的内容之前,要考察它的形式。这种形式往往是从本国文学的传统而来的,所以比较文学应该研究作家所选的艺术形式来历,如果可能的话,再去解释这种革新的缘由。影响学派用文类学研究来证明影响的存在。主题学的研究也一样是一种方法。在众多神话和民间故事中不可避免地会出现相同的主题、相近的现象,所以很自然地运用比较来梳理它们之间所存在的关系。"

影响研究学派为达到既定目的而设计的研究方法,平行研究学派一样也有方法。平行研究是先分别研究不同国度的文学作品,再将它们进行比较。这就必然会出现比较标准的问题。所以平行研究学派提出了"文学性"和"可比性"两条原则。关于"文学性"的问题,既然是"比较文学",为什么会没有"文学性"呢?对于"可比性",指出文学作品间既具有相同性又有相异性,这样才具有可比性。其实,不可能有完全相同的两种作品。两个不同国度的作者,其表达能力等是不可能完全一样的,而完全不同的作品也不可能用来比较。所以平行研究学派所提出的两条原则,貌似无关痛痒。

关于中国学派的研究方法,首先对"比较"的理解去进行研究,因为比较文学中的"比较"有不同的理解。《辞海》对"比较"定义：“确定事物相同、相异关系的思维和方法。将这个运用到比较文学研究中一样是正确的。要先对各种国别文学进行研究，要先有较深入的了解，再观察其不同之处。在“把握事物间的内在联系”这一点上，就是把握几种国别文学在主题、题材、人物和结构等方面的相同、相异之处，再研究原因所在。

两种或几种国别文学之间所存在的相似，究其原因是各自的传统文化中本身就有相似的基因，并且还有由于彼此文化的交流产生的关系。可是影响与借鉴的因果反映往往出现嫁接的现象，产生一种新的文化。所以比较时要对各个事物的内部矛盾的各个方面进行比较。

中国学派应致力于国别文学的相似研究。每一位作家对生活的体验和表达方式并不相同，所以作品也各不相同。在众多不相同的作品中其实也存在着大量“相似”之点、线、面。正是这些揭示了人类文学的共核，所以是我们研究时应该高度重视的。“点”的具体含义决定具体的客体。如果客体是两种不同的国别文学，那么这个点也可能是两位作家；“线”存在于两个“点”，或若干个“点”之间所存在的某种关系。

想要在世界比较文学界取得共识，就需要把中国学派自己的道理讲深讲透。我们要独立思考，认清自身的不足，再下功夫去克服。“不破不立”是中国思想界的格言。

（四）比较文学研究中的影响与借鉴

比较文学研究的第一阶段是以法国为代表的影响为主的那一个阶段，所以“影响”研究是比较文学当中一个比较重要的问题。“影响”在比较文学的论文以及译著当中是经常能够见到的，但对“影响”的定义与解释还存在分歧，这已经不仅仅是名称的问题，更是有关影响学派的研究方法和理论的重要问题。通过回顾和分析，我们不但可以对影响学派有比较全面的了解，而且能够从中看到中国比较文学研究者在中、西方文学比较研究方面应该怎样进行研究，这也是建立中国学派的一个重要问题。

1. 关于“影响”的概念

很多学者曾经都给“影响”下过定义。比方说法国学者朗松在《试论“影响”的概念》中说：“真正的影响，是不管用以往的文学传统以及各个作家的独创性来解释文学中所呈现出来的情况。真正的影响，是一种精神存在。

朗松在对影响的界定中提到的问题是需要讨论的：

（1）"一国文学中的突变"。从常识角度考虑，突变是与渐变相对的。渐变是量变，突变则是质变。乙国作家因为借鉴了甲国作家的作品进而写出了新形式的作品，这就完全符合借鉴效果，可是不能因此就认为作品能够让一国的文学发生突变；

（2）关于"各个作家的独创性"问题。朗松为了证明"那种情况"的出现，就必须排除独创性，必须对作家进行全面的研究，这样一来，研究者就需要用相当长的时间，所以实际上是做不到的。但如果不能用事实排除独创性，就不能证明是受外来影响的结果。

约瑟夫只讲"一位作家"的"外来效果"，可以理解为是对朗松定义的修正。不过他并没有表明如何从作者的作品中分离出"有机的组成部分"。实际来说影响研究所采用的方法是不可能做到的。如果用矢量表示，便是信息—接受者。所以，信息是影响的主体，而接受者是影响的客体。

2. 关于"接受"的概念

影响研究学派在初期只致力影响放送与影响表现，他们只强调渗透，不研究接受者。可是随着比较文学研究的渐渐深入，研究"接受者"是势在必行的。康斯坦次学派曾发起了普及"接受"一词的运动，并且直到1979年8月才承认了"接受"这个概念。

那么紧接着就需要研究与此有关的一系列问题，于是提出"接受研究"。当时这种研究仍是为落实影响服务的。野上丰一郎在《比较文学论要》一书中"比较文学的研究，研究者须居于接受者的侧位，这样才能够探讨某作家取得了这样的体裁，如何受到了这种倾向影响的"。所以在影响学派看来，接受者在作品中所表现的"思想"，作品的"体裁"，都是影响的结果。

"接受研究"还是要不断提高的，所以后来在德国就出现了"接受理论"。特雷·伊格尔顿评论："接受理论考察读者在文学当中所起的作用。"这样的理论并没有把接受者的作用予以重视。这样的理论只是限于在阅读过程中的认识活动,但这种理论还是认识到读者的主体性。

在接受研究方面有了长足的进展后,可以将它作为接受者对信息的影响加以研究,也就是说存在"信息—接受者"与"接受者—信息"。这明显是认识到了影响研究所存在的严重缺陷,进而提出了补充与修正影响研究的理论。他们称这种理论是"特殊意义上的接受",即"既能运用和接受影响,又能使这种影响磨灭"。

影响研究学派必须对接受者进行深入研究,因为只有通过阅读才能够实现接受,所以接受者首先就是读者。影响研究学派将读者分为三种类别:终极的读者、对"文本的解释持另一极端"的读者、非定型的读者。所以不论是哪一种读者,似乎都没有被证明是被渗透者。由于它从根本上摆错了主体和客体的位置,所以不可能取得进展。

3. 关于"借鉴"的概念

比较文学是研究国别文学之间所存在的关系,其实就是研究甲国文学作品以及乙国文学作品之间的关系,即是读物与读者的关系,中国人读书一向注重读者的作用,在比较文学方面也是一样的。作为接受者的乙国的作家,对播送者的甲国作品的理解,取决于接受国的作者。读者是积极的汲取者,那么读者对文本需要就要有选择地吸收。"尽信书,则不如无书",充分表明了主体、客体之间的关系。把中国历史名人有关读书的言论收集起来会形成一部巨著,但其强调的是读者并不是读物。视读者为汲取者,并且认为读者在阅读过程当中有吸收、有摒弃,这是中国传统的阅读观念,中国人把这样的方法称之为"借鉴"。

借鉴与接受不同,借鉴的主动权在借鉴者。乙作家也能够像甲作家期望的,对作品做出恰到好处的理解,或不能,这完全取决于两个作家间差异的多少,有时这种差异会导致乙作者理解出许多不存在的寓意,而这些都是原作者不能决定的,因为阅读是由读者来完成的。

文学作品是反映现实生活的,所以作品产生的历史背景和文化背景是一个重要因素。具体到作品当中,更有许多与作品无关的因素起着重要作用。从阅读过程方面看,帮助我们理解文学作品的因素有很多方面。第一,当读者看到标题时,阅读理解已经开始。读者已经开始有目的地进行揣测读物的内容,对于读者期待起着不容小觑的作用。阅读正文更是这样。这是"揣测—证实—再揣测—再证实"的一个过程。读者根据自己对该类读物进行的推测,依据自己的知识,对题目进行分析、了解,不断地修正自己的预测直到最后得出结论,即读懂读物。在这个过程当中,心理活动和语言能力是不可分割的,心理活动也是建立在读者对这个世界的认识之上的,关系着读者对于生活的理解,而他的悟性,则决定了他的审美取向,或者说是借鉴取向。在理解的过程中,读者是一个主动的参与者,所以这就是为什么同样的读物对不同的读者有不同作用的原因。

对于不同的读者,其借鉴的内容不同,方式也就不同。有时候 B 作家的作品当中,能够明显地看到 A 作家的痕迹,有时甲作家的作品被加工、改造后,改变了其面目再出现在乙作家的作品中。有时候乙作家从甲作家作品中获得可能只是启发,或是思想上的升华。在阅读了作品之后,对其中的形象进行了自我改造,然后结合自己民族的传统文化,塑造出一个新的人物形象。学者们受到莎剧的形式、语言的影响,但应更加注意的是,莎剧把英国戏剧推向最高峰。在题材方面有时借鉴的是"大学才子派"的创作,《哈姆莱特》的情节则受益于基德的《西班牙的悲剧》。莎剧向我们展示了一个高标准的借鉴范例,《高级喜剧》与莎翁的早期喜剧也有很多相同的地方,同样都是贵族的恋爱。李利表现的是宫廷生活,但莎剧的现实色彩则更浓重。莎士比亚的悲剧就借鉴了马洛和基德二人的悲剧,所以其人物更具有典型性以及代表性。基德的悲剧则过分地夸张了情节的恐怖色彩,而莎剧《哈姆莱特》中的主人公具有重大的社会意义。借鉴的方式方法是非常多的,莎翁虽然取材于国外,可是研究家们认识到:"尽管许多人物都是王公贵族,但实际上都是当代社会不同阶层不同思想的代表人物。"这就叫作借鉴。所以莎士比亚在借鉴方面为我们树立了良好的典范。

国外也有人提到过借鉴。约瑟夫·J. 肖在《文学借鉴与比较文学研究》文章中虽然没有给"借鉴"下一个定义,但从其中一段文字可以看出他在指什么:"似乎没有人把表示文学借鉴的术语——对比、确定并且加以区别。最需要明确定义就是翻译、模仿、仿效、借用、出源、类同和影响。"

二、翻译与文化

（一）文化的定义

众所周知,中国是一个有着数千年历史文明的国度,所以,国人给予文化的注重也是特别多的,就字典里的解释我们亦能够看出一二：其一,就广义层面而言,文化即人类在社会历史实践里创造的物质财富及精神财富之和。鉴于民族的出现及发展,文化便有了民族性。不管哪一种意识形态均有与其相对应的文化,当然此文化亦会伴随社会物质的发展而发展。社会物质发展的连续性意味着文化发展亦兼具连续性及经历史传承性。其二,文化泛指文字能力及普通知识。文化与所有科学及艺术均有着异常密切的联系。翻译系艺术的一种,因此其当然也应该得到文化的支持。

（二）翻译与文化的关系

1. 文化在翻译里的重要性

假如我们用某种语言展开交际,那我们对此语言的文化内涵必须有一个深刻的了解。

2. 因文化所引发的某些翻译技巧的运用

（1）同化及异化

语言系文化的承载物。因为文化的渗透力特别强,所以文化因素便渗透到了其语言的所有层面。

比方说以下这一句子,我们选用同化及异化两种技巧对其展开翻译：“A beautiful girl has often all unfortunate life.”译成“红颜自古多薄命”便为同化,而译为“一位漂亮女子通常有一个不幸的人生”则为异化。看到这里,许多人会有这样的观念：即异化比不上同化。然而事实上此种看法是不正确的。

（2）重写及改写

重写及改写系翻译过程中经常需用到的翻译技巧。世界知名人物勒菲弗尔如是说：“翻译即是对原文的一种重写,抑或改写。”如此在替换时,我们才能够明白作者想表达的真正意思。针对各类文体,我们的此种替换工作便异常重要。

三、翻译过程中的文化融合与碰撞

《圣经》经过了无数传教士的翻译,其中由狄考和鲍康宁等人在近代完成的《官话和合本圣经》实际上成了中国官话文运动的催化剂和新文学运动的开路先锋。《官话和合本圣经》影响了五四前后几乎所有的中国作家,《官话和合本圣经》的直译给我们带来了文学作品中"骆驼穿过针眼"等新鲜的比喻。

在五四前后兴起的第三次翻译高潮中,有一个不得不提的人物,即林纾。林纾,字琴南,是五四时期一个非常特别的翻译家。之所以特别,是因为其本人一门外语也不懂,却翻译出了《巴黎茶花女遗事》这样在中国近代文学翻译史上具有里程碑标志的作品,以及《黑奴吁天录》《汤姆叔叔的小屋》《块肉余生录》《大卫·科波菲尔》等一百多部来自多种语言的文学作品,其方法是与精通原作语言的人士合作,由其将原作的大意翻出,林纾再用他优美的古文将意思转述出来,并且时有"添油加醋",将自己的思想加之于原著之处(舆论界对此颇多微词)。且不论林译的诸多讹处,单就林译起到的"媒"的作用已足以名垂青史。他的译作实际上吸引了大批的文学青年,如鲁迅、钱钟书、冰心等,并对他们的文学创作道路起到了很大的帮助作用。他的翻译可作优美的古文赏析,文辞流畅、优美,读来颇觉享受。评论界称其增加了古文的表现力,拓宽了古汉语的表现领域,使得古汉语不仅可以做短小的议论文,也可以叙述长篇故事。当然,林纾作品中有许多错误,但林纾通过对作品在理解、阐释和语言层面上进行艺术再创造,完成了对古汉语的发扬与重大突破,拓展了中国小说的描写形式、叙事结构与编排等,为中国语言文字的功能进行拓展做出了一定的贡献,也为后世影响中国、震动世界的诸多文坛巨匠们具有启蒙作用。

四、文化的差异与翻译

(一)语言与思维的关系

语言是人类交际最重要的工具,它是人们思维的表现者。思维即人脑对客观现实的反映过程。思维和语言有着密切的关系。一方面,思维离不开语言。倘若没有语言,思维则无法定形。因此,我们可以说,思维与语言是相互作用的,思维的发展推动着语言的发展,而语言的发展同时也推动着思维的发展。

（二）中西方思维差异对翻译的影响

1. 思维方式差异对翻译的影响

中方倾向于具体化,西方更倾向于抽象主义。中国人喜欢将事物一一举出来,而西方则是说出事物的特征,或进行概括。例如,"头发开始脱落"也可以说成头发变稀,中国人听到此话立刻就会脑中冒出那头顶几缕发丝的样子,而西方会直接说成"my head balding"特别是数字,中国人用成百上千的说明某个事物的多,在英文中则直接用个词组就可表示"thousands of",并没有表示出中文中的"百",又如吃软不吃硬,吃闲饭,可分别译成"be open to persuasion, but not to coercion","lead in idle life",无需将软硬和饭生硬地翻译出来,再如成语"手忙脚乱"表示忙碌的意思,用"busy"即可表示。由此说明在翻译过程中不可拘泥于形式,要吃透文章。

2. 思维习惯不同对翻译的影响

虽然各国人们的思维活动是一致的,但是并不代表对于同一事物的理解也一样,对事物的喜好也一样。在翻译过程中,译者常常根据自己积累的文化经验和养成思维习惯进行联想。如果生搬硬套地进行翻译的话,一定会使译文费解。可见,思维习惯不同,对词义的错误理解会影响译文的准确性。

（三）翻译美学的主体论的标准

人类有众多的语言,按照不同的人类群体,分为不同的语群。虽然人种、肤色、国籍、民族、语言、地缘等不同,但人类作为一个整体,则具有很多共性,因为人类共存于同一个地球上,人的生理条件、生活需要、思维规律、感情色彩、道德倾向等大致是趋同的,人们对自然环境和社会活动有着某些共同的体验,因而产生某些相同或相似的思想或概念。人类的各种语言也都是人类在自身的进化和在社会活动中产生并发展的,也都遵从人类共同的认识规律和活动规律,因而也具有很大程度的共性,如英汉两种不同语言的许多词语、句子的所指,常常反映客观世界的同一事物或同一现象,体现相同的语言功能。所以,语言是可译的。

但是,由于人类语言之间存在着很大的差异,语言的翻译是有局限的,如语言中的许多讥诮话、习惯语在翻译中只能译出大意,其中的语言色彩无法全部再现。

"信"是指要忠实于原文。严复认为,中西语言文化有较大差别,在翻译过程中要对原文形式做一些必要的调整,否则就会出现一些令人费解的词语。"雅"是翻译的语体选择,是要注意修辞,富有文采。严复的本意是译文必须用"汉以前字法句法",故而求其尔雅。现在用古文翻译已不能成为翻译的一个要素,人们已给"雅"字以新的内容和要求,即保存原作的优美的风格。

刘重德教授提出的"信、达、切"标准。信,即忠实于原文的意义;达,即译文明白通顺;切,即切合原文风格。

美国翻译理论家奈达认为"翻译的实质就是再现信息。"他还要求译者去寻找"最贴近的对等语"。

目前翻译界普遍接受的提法是"忠实、通顺"。忠实指的是忠实于原文,通顺指的是译文的语言必须合乎规范、通畅易懂。

(四) 翻译美学的主题论方法

早在西方古时期的翻译活动中,就出现了直译法和意译法。出于对上帝的敬畏,当时许多译者人为忠实地传达原文意旨必须采用直译的方式,他们的译文生硬艰涩;而哲洛姆(Jerome)则坚持"在不损害意思的前提下,应当使译文符合译语的韵律和各种特征",因此,他翻译的《圣经通用本》语言流畅自然,为读者接受。

在翻译界,直译和意译曾有过长期的争论。现在翻译界基本上有了这样的一个共识:直译和意译应该互相兼容,互为补充。我们认为,在翻译中,直译和意译可以交互使用,互为补充。能直译时尽可直译,不能直译时则可考虑意译。

音译法是一种"取音舍义"的翻译方法,常用于某些词语在译语中无对应词时。音译法早已有之。唐朝佛经翻译家玄奘就有过"五不翻"原则,即:①佛经密语须音译;②佛典中的多义词须音译;③不存在相应概念的词只能音译;④已经约定俗成的古音译保留;⑤为避免语义失真用音译。

音译法在英译汉、汉译英中均有运用，如：guitar（吉他），typhoon（台风），饺子（jiaozi），西苑饭店（Xiyuan Hotel）。

在一定条件下，在英译汉中采用音译法，可以吸收外来语，扩大汉语的词汇或表达法；而在汉译英中采用音译法，则有助于将汉语文化介绍给国外。

第四节　现代审美视角下的英语翻译

一、翻译美学理论

（一）中国古代译论中的隐形美学

我国的翻译实践始于古代的佛经翻译。道安提出"五失本三不易"原则，玄奘主张"五不翻"等，都是古代最具代表的翻译理论。

19 世纪 20 年代，中国译论日新月异，刮起了一股文学翻译美学之风，将文学翻译提到美学的高度。郭沫若指出文学翻译应有一种"风韵译"，曾虚白论"神韵与达"，陈西滢提出"形似、意似、神似"。到了 20 世纪 50 年代，中国译论和美学的结合可谓达到了空前的高度。

（二）当代翻译美学的形成

改革开放以后，中西交流增加，中国出现了第四次翻译高潮。在 20 世纪 80 年代初，朱光潜提出"翻译美学"概念。1992 年，奚永吉编写的《翻译美学比较研究》开翻译美学之萌芽；2002 年，刘华文的《汉诗英译的主体审美论》一书出版；1996 年，张柏然、张思洁发表《中国传统译论的美学辩》；1998 年，赵秀明发表《中国翻译美学初探》；2006 年，曾文雄发表《中国翻译美学研究新发展》；2007 年，李洁发表《中国当代翻译美学发展的回顾与思考》等等。从以上情况可以看出，翻译美学在短短的二三十年间得到了前所未有的新发展，已然成为中国译论中的热点议题。

二、中国传统翻译美学的现代含义

（一）传统翻译美学之整体观

中国有句古话，"和实生物，同则不继"。在讨论传统译论美学观之前,我们不妨看看西方学者对中国传统文化的解读,康纳对中国文化的"整体观"做了以下简明拇要的概述:在亚洲,他们文化的各方面都是汇入整个生命之流,他们离开宗教的情愫,不能谈艺术;离开了理性的思辨,不能谈宗教;离开了玄秘的感受,不能谈思想。

中国美学视宇宙为整体、视生命为整体、视艺术为整体的"整体观"同样引起了英国诗人比尼恩的关注。

中国传统文化中的"整体观"在中国传统美学中有着具体的体现,以美学为基础的传统译仑蕴含着明显的"整体观"。这里略占一点篇幅,交代一下整体观的界定。整体观,也称整体论,作为一种理论,最初是由英国J·C·斯穆茨在其《整体论与进化》(1926)一书中提出,斯穆茨在该书中系统地阐述了其整体论思想,并提出整体是自然的本质,进化是整体的创造过程,随着人类对系统生物以及人类自身发展认识的深化,现代整体论的内涵发生了变化,其主要特点:(1)生命系统是有机整体,其组成部分不是松散的联系和同质的单纯集合,整体的各部分之间存在相互联系、相互作用,整体不能还原它的部分;(2)离开整体的结构与活动不可能对其组成部分有完备的理解。

1967年英国学者A·凯斯特勒提出一个新的观念,认为我们看到的是一系列复杂的、上升的、有序层次的中间结构,其中每一个对下而上的层次都是自主的整体,而对上面的层次,又是相对独立的从属部分。因此,任何事物既是亚整体,又是整体。

1. 以整体为美

"以整体为美"即是中国传统美学的审美原则,而西方古典美学重视"个体",强调"个性美",强调艺术形象的形象性、生动性和新颖性,换言之,西方人在艺术作品中更关注"个体美"或"局部美"。

2. "道"中的"整体观"

老子在《道德经》开篇即"道可道,非常道;名可名,非常名",表明老子强调"道"是超越常道、常名的一个整体,它不能分割,也是不可分割的。

3. "和"中的"整体观"

"道"与"和"都是中国古典美学中的"整体观"的理论体现。两者有着必然的关联,但其角度不尽一样,"道"强调"整体性","和"则更多的是指"整体性"实现的途径,因为宇宙万物不仅仅是"一",还是"多",不仅仅是"全部",还有许多"局部"。"道生一,一生二,二生二,二生万物"表明"道"与"和"之间的关系。如果两者之间的关系处理不当,"多"将破坏"一",结果是失去整体性,反之亦然。由此可见,"和"所对的是关系问题,是如何在万物错综复杂的关系中保持和发展其整体性的问题,从这个意义上来说,它是对"道"的整体观的进一步规定与实现。

所以,在古人看来,"和"的关系就是一种审美关系。所谓的"中和之美",就是一种整体之美。

4. 意境中的"整体观"

意境观体现了传统美学中的"天人合一"的思想,意境本身就是一种整体美(因为意境观必然涉及意境,意境的本质就是情景交融),这里不妨做一点解释。首先,意境之美源于意象,一部作品如诗歌、散文甚至绘画,往往会有无数个意象,而这些意象围绕某一中轴产生一定的意义,从而构成一个浑然一体的、有机的艺术境界,意境强调的是艺术效果和整体印象。其次,意象在作品中,体现为情与景交融,没有交融,意象就失去了存在的价值,没有意象,就无法制造意境,意境的产生有赖于意象,更依赖于各意象之间的内在关联。因此,在意境中,意象之间的关联性是内在的,深层的,它不是一种词的排列,而是一种意的连接,情的连接,需要读者的细读与精读。

那么,以传统美学为根基的翻译思想,是否也具有以上特征呢,回答是肯定的,不论是古代的"案本而传""汉末质直",还是近代的"信、达、雅""神似说""化境说""和谐说""三化、三美、三之"论,都是一脉相承的,是在继承传统美学思想中的发展、创新,这些提法大都体现了上面所阐释的传统美学中的整体观。毋庸置疑,翻译本身除了语言要素需要关注外,更重要的是整体效果,"案本而传"强调的是"因循本旨,不加文饰"的一种不要随心所欲增添润色的整体效果,唐代玄奘提倡的"五不翻"策略以及"既须求真,又须喻俗"的审美评价标准,重在强调在传统文化中经义的整体效果,翻译被视为一种传递信息、达到交流之"道",然而"美"与"道"不能截然分开,"义以载道","道"乃"文"之本体,义为"道"之感性表现,"道"与"美","道"与"文"的分析学思辨正是传统美学的主要内容之一。由此表明,翻译之"道",除了再现源文本之"义"(意蕴或信息),另一重要功能在于传递源文本之"美",这就是翻译的实践价值。另外,"和谐"说,即"天人合一"的传统整体观,可以在翻译实践中得到具体体现,比如佛经翻译的鼎盛时期,唐代以玄奘为代表的译家在总结继承前人的优点基础之上,充分调动一切内外因素,经书翻译质量之高,数量之多,是以往任何时期都难以与之相提并论的,所以梁启超曾用"圆满调和"来盛赞佛经翻译的质量。

关于意境之整体观(整体意识)于翻译,翻译的功能就是传递源文本的内容与形式,即传统译论中的"依实出华",将原文中的美学要素尽可能地再现给读者,使其在阅读鉴赏活动中获得审美体验。对此,我们也可以这样说,翻译是指按照某种翻译原则或标准,运用各种可能的策略在译语文化语境将原作的艺术品质再现出来,使译文读者获得与阅读欣赏原作大致相当的旨美感受。

(二)传统翻译美学之阐释观

文中的阐释观,即阐释学,这个术语是西方哲学界的产物,不过阐释学的问题却是中西文化中所共有的,只要存在作品,就有对作品的理解和阐释,只要有对作品的理解就是阐释,就存在阐释学的问题。

西方当代著名阐释学家伽达默尔等在传统阐释学的基础上提出了新的观点,他们认为:唯一的"原意"是不存在的,作品的意义并不是作者给定的"原意",而是"由阐释者的历史环境乃至全部客观的历史进程共同决定的",这种阐释学强调了阐释的不确定性与开放性,它将阐释看作作品与读者之间的对话,看作一个能动的积极的过程,注重阐释者对作品意义的创造性阅读。换言之,作品被视为其意义不是永恒的、封闭的,而是一种开放的、不断变化的活动,其中渗透着读者和其他作品的回响,在这个意义上说,它是种"互文","作者带来文字,读者自带意义"。

据阐释者观点,对话的上下文没有止境,阐释无止境,意义可以延伸到最深远的过去和最遥远的未来,甚至在最深远的过去所出现的意义,也永远无法一次性地最终把握到,因为在未来的对话中,它们将不断更新。在当前的对话中,有大量的意义被遗忘了。但是,在未来某一时刻,对话又获得了新的生命时,这些意义将被回忆起来,因为没有绝对的死物,每一种意义终于有一天会节日般地归来。如果用这种提法来观照中国传统译论的话,其意义是不言自明的。

中国传统译论高度精练、语义丰富的特征,使其自身随着翻译实践和理论的发展不断得到阐释,其思想不断更新。其中最具有代表性的莫过于"信、达、雅",此标准自产生以来的一百年间一直被译界奉为翻译之教科书,就连此后在中国译界非常具有影响力的"神似说"和"化境说",也无法取而代之,它们通常被认为是对"信、达、雅"的延伸与丰富。对于严复的三字翻译标准"信、达、雅"的不断演绎、丰富与创新,无疑表明中国传统译论中的美学思想有阐释学的特征。这些思想在后来的译者或论者的实践中或思考中得到极大的拓展。

然而,自"信、达、雅"产生以来。诸多学者对其做了丰富多样的阐释,其中围绕"信"与"雅"的研究成果最为丰硕。在展开讨论之前,我们还是应该看看严复当初是如何提炼与解释这三个字标准的。

《易》曰:"修辞立诚"子曰:"辞达而已"又曰:"言之无文,行之不远"三者乃文章正规,亦即为译事楷模,故信、达而外,求其尔稚,因此不仅期以行远已耳,实则精理微言,用汉以前字法句法,则为达易,用近世利俗文字,则求达难往往抑义就词,毫厘千里,审择于斯二者之间,夫固有所不得已也,岂钓奇哉。

之所以引用严复这段话,其目的就在于让读者清楚严复当初对这三个字标准的解释,即所谓"原意"而对文本"原意"的解释,正是趋向多的有力佐证,诚如伽达默尔所言:"对一个文本或艺术作品,所包含的真实意义的获得,永远不会终结它事实上是一个无限的过程,不只是新的误解根源不断被消除,从而真实意义从掩盖它的所有事件中显露出来,而且新的理解源泉也从那儿不断涌现,展示出意想不到的意义因素。"从这句话中,我们不难理解,艺术作品的意义结构是一个开放性的结构,它向读者开放,向历史开放了它的"意义整体"是由过去通向未来的,被观赏者理解和再创造的意义的可能性的无穷系列所组成。

那么,我们再回头看看三字标准的"原意",即"信、达、雅"中,"信"是根本,没有"信"就无所谓"达"与"雅",它们的关系是一种辩证的统一关系,整体的"信"、整体的"达"、整体的"雅","达"与"雅"的结合是为了更好地体现"信"。

"信"与"达"的统之"道":严复在《与梁启超书》中谈及翻译体会,"窃以谓文辞者,载理想之羽翼,而以达情感之音声也"语言乃思想之载体,传情达意之工具。严氏在《天演论》译,例言中表明:"西文句中名物字,多随举随释,如中文之旁支,后乃遥接前文,足意成句,故西文句法,少者二三字,多者数百,假令仿此为译,则恐必不可通,而删削取径,又恐意义有漏",这表明译者对两种文字的语言特征了然于胸,间接暗示翻译过程中对语言顺序必须调整。他在《群己权界论》中进一步分析:"原书文理颇深,意繁句重,若依文作译,必至难索解人,故不得不略为颠倒,此以中文译西书定法也,西人文法,本与中国不同,如此书穆勒原序一篇可见,海内读吾译者,往往以不可碎解,警言艰深,不知原书之难,且实过之"。译者如果对中外两种文字差异有着深刻的理解,必然徘徊于"信"与"达",容易造成这样的局面:"华文而失西义"或"徇西文而梗华读",即"信"与"达"的对立。然而,严复再次强调这种所谓的对立只是局部的,是可以调整的,通过对源语的形式的改变或者对某些术语加以某种解释(按语),是可以使译文既"信"且"达"的。

"雅"的本真:从严复使用的三字置放顺序应该可以看出,"信"在三字中处于核心地位,"达"次之,"雅"则是"信""达"之外译者所考虑的要素。那么"雅"的原意即本意为何呢?下面引文中的"精理微言,用汉以前字法句法,则为达易;用近世利俗文字,则求达难"则告诉读者,古雅文字更容易传达原文的精理微言,因为译者本人身为桐城派文人,不用当时不够成熟的白话义,这本身说明了译者的翻译要旨是为"达",为"达"则是求"信",因此,求"雅"即为"求真""求信",如果清代桐城派文学原则可以概括为"雅洁"两个字的话,那么身为桐城派代表的严复自然也会遵循这二字,他坚持"信、达、雅"为正轨,主张翻译遵循这二字标准也就不足为奇了。

三、翻译美学的主题论

（一）翻译美学是语言转换,是跨文化转换

语言是随着社会的产生而产生,并随着社会的发展而发展的。汉语体现了汉语民族的文化,英语体现了英语民族的文化。

语言实际上就是一种语码。所谓"编码",就是人们把自己想描述的客观事物,或想表达的思想感情转换成语码,即用语码来表达。而"解码"就是理解源语言表达出来的信息后,再把它转换成译入语表达出来。

翻译有口译和笔译两种形式。口译是通过两种不同的语言的转换来传达信息,笔译是通过两种不同的文字的转换来传达信息。为此,翻译工作要求译者具备多方面的素养。

首先,要不断提高自己的英语水平和汉语水平。

其次,要努力拓宽知识面,要对说英语的国家的社会、政治、军事、文化、教育、科技、地理、历史、风俗等都有所了解,同时对世界各国的知识也要有了解。这些知识越丰富,越有利于翻译。

（二）翻译美学的主题论的基本内容

实际上,我们可以把翻译美学的主题定义为三部分,分别是科学、艺术、技能。也就是说,我们可以从上述三个角度理解翻译美学的主题论。

说翻译是一门科学,是因为它有自己的理论体系和规律,它是前人翻译实践的科学总结。拿英汉互译来讲,英语和汉语各有特点,既有类似之处,又有差异,只有基本上掌握了它们的特点和技巧,翻译起来才会得心应手。例如在多数情况下,英语和汉语句子的主谓、动宾和介宾的先后词序大体相同,但有时又有大相径庭的地方,如英语有冠词,而汉语则无这种词类。以具有不尽相同特点的汉英两种语言来进行互译,正是翻译的困难所在。要想翻译准确,必须掌握两者对应的规律。不然,翻译时在理解和表达两方面都会出现这样或那样的问题。

所谓艺术,是指富有创造性的方式、方法。说翻译是一门艺术,是因为翻译实际上是语言的再创作。然而,翻译的创造性不等于原创的创造性。因此,翻译具有从属性。原创可以尽情表达自己的所见所闻、自己的想法和看法,而翻译需要考虑对原创忠实,须服从于原创,从属于原创。

第五节　生态翻译学研究

一、生态学与生态翻译学思想

（一）生态学基础

1. 生态学的定义

生物与环境之间的相互关系和各种因素相互关联,这就是生态学的概念。生态学是研究这种关系的科学。生态学一词是由自然学家亨利·索瑞于 1858 年提出的,但他没有给生态学明确的定义。生态学这个词的词源是希腊语,由"oikos"和"logos"发展形成,"oikos"表示住所,"logos"代表知识,所以生物"居住"的研究是生态学的本义。在这之后,作为现代科学本系中的一个关键学科——生态学,其得到了确立并且慢慢发展起来。一般状态下,研究环境系统是生态学的范畴。"环境"是指相对于人类创造的世界而言的自然世界。生态学研究自然界的各要素以及各要素之间的互动,包含了生存、生命、生产的密切关系,同时又体现了整体性、总体性和全面性的特征。

2. 生态学的重要概念

生态学的重要概念包括生态平衡、生态系统、生态位。生态平衡是指生态系统通过外部和内部能源、物质,信息传播和交换的具体条件,系统内部生物与环境之间、生物之间达到彼此关联、统一和适应的状态得到了持续的促进,同时在一定程度上,这样的状态具有自我控制、自我调节和自我发展的能力。换句话来说,生态平衡是指处于顶级的稳定状态的生态系统的形成和维持.它是一种相对的动态平衡,是在生态系统的演替发展中,借助于外部环境与内部组件之间的相互作用以及数字系统之间的联系,同时控制系统的内部功能已经成为现实。

3. 生态学的研究内容

一是自然生态系统和野生动物群体是生态学的研究对象。探索生物与环境之间的行动和反应，以及它们之间的规律；在不同的生存环境下生物种群的形成和发展，种群内部及种群群体之间的关系和调节过程，在时间和空间上种群数量的变化规律，特定环境对种群的影响；生态系统的结构、功能和基本成分；生态系统中的能量循环和物质循环。

二是半自然生态系统和人工生态系统是生态学基本的研究范畴。探索世界不同地区系统功能、组成和结构的人为干扰或损害，生物多样性的保护和永续利用，环境质量的生态学评价等。

三是自然、经济、社会的复合生态系统是生态研究的对象。研究这个生态中心人的立场和功能，协调系统构成以及人与其他研究资源之间的关系，研究如何协调人口之间的良性发展，从而即使人口不断增长，社会通过对环境资源的合理管理和利用，保证人类的可持续发展。

4. 生态学的发展

（1）萌芽期

17世纪初之前都是生态学的萌芽期。人类在长期务农、游牧、捕捞和狩猎过程中，在中国悠久的历史上进行总结，将简单的生态学知识不断积累，例如季节气候对作物生长的影响、土壤水分和常见的动物物候，习惯等，才能生存下去。这个阶段形成了素朴的生态学观点，也为生态学的创建奠定了知识和思想上的基础。

（2）形成期

生态学的形成期是从17世纪到20世纪50年代。这个时期生态学家提出了许多有价值的生态学理论，研究方法从个体生态观察研究，然后过渡到生态系统研究。20世纪30年代产生的许多生态学文献，阐述了生态位、群体生态学、食物链、生物量、生态系统等生态学的一些基本观点和相关概念。

（3）发展期

在20世纪60年代以后是生态学的发展期，主要表现出以下特点：

第一，学科自身发展条件和趋势方面。渐渐地，化学工程技术科学、物理、数学等学科的研究成果融入到了生态学中，举例来说，像地理信息、高精度、分析测定技术等,为生态学的发展提供了向精确、定量方向前进的条件。

第二,生态学的理论发展方面。生物生态学、种群生态学、生态系统生态学和群落生态学等要点分为宏观、中观和微观三个层面。

第三,生态学的运用方面。主要是由于人类活动影响着世界生态系统,交织在一起的生态系统和社会经济生产体系,从而构成了一个庞大的复杂系统。食品、自然资源、人口与环境等因素随着社会经济和现代工业化的快速发展,对社会生产和生活产生深远的影响。因此,人们在不断地通过生态学的方法进行相关的研究和实践,只是为早日找到解决这些问题的有效措施和科学依据。

5. 现代生态学的发展趋势

现代生态学近年来在慢慢进步和创新,一个角度来看,传统生态的研究是数学、化学、生物学、物理学、工程科学研究的结合;另一个角度,打破了传统生态学的研究领域,进而向复杂、广阔的人类社会系统扩展。在拓展的过程中,它具有两个方面的特征,如下:

第一是生态学融合力的加深。人文社会科学研究将促进现代生态学的发展,为了自然生态系统和人类社会制度的价值以及自然生态系统之间的相互作用关系,因此而形成了生态论学、自然资源经济学、生态哲学、生态文化等生态学学说和分支领域,对生态学的基本观念进行深化,使得生态学的运用领域得以扩展,从而促使传统生态学的理论体系走向成熟。

第二是全球生态学与环境运动的兴起。伴随着后工业文明时代所带来的各种各样的问题,以"人类社会发展与全球环境变化关系"为主旨的全球生态学研究一直在进行。总而言之,从静态描述到动态分析,从定性到定量研究,慢慢到多层次的综合研发是生态学的整体发展趋势。

(二)中国传统生态学思想

华夏几千年的文化思想中不乏经典生态智慧,中国传统生态包含着"天人合一""以人为本""中庸之道""整体综合"等多个丰富的哲理。中国的传统生态思想偏重和谐,认为和谐是"天和""人和""心和"的总和,是主客关系的圆满。

1. 天人合一

体现在"天人合一"这种中国传统思想的整体观源远流长。儒家生态观念的基本理论基点可以称为"天人合一"。"万物并育而不相害,道并齐而不相悖"是孔子在《中庸》中说道,和谐、相辅相成的运动是孔子心中的自然和人的发展变化规律。除此,儒学也承认自然界有其特有的运行规律,人类主观意志的支配无法改变自然的运动规律。中国的"天人合一"观,达到了社会道德和自然规律的协调一致,将生态系统看作相互联系、相互依存、相互作用的有机整体,也表达了古代人民对天、地、人和谐发展的良好意愿。

2. 仁爱万物

中国传统生态伦理思想的体现是"仁爱万物"。因此,在生态系统中,人作为主体因素应该对自然界的万物怀有仁爱之情。儒家学者主张"仁民爱物","由己及人、由人及物"是儒家提倡的思想,宇宙万物中都蕴含着仁爱精神。荀子提倡"万物各得其和而生,各得其养而成",汉代董仲舒提出要将爱物作为人的道德伦理内容。此外,传统佛家思想中也渗透着保护生命的生态美德。

3. 和实生物

中国传统生态思想中的"和实生物"思想体现了中国传统的生态发展观。"夫和实生物,同则不继。""和"是多样事物的"统一","统一"包括互补、协调、共处等层次,以上三个观点是西周的史伯提出的。"实"是实际上(根本上),"生"是生生不已,"物"是万事万物。"同则不继"间接说明"和"是有利于持续发展的。这种思想与西方的优胜劣汰思想不同,中国的传统生态思想没有将发展看作不同竞争对象之间相互对立、相互竞争的过程,而是生态系统中不同个体之间相互学习、相互吸收、共同进步的过程。

中外生态学的研究和生态学的思想不尽相同,但有一定的共同之处,总结而言,主要体现了以下特征:

第一,整体性。从生态学的角度来看,世界是一种生物体,每一种人的生活行为都是生命的整体运动,为人类的生态创造一个新的视野,引导人类摒弃原有的单一化状态,追求生存的开放性,多元化。

第二,多层性。也可以称为立体性。

第三,动态性。生态学不是以一成不变的方法进行讨论,而是以动态的眼光观察生态系统。

第四,互动性。环境决定了生物体的性质:简单或复杂,重复或单一,必要或自发,友善或奇怪,共同或独立。生态系统内的各种因素相互联系、相互作用,并非孤立存在。

第五,处境性。从生态学来看,每种生物都有其赖以生存的处所。此外,从联系的视角来看,每种生物处于一定的生态位中。因此,应该将生物个体放在某种特定的处境下,整体、全面地考察生物体所处的环境。

第六,圆融性。"圆融"一词,最早是佛教用语,后指破除偏见、解放思想,不同文化、不同学科之间的汇通、融合。生态学弘扬跨学科的研究方法,摒弃陈旧的局部性、学科性、领域性的观点,消除学科观念和学科意识,生态学与遗传学、生理学、生物学、行为科学等各个分支演化理论相结合,形成一个新的领域,同时生态学与化学、数学、地理学、物理学等自然科学相互联系,产生多个边缘学科,结合社会学、经济学、城市科学,生态学已成为社会科学与自然科学的联系纽带。不同文化、不同学科之间相互汲取精华,从而促进学科理论和实践的进步。这种圆融性为学界解放思想,多维度地分析问题、解决问题提供了借鉴。

(三)生态翻译学的起源与发展

1. 生态翻译学产生的背景

很多理念的提出都是在深刻的时代背景和社会思潮影响下。在时代社会和学术发展的引导下,生态翻译学在逐渐发生和发展。

第一,它是在译学研究的影响下经济社会进行的转型。20 世纪 70 年代,中国逐渐开始重视生态环境问题。

翻译适应选择的理论基础从生物与生态环境的关系入手,从本质上讲是生态学路径的,这一点从 2001 年开始起步研究就定位了。此后按照该路径,其他研究也是这样发展起来的。这在一定程度上是根据翻译理论的适应性选择的延伸而产生的影响,使得未来生态翻译在建设过程中遇到困难。

对相关文献进行研究得出最早的生态学发展是由植物生态学开始的。相应的动物生态学是伴随着植物生态学的发展才得以发展。众人皆知,生物学的研究对象既包括动物又包括植物。生态学不是孤立地研究环境和生物有机体,生态学是研究生物有机体与环境和互为环境的生物之间的辩证相关的关系。

前期的翻译适应选择论研究定位在系统的翻译理论基础上,但翻译理论研究本身与翻译学研究是不在一个层面上的。在整体的生态理念的观照之下,很有可能的是,前期翻译适应选择论的"中观"和"微观"研究与宏观的整体翻译生态体系研究相关联。

对于生态翻译学的发生和发展,不仅有中国因素,还有全球因素;不仅有内部因素,还有外部因素;不仅有人为因素,还有客观因素。同时,生态翻译的起源和发展也是一种社会需要、文化需要和学术需要,翻译学习领域的视野需要进一步发展。而在新世纪初期翻译学就开始发展,既是必需品,也是一种意外。

生态翻译学的三个立论基础可以概括为生态翻译学的可持续性、存在性和客观性。正是因为翻译适应选择论的理论体系的建立,以此为基础,生态翻译学"三层次"的研究即宏观翻译生态体系、中观翻译本体理论、微观翻译文本转换的研究得以发展。最终,正是由于生态翻译学的"三层次"研究,形成了相对完整的生态翻译学理论体系的构建。这是一个循序渐进、由局部到整体、由较小到较大,逐渐归为系统化的发展过程。

经过 21 世纪第一个十年的研究和积累,生态翻译学的研究成果不断丰厚,研究思路和发展趋向日益明确,生态翻译学在宏观译学、中观译论、微观译本的"三层次"研究格局已形成。同时,随着理论应用和实证研究范围的逐步扩大和学术影响力逐步提升,研究队伍显现壮大之势,国际国内的交流与合作计划也在实施之中。总之,生态翻译学正在步步为营、一步一个脚印地稳步发展。

2. 持续不断的发展

没有生命力的理论行之不远。而理论的生命和活力又在于人们持续不断地关注与应用。这种判断和追求,可以说对任何领域的研究或任何学科的发展都是一样的。

对于生态翻译学来说，学界的关注和应用是多方面的，除发表论文、出版著作、相关研究、列入会议议题或安排大会主旨发言之外，主要还体现在以下两个方面：一是，当生态翻译学的研究成果和著作面世以后，海内外翻译学界开始了多方面的评论。与此同时，为使翻译适应选择论暨生态翻译学进一步完善和发展，也已相继出现了对相关理论视点和描述的再思或异议，也都从一个侧面表现出翻译研究学者对生态翻译学发展的关注、鞭策和促进。

走过十年风雨历程的生态翻译学，其发生与发展已成为一个事实，一个客观存在，并日益引起国内外广泛关注和兴趣。目前来说，经过了十年的发展，整合"倡学"、探索"立论"、拓展"创派"是生态翻译学三个发展阶段。

在生态翻译学研究进入发展的第二个年头，观点相同的学者们将在"先国内、后国际"的发展战略之下，进而慢慢地从国内进行发展，直至发展到国外。一方面，我们将在近年内出版几部拟订的专题著作。在另一个角度上看来，针对国际生态翻译学研究会的性质，我们要不断努力建立和健全工作机制，对"国际生态翻译学"网站进行良好的利用。在今后几年内最主要的是人才战略储备，但这种人才战略储备是可持续的，我们会采用多种形式集中培养生态翻译学研究方向的博士、博士后研究员，从而提高生态翻译学的"续航力"，进而"生态翻译学学派"得到良好的发展，在国际翻译学界有一定地位。

（四）生态翻译学的研究对象与方法

1. 生态翻译学的研究对象

（1）生态翻译译境

一般情况下，翻译环境和翻译生态是以一个整体存在的。译入语文化规范和社会政治权力对译文有所牵制。翻译生态环境对所有翻译主体来说都不能改变、逾越，都属于一个统一体。例如单单只是追求个人利益，对严格审校制度不在意、眼光局限、"借他人之手，改写他人文章"和抄袭名著名译等，这些行为都会颠覆过去的翻译生态环境的序列与翻译环境的秩序，与翻译伦理相违背，就破坏了翻译生态环境的整体要求。

宏观、中观和微观是翻译的生态环境的三个层次。以上讨论的主要是宏观的"大环境",或是一般环境。从宏观角度看,不同国家有不同的语言政策和社会政治制度,不同的语言群体有不同的翻译政策。详细地进行说明,不同个体的翻译生态环境又有很大的不同。使用语言是语境的参考系,语言使用和语言本身不包括在内。

（2）文本生态

文本的生命状态和文本的生态环境是文本生态。在语言的生态翻译中,原始语言和目标语言是两个文本生态系统。

（3）译者

翻译的各个生态系统之间也一定要彼此相互关照,进而可以进行有效的相互帮助、进步。译者在"翻译群落"生态系统中有义务管理好各种关系,有实现生态理性的责任,有维护生态和谐、保持生态平衡的义务。

（4）"三生"主题

生态翻译学是翻译适应选择论的继续和深化,"译者为主导""译者为中心"不是翻译适应选择论所选择的翻译中心。所谓"三者",顾名思义,讲的是"译境""译本""译者"三者之间的关系问题,它以"关系"为线索展开研究和论证阐述,表明生态翻译学是探讨此三者关系的"关系学"。尽管立论线索不同、观察视角各异、研究指向有别,但上述"三生"和"三者"都基于"译境""译本"和"译者",而这些是相通的,都是生态翻译学的核心内容和研究对象。

2. 生态翻译学的研究方法

（1）矛盾法

矛盾法则告诉我们,矛盾的共性具有普遍意义,但矛盾的共性又包含于矛盾的个性之中。因此,从方法论的角度来看,可以说,凡是适用于一般翻译研究的常规的、通用的、"共性"的方法,对于生态翻译学的"个性的"或"特殊性的"研究而言都是适合的。

（2）相似类比

"相似类比"是生态翻译学研究的重要研究方法之一。采取相似类比方法,在某种程度上具有实施性,主要表现为一定程度上翻译生态和自然生态之间存在的联系、类似和同构。研究表明,在很多层面上自然生态和翻译生态有很强的类似性。

首先,生态学强调生态环境与生物体相互影响、相互作用,而翻译生态也是这样。其次,生物与生物之间、生物与生存环境之间在自然界中相互作用进而达到生态平衡,翻译生态也是如此。第三,在不同种类的两个体之间存在互利共生,互利共生是一种生物间的互惠互助关系。在自然生态中,人类有目的、有意识的活动能够对生态关系或多或少地起到改造、促进、抑制和重建作用。

(3)概念移植

这里的生态概念移植,可以包括多个层面,既可以是生态概念的移植,也可以是生态原理的移植,还可以是生态术语的移植等,但这些不同层面的移植,本质上又都是一种生态概念的移植。

"整体思维"的哲学理念必然会作为方法论反映在中国学人的研究行为之中。只要是从生态理性、生态系统的角度重新审视翻译,那就一定要思考系统的平衡协调、关联互动与整体和谐。反之,便不是生态视角的翻译研究了。

(五)生态翻译学的发展趋势

十余年来的生态翻译学研究在"中西合璧""古今贯通""文理交汇"的实践方面做了一些尝试。这些尝试对于沟通中国翻译界和西方翻译界学术研究的话语纽带,贯通传统翻译思想和现当代翻译思想的研究体系,突破人文社科与自然科学的研究界限,具有一定的促进意义和示范作用。从这个角度看来,生态翻译学研究在坚持"古今贯通""中西合璧""文理交汇"的学术追求上,或许将成就学术研究。

20世纪以来,在文学生态批评和西方生态哲学的影响下,在哲学和思想理论领域发生了由人类中心到生态整体的转型、由主客二分到主体间性转向。哲学理念的这种转向,无疑会影响到翻译理论哲学基础的选择和取向。因此,从哲学理论的角度来看,翻译理论的哲学基础正由局部适用到普遍适用过渡,由单一取向向整体取向演变。

生态翻译学的发生和发展,承载并昭示着上述理念,践行并引领着上述转变。

从研究视域的角度来看,译论研究的视野与人类认知视野衍展的路径总体上是一致的,生态翻译学研究的视域超越了单一维度与工具理性,正在经历着由单一学科向跨学科的整合一体衍展。

翻译研究正跨越人文社会科学与自然科学刻板的疆界,走向人文社会科学与自然科学的沟通、科学与艺术的融合。因为人文的和自然的划分和界定,本来就是人为的。翻译活动是跨学科的,是各种人文的和自然的因素的"综合"。因此,翻译研究尤其需要打破学科的界线,才能真正回归于翻译学研究和发展的"原貌"。

翻译是人类文明发展的产物。翻译工作有着重要的意义,翻译已经成为中华文明与世界文明沟通的桥梁,成为促进社会进步和人类文明进步的桥梁。中华民族的伟大复兴,必须要有,也必然会有当代中国学人自己的原创性理论在中华大地开花结果、成长壮大。从这个角度出发看来,与时俱进的生态翻译学研究,作为翻译研究中有活力的、创新的"拓展点"和"生长点",或可能逐步发展成为全球化视域下中国翻译研究的一个走向。即使生态翻译学开始于中国,但是越来越多的国际翻译界人士已经在慢慢对此产生兴趣并加以关注,很多翻译学者在跟随和参与。

二、生态翻译学的现状

在当今国际上,彼得·纽马克在 1988 年将作为文化生态特征的翻译过程作为主要特征。米歇尔·罗尼的《翻译与全球化》一书,也提出了语言"翻译生态学"理论的基础,不同语言之间的转换,翻译应保持不同语言翻译的"健康平衡"。Michael Cronin 教授是爱尔兰都柏林市立大学人文科,他在《翻译与全球化》的第五章中,在比较大的空间上讨论"翻译生态学",对与翻译科学新领域可以说又是一个重要贡献。

在国内,自 1980 年以来,经过讨论"直译"和"自由翻译",再次出现了"翻译是科学或艺术"的论证。正是在这个时期,中国翻译的生态环境产生了重要变化。在翻译介绍方面,上海外语教育出版社引进出版了《国外翻译研究丛书》,基本涵盖 20 世纪西方,特别是欧美国家的主要翻译理论:《当代翻译理论译丛》与近些年来出版的《外研社翻译研究文库》和《世界名著译丛》,这些著作都极大地丰富了中国译坛的学术思想。在翻译导读和在理论研究类方面,也有大批读物,如《文学翻译原理》《翻译文化旦论》《西方翻译简史》《译介学》《翻译论稿》《中国翻译教学研究》《中西诗鉴赏与翻译》等等数百部作品和许多有关西方翻译理论研究的文章,从不同的角度来展示西方翻译理论研究的面貌。

虽然国际翻译的生态翻译引起了关注,但在世界上并没有产生太大的影响力。目前国内的生态翻译有一定影响,越来越多的中国学者和翻译研究者开始研究生态翻译。

三、公示语与生态翻译学

（一）公示语概论

21 世纪初的公示语翻译研究在文化全球化、我国深化对外开放和推动对外交流的历史背景下给国内的应用翻译研究带来勃勃生机。在政府和中国翻译协会等的倡导和引领之下,众多翻译研究机构和翻译研究学者积极参与,公示语翻译研究迅速掀起 21 世纪初国内译学界的学术热潮。历经众学者近十年的不懈努力,公示语翻译研究逐渐回归研究常态。

1. 公示语的概念

这些年来,特别是 2005 年北京第二外语学院在研讨会前首次公开语言翻译,公示语这个词语与标志语、标语、标识语、标示语、标记语、标牌语、牌示语、揭示语以及警示语等术语与之共生共用,公共语言的定义不统一。国际标志委员会主席 Barry Gray 的定义为 "The signal from a simple way to find or information about the tag of the complex communication information",国内学者阐释的较有代表性的公示语概念主要包括:

定义一:英语中有 public signs 一语,中文翻译比较乱,有公示语,标语,手语,揭示,警告等。这是一种特殊的风格,在公共场所常见,或用几句话,或使用简洁的图形解决方案,或文字和图形组合,对受众说一些要求或引起一些关注。

定义二:公示语在公共场所显示文字,包括标志,广告,产品规格,旅行指南,社会宣传,通知等。

定义三：公示语是在公共场所面向公众的公共信息内容的语言,它包括标志、口号、公告等线索。

定义四：公共语言是指文字在公共场所展示,供公众观看,以达到特定风格的交际目的。

定义五：将语言显示在文字中,在公共场所展示已提供字母的功能和完整的说明。

2. 英汉公示语的语言特点

《现代实用英语例解》总结英文标志的五大特点：通常使用所有大写字母,不添加标点符号；字通常很少,至少只有一个字；语言精简,常用名词、动词或名词短语；有时使用命令句；有时采用十分正式的文体。北竹和单爱民指出,英语公共语言广泛使用名词、动词、言语名词、短语缩写、文本和符号的组合,现在时态、命令句、规范和标准词汇,以及一些局部色彩词,将利于形成公共英语独特的语言风格。戴宗显和吕和发更是具体总结了英文标语的十种语言风格：使用名词是第一,第二是使用动词,言语名词,三是使用单词和短语,四是使用缩写,五是禁用不常见的单词必须严格,六是文字和图形符号共享,七是使用现在时态,八是使用命令句,九是规范和标准词汇,十是简洁、准确的表达。丁衡祁则认为英语公共语言特征可以总结为5C,即 Concise（简洁）、Consistent（统一）、Conventional（规范）、Convenient（方便）、Conspicuous（醒目）。刘美岩和胡毅认为英语公示语的特点是简洁、明了、正式、规范。中文公示语也有自己的特点,主要是体现文字浅显的意义,文本的合约,风格相关。根据风格,语言主要有简洁、规范和互文性的特点,打算意动和"追求力量"的特点。

形式服务于内容、目的和功能。把握英汉公示语的语言特点,有助于译者在翻译过程中有针对性地结合翻译生态环境中的相关要素就词汇选用、话语逻辑建构以及表达形式等进行选择,从而服务于符合目的语表达规范且可读性强的有效交际译文的产出。

3. 公示语翻译原则

（1）传意性原则

一定的符号形式在人类的帮助下，通过媒体、信息传播给在不同的空间或时间的对象，以实现理解的意义称为沟通的行为或活动——传意。使用翻译聊天再现源语言信息的基本任务是翻译，翻译的人让读者同样获得原来的读者感受。要遵循传意性的原则，保证准确复制中国的语言和文化等信息，避免语义错误或含糊不清，才能保证翻译的实际效用。如果公示语汉英翻译违背了传意性原则，对应的英文表达不能正确而完整地传达信息，有效交际便无法实现。

（2）互文性原则

法国的符号学和文本分析师克里斯蒂·伊娃用文字创作，英语为intertextuality。强调文本和文本之间的相互作用是指利益相关者、渗透、转移等。作为语篇的一个基本特征，互文性指的是在产生彼此交叉的各种语料库的过程中的话语，文本和其他文本之间的相互影响、相互联系以及复杂、异质的胜利。

语言要顺应交际的需要，翻译要在文本、文化、语言和思维等多个方面展开的达到互文性的转换。因为英文是阿拉伯语形式的英文翻译公共交际对象，以符合英语的表达文化特色和务实的习惯。如"油漆未干"应译为"Wet Paint"，翻译为"油漆很湿"，虽然没有语法错误，但不符合互文性原则，因为这种表达方式不符合英语公共语言表达和线性思维习惯。"请勿吸烟"也根据中文思想的形式错误地翻译成"No Smoking Please"。虽然在汉语中"请勿吸烟"是一种礼貌用语，但是其意图是对一种不道德的行为约束，属于限制性公示语。在英文中对意图的表达是直接且明确的"No Smoking"。"No Smoking Please"中的"Please"是表达"请求"的礼貌用语，而"No"是一种强调否定的，说是严格禁止的，用"请求"的言语方式表达不允许的命令，显然是违背了互文性的原则。

（3）简洁性原则

文以简洁为贵。语言简洁明了、正式规范是英语公示语的特点。使用很多英语公共语言、短语、名词、动态名词、首字母缩略词、文字、组合等标志,以便看起来简洁。英汉公示语中显著的语言特征就是间接性。至此,汉语的公示语也要遵循这一原则,直接展示、提示、指示、限制或是强制的功能,从而达到有效的目的。公交车上常见的"老、弱、病、残、孕专座"译为"Please offer your seats to the seniors, children, pregnant women, the sick and the disabled.Thank you."然而基于简洁性的要求,不妨译为"Courtesy Seats"或者"Priority Seats"。正是公示语表述简洁性的要求,"Only People with special cards giving them permission are allowed to fish here."应该表达为"Fishing：Permit Holders Only","You can be taken to court and made to pay £100 for dropping rubbish."应该表达为"Penalty for Dropping Liter–Up to £100 Fine"。

（二）公示语生态翻译学

1. 旅游公示语

随着经济和文化全球化,旅游业发展也迎来了黄金时期,成为现代社会的朝阳产业,具有带动和促进众多行业发展的功能和作用。世界旅游组织预测,到 2020 年,中国将成为世界上最大的旅游目的地和第四大旅游来源国。近年来,风景名胜游、文化游、探险游、休闲游、生态游等蓬勃发展,现代旅游活动的食（food and beverage service）、住（accommodation）、行（transport）、游（traveling）、购（shopping）、娱（entertainment）构成的产业链组成的现代旅游活动有所增加,产业链条也日趋成熟。促进旅游业发展的重要保障是开拓涉外旅游市场,所以旅游的环境显得十分重要,旅游翻译的重要性也可想而知。

（1）旅游外宣文本与翻译

在旅游宣传方面,文本更多属于感染（appeal-focused text）,具有指导功能、信息功能和描述功能。不同文化交际中相似的语篇类型就是平行文本。文本外部和文本内容限制了文本构建和分析的原理。文本构成了基本元素,包括开始、订单、文本的结构、单元的文本和结尾。

就文本结构而言,英汉文本均以线性的推进方式为主。基于参照文本,英语景区外宣文本不但包括了景点或景观信息,同时还提供了户外休闲、博物馆以及食宿等相关信息,以尽可能全面地提供食、住、行、游、购、娱等综合信息。而汉语景区的文本内容仅仅局限于景观信息。因此，汉语景区的外宣文本就必须适当地采用补译以保证文本的互文性并顺应英语读者的阅读期待。

平行文本是保证译本互文性和提高译本可接受性的有效方法。同一景区多个汉语文本的信息重复现象较为严重。导致英译文本中的信息重复和信息冗余。这就涉及同一主题文本之间的互补性问题。

基于生态翻译的重点是从语言、文化和传播层面的维度来检验公共语言翻译质量，笔者注意语言沟通和沟通的有效性（因为很少有访客注意到文化维度）主张凸显旅游注意事项，因为游客须知在一定程度上具有旅游协约功能。

（2）旅游广告翻译

现代旅游已经成为当今世界经济中最大的经济体，旅游经济的发展使旅游广告在旅游推广方面越来越重要。旅游广告服务于旅游商，为的是向旅游者宣传推销产品。旅游广告英语词汇、句法和修辞具有一定的特点。

就词法而言，广告中大量使用第一和第二人称以突出广告的劝诱意图并缩短交际双方的距离，大量使用描述性形容词以体现情感色彩并激发旅游者的旅游期待，大量使用行为动词和一般现在时态以及主动语态以促成读者做出积极反应。例如：

New Hawaii. 全新的夏威夷。

Kodiak Alaska's moat mystical isle—Kodiak Island. 科帝克，阿拉斯加最神秘的岛屿。

Visit Malaysia（Ministry of Culture and Tourism of Malaysia）到马来西亚一游。

在句法层面，广告语句力求结构简单以凸显强调功能，简单句和祈使句及省略句使用频繁。例如：

Britain.It's time.（Ministry of Tourism of UK）旅游英国，正当其时。

Yes，the Philippines. Now ！（Ministry of Tourism of the Philippines）是的，菲律宾群岛。现在！

Discover Bermuda's beautiful little secret——Bermuda Island. 发现

百慕大岛美丽的小秘密—百慕大岛旅游。

City of Gold（Ministry of Tourism of Melbourne）黄金之都。

在修辞方面，英语广告大量采用重复、对比、韵格和比喻等以强化广告的宣传效应、客观性、可读性和表达功能。例如：

The wonder down under.（Ministry of Tourism of Aus—tralia）天下奇观。

参照英语旅游广告的词法、句法和修辞特点为汉语旅游外宣广告的翻译提供了有益借鉴。与此同时，翻译人员要充分考虑中西文化和文化差异，期待读者的愿景，高度重视广告宣传和读者的关注。

2. 交通公示语

从事客货运输以及通过行业转移的语言是交通运输，有两方面运输，属于国民经济第三产业。一般交通可分为陆路运输、空运和海运。陆路运输：在运输的地面上行走；航空运输：在航空运输中运输；海上运输：以海运方式运输。交通标志包括禁止标识、警告标识、指示标识等等，都具有法令的性质，不论行人与车辆都必须遵守。交通公示语翻译在规范交通行为以及提供信息服务等方面起着至关重要的作用。

在高速交通标志翻译中，一些翻译没有统一的表达方式，存在认知度差，翻译不准确、不强等问题，这对安全构成直接威胁，影响国家形象。

翻译不准确是指公示语英汉表达语义上出现偏差或缺失甚至错误，造成信息不对等。如"严禁酒后驾驶"是高速公路上常用的公示语之一，沪宁高速上出现的三种译文分别是 Don't drive while drinking（不要边开车边喝酒）、Driving when drink forbidden（严禁喝酒时开车）和 Don't drive and drink（严禁边喝酒边开车），而京港澳高速和连霍高速等更多地使用 No Drunken Driving 这一表述，但英语中没有 Drunken Driving 这样的表达习惯。

表达各种同样声明的翻译也严重影响了公共语言规范。如"严禁疲劳驾驶"的译文，在京港澳高速和遂渝高速上分别为 No Driving When Tired 和 Do Not Drive Tiredly，沪宁高速上是 Driving when fatigued forbidden，另外还有 Don't Drive Tired，Don't Drive in Fatigue，

Tiredness kills，Take a break 和 Stay alert，Stay alive 等多种译法。

高速公路的交通公示语拥有信息指示功能以及有限制、提示、强制等功能,以保证行车道路安全,所以英文的表达要简洁、互文、达意。在遵循互文性、间接性、传意性原则的同时,还要灵活地运用仿译、借译等方法进行翻译。模仿现有的英语公共语言翻译,使翻译更接近正宗的英语。遵循传意性、简洁性、互文性的翻译原则,再借助仿译、借译等方法,在为高速路交通公示语英译提供理论指导帮助的同时,也可以用来评测翻译的质量。

四、宏观视角下的生态翻译学体系

（一）复杂思维、复合系统与翻译研究的"跨学科性"

1. 复杂思维

"能够是一种联络人文科学和自然科学、消除人文科学和自然科学之间差距的方法",这就是复杂系统的探究方法。

复杂思维方式共有八个特点,分别是：1）当一种方法具有复杂性的时候,此时这种方法才可能发挥作用。2）可操作性原理是这种方法要提供的,这对自在思考有所帮助。3）方法是一种行动策略,并不是一种规划,逐渐地在现实的反馈中进行修整。4）时间具有不可逆性的特点,承认这一特性有助于将历史过程当作对现有事件进行解释的关键条件之一。5）注重事物的相互关联性和整体系统的认知,这个过程包括反馈、互为因果性、随机性、干扰、滞后、紊乱、叠加、协同作用、重新定向和分叉突变等。6）注重认知对象和其所在的环境之间的联系。7）强调观察对象和观察主体二者之间的关联性原则。8）在复杂系统中承认形式逻辑具有一定的局限性,将观察中发现的逻辑困境和矛盾当作未知的现实领域。复杂的推理原则涵盖着竞争、对立和互补概念的共时性。

2. 复合系统

复杂性科学给我们提供了一种崭新的世界观。

可以理解复杂的系统

（1）它不是简单系统,也不是随机系统。

（2）它是一个复合的系统，而不是纷繁的系统。

（3）复杂系统是一个非线性系统。

在复杂的系统中，子系统分为几层，不同大小。

由于生态系统多维度、多层次的内嵌性，同时又具有层次关系，因此，在大系统之下会有子系统，子系统之下又会有子子系统。但无论是从翻译生态体系到不同生态子系统，也无论是从不同生态子系统的内部结构和内在联系到各生态子系统之间的"关联互动"关系，这里的系统设计和描述总体指导思想是遵循基本生态原理，符合生态理性特征。

3. 翻译研究的"跨学科性"

从 20 世纪 90 年代后，"交叉学科"逐渐被"跨学科"一词所代替。通过超越过去的条分缕析的探究方式，进而实现对问题进行整合性探索，这是跨学科的主要目的。目前看来，在国际上具有一定发展前景的新兴学科大都具有跨学科性质。

大部分的传统翻译探究还停留在二元对立思维模式，基本就是围绕翻译四元素译者、作者、译本和原本而展开，同时解构主义的产生和发展促使翻译探究打破了二元对立的屏障，丰富和完善了译学的学科体系。从译论发展史全局来看，能够得出译学学科要建立和不断完善，译学研究要想发展，就必须要走向跨学科综合发展。

西方翻译学研究从 20 世纪 50 年代末至今，最终发展到了跨学科研究的新阶段，不难看出，翻译学研究已经变成多门学科研究范式的集合体。

（二）翻译本体生态系统的"科际"整合

1. 科际研究的"关联互动"

以"关联序链"为线索，"按图索骥"地展开相关研究，采用相互照应和分项研究，就基本可以对生态系统进行各相关学科探究的纵观和系统的整合。

从另一个角度看，基于整体主义的科学，"生态学"的研究方法注重互相关联、互相作用的整体性。所以，生态翻译学研究将采用分析例证和综合论证二者结合的方式展开探究。注重整体研究的互动关联，协调梳理分项专题探究是进行实施具体方法。

翻译本体生态系统具体的"跨科际"研究内容包括：

从语言学视角的研究出发，在翻译本体生态系统中，因为语言的转换是翻译，所以，对语篇进行"生态取向"的功能、语用学、认知分析探究，语言与翻译生态的关系探究，生态语汇的翻译探究，还有从语言学维度为出发点的其他和翻译生态系统相关的探究，这些是语言学视角的研究中应当包含的。

从文化学视角的研究出发，在翻译本体生态系统中，因为语言的转换是翻译，文化所包含的一部分是语言，所以，"生态取向"的跨文化差异、契合、冲突、制约研究，翻译生态系统的文化语境研究，翻译生态环境和文化多样性的探究，还有其他从文化学维度角度出发的和翻译生态系统有关的相关研究，这些是文化学视角的研究应当包括的。

从人类学视角的研究出发，在翻译本体生态系统中，因为语言的转换是翻译，文化的一部分是语言，通过人类活动的不断升华总结而成文化，而人类是自然界的一分子，所以，对人类认知演变和翻译研究，译者的欲望、情感、能力、需要研究，翻译研究和人类记忆，人类交际和翻译研究，人类文明和翻译使命研究十分必要。

还要对翻译生态环境和译者之间的关系以及翻译生态环境和出版者、出资者、作者、读者、译评者之间相互作用在自然生态系统中翻译的作用和地位进行探究。

通过人类活动的不断升华总结而成文化，而人类是自然界的一分子，反之，从自然生态界轮回到翻译，所以，翻译生态系统的整体性研究，翻译生态系统的最佳化研究，文化、语言、翻译、人类、自然界之间相互作用、相互协调的关系探究尤为重要。

2. 以生态为视角的综观整合

就其他各学科来说生态学具有概括、包含的意义，生态学是综合学科取向，是一门"元学科"。因此，这使得生态翻译学对与翻译相关学科的综观整合变得可以实施。

从生态视角出发，对翻译本体生态系统进行"整合"，这样的整合是一种"多元一体式"的整合。它不仅仅体现了研究视角的交集和思维方式的整合,同时表现为"科际"探索的汇通。从生态视角出发,这里对翻译本体生态系统进行整合,也符合"多元一体"和"多样统一"的生态审美原则与生态理念。因为生态学本身就是"一种方法论和世界观",所以,从这个角度上来看,这一整合将会具有整体主义的方法论意义。

五、微观视角下的生态翻译学体系

（一）生态翻译中的原生态"依归"

一个角度,此处所指的原生态是译语生态,也可以是指原语生态。在此基础上,此处所指的原生态"依归"是指依归于译语生态,也可以指依归于原语生态。

另一个角度,表现为在翻译过程中的高度异化处理是依归于原语生态,而译者可以很好地适应原语翻译生态环境指的就是高度异化处理,表现为翻译过程中的高度归化处理。

1. 依归于原语生态

过去各种翻译,如译林,人民文学,上海翻译版,都颠倒了其顺序,将真理放在后面,把真理的内容放在前面。马红军,程永生都认为,应该按照原来的顺序进行翻译,才能够最好地复制原文中的"突降法"修辞手法,保留原文先庄后谐的幽默感。这种翻译在某种程度上体现了原始生态学方法的翻译中的"依归"。

如：Looking for a needle in a haystack.

对于这个成语,总是翻译成普通的"大海捞针",不会有人把它翻译成"草垛里找针",但下面的句子：

The Peace Commission must therefore pack its bags and return to the United Kingdom rather than cause further resentment by looking for a needle in a haystack.

如果将句中的"looking for a needle in a haystack"不进行"依归"于加工原始生态,把它翻译成"大海捞针",虽然从意义上看并不错,但从原语文化生态和交际生态的角度来看,用"大海捞针"这个成语在文章中的恰当性就会存疑。因为 The Peace Commission（和平委员会）送往英国罗德西亚进行舆论调查,但其民意调查引起了当地人的强烈反对。非洲代表将和平议会的活动与"干草堆中找针头"进行比较，除了找不到"民意"的形象外，还有一团糟。如果译成"大海捞针"的话，然后你捞你，而这不是人们的愤怒的原因。因此，"依归"于原语生态，或者，为了适应原有生态环境的翻译，将 looking for a needle in a haystack 翻译成"草垛里找针"，其"整合适应选择度"显然更高一些。

2. 依归于译语生态

因为译者在高度适应了翻译生态环境，并且强调保持译语的生态，所以为了更好地照顾读者的阅读习惯，让译文保持可读性，就要依归译语生态。

所谓高度"依归"于原语生态或高度"依归"于译语生态的翻译，应该说是一种"极化"式的翻译方法。一方面，这种方法其实并不符合"翻译即生态平衡"的生态翻译理念。从这个意义上严格地讲，这种做法也不宜冠以"生态翻译"称谓之。但是在另一个方面来看，翻译依归原语生态或者是译语生态，作为一名译者，为了更好地适应某些特定情况下翻译生态环境的需要，或是作为一名译者应选择的一种手段，在处理一些文本，甚至是一些非常规的文本时，这样的做法有的时候又是适合的。

如果从文字的角度来看，生态翻译也可以参考基于原始生态学和生态学的目标语言的"文本移植"。因此，上述的所谓高度"依归"于原语生态、或高度"依归"于译语生态的翻译问题，说到底，还是译者基于翻译生态环境的适应与选择问题。

（二）生态翻译理念的文本"干涉"

1. 翻译生态环境的"干涉"

语言文化环境、经济环境、社会和政治环境的翻译活动和外部环境等，这其中既有大环境、中环境以及小环境的不同，还包括外部环境与内部环境的差别，还有物质环境与精神环境的差异等。

基于生态学的翻译视角，选择使用原来适应生态环境的首要考虑徐志翻译的心理因素。至于译者，"理想是通过作家的作品和翻译找到他们的相似处，这样的能力和更多的作家和他们的作品的共鸣，他们可以更好地再现原作者的风格"。生态翻译学认为,整合适应选择度最高的译本即会"适者生存""适者长存"。

类似以翻译生态环境变化影响译文选择的实例不胜枚举。在经济不断发展下的社会环境的变化是导致词语内涵产生变化的原因,翻译的方法也随着改变。例如在 20 世纪"外向型经济"一词,中国一直翻译的是 export-oriented economy,这本来其实是正确的。但是,伴随着中国经济的不断转型发展,国家鼓励和支持优势企业对外投资,不再局限于产品进出口。"外向型经济"的内涵有了变化。于是,将其改译为 global-market-oriented economy。翻译的形成和整体外部生态环境与翻译密切相关。

2. "翻译群落"赞助者的"干涉"

与翻译活动相关的以译者为代表的"诸者"是"翻译群落",或者可以将"翻译群落"理解为"人"。正如文如其人所表达的含义,翻译文本受"翻译群落"的成员制约和影响是毋庸置疑的。事实上,翻译活动中涉及的人际关系对译文产生影响的情形在翻译过程中可谓屡见不鲜。

赞助者是"翻译群落"中的成员之一,而作为"诸者"之一,赞助者也会对翻译文本产生"干涉",如对要翻译、出版什么作品,如何翻译、出版一部作品等,翻译活动的赞助者往往起到非常重要的作用。

"总是在操纵着翻译活动的全过程的是赞助者。""赞助者"这个词是 1992 年勒菲费尔提出,"赞助者"一般情况,译者只有一种选择,对权力的掌握者译者要表示尊重,做好翻译工作,尽最大可能满足赞助者的要求,使赞助者满意。

作为赞助者,当政府、阶级、宗教集体进行文本选择时,首先对其思想教育意义非常看重,对原著的文学地位和艺术水平的高低并不是十分在意。如果赞助者的势力强劲,那么译者就只能去努力适应赞助者的力量。其中一个显著的特点就是在选择文本和翻译的过程中,不断地通过权术对译者本人进行施压,从而在一定程度上对译作思想的流传和发展进行影响。

苏联的作品和俄罗斯古典文学作品于 20 世纪五六十年代得到了

非常广泛的译介,这种现象的产生说明了这与当时政府和政党引导、支持和帮助是不可分割的。解放初期的外文出版局,翻译工作的主要内容是对毛泽东和其他领导人的思想著作进行翻译,除此,还要翻译俄苏文学,依据当时的国情,那时对西方现代主义文学的翻译非常少。

伴随着译本商业化和现代翻译的不断发展,大多数作品已经不仅仅是根据译者的个人意愿进行表达。只有结合诸多因素,译本才能够诞生,并且在准备阶段就会有很多因素在慢慢介入。翻译行为在近日更加具有目的性。翻译行为会包含普通的商业行为或者是树立形象、宣传文化、意识形态的传播。不管是什么样的目的,都会在翻译前或者译本还没有完成之前对译本最终形态和译者实践产生影响。不管是实行改写策略,还是在同化异化中进行选择,或是尊重原著,在很大程度上都有人为的作用。

六、生态翻译学的理论应用

(一)不同翻译领域的理论应用研究之一

1. 文学翻译研究

海明威在 1920 年写了他的小说《雨中的猫》,小说描述女主角在过程之前和之后救了一只雨猫,小说透露出奋斗着唤醒女性意识,并且揭示美国人在混乱的精神世界和战后的荒废中显示出作者为美国人民的精神健康和对人类命运的关心。李洁平与吴元庆两位运用适应翻译对《雨中的猫》将原文和曹庸译文进行了比较分析,它指出了翻译者和中心位置的主导作用,描述了适应性选择过程中的翻译者,限制了作者的机制,并讨论了翻译在文学翻译中的作用。

"好了歌"成为红学界始终被视为经典之作《红楼梦》的主题,体现了作者曹雪芹对儒家人伦观念强烈的不满和猛烈的抨击,为小说奠定了基音或主旋律。翻译者应考虑在翻译过程中选择多维转换的适应性。这不仅仅要考虑文化,还要考虑交际,更加要考虑语言的适应性,并且还要注意这三个维度间的平衡协调与有机结合。

2. 哲学社科翻译研究

《论语》是儒家经典,也是中国文学史上最权威的经典之作,不仅对中华民族文化的思想产生了深远的影响,对世界文明也有重要影响,而且广泛传播世界。近年来,随着全球化的深入和孔子的兴起,《论语》翻译研究也使国内汉学家和研究者越来越受到关注。山东曲阜师范大学翻译学院孙伟探运用生态翻译学的核心理论体系与研究方法对来自不同国度、不同历史时期 James Legge、辜鸿铭、Arthur Waley、林语堂、Ezra Pound、安乐哲等为代表的《论语》英译六译本展开系统研究。从生态翻译角度到多维度,多参数系统观和生态环境协调发展观为理论基础,将上述《论语》英译六译本置于翻译活动的宏观社会环境和微观规范环境中,探讨历史语境、文化意识、交际意图、语言策略等各种因素在翻译活动过程中的多维转换与动态相互关系。

刘艳芳老师是中南财经政法大学外国语学院的教授,她以翻译适应选择论为着眼点对新闻报道中隐喻习语的翻译进行研究。刘艳芳认为,隐喻习语是语言的精华,其内容生动活泼并富含丰富的想象力,隐喻习语在新闻报道中的使用越来越多。

3. 应用翻译研究

在长期临床实践中,中医发明了中医病症名,中医病症名也得到不断发展,中医病症名是中医学术体系的至关重要的一部分,中医经典文献《黄帝内经》(简称《内经》)是中医病症名称的出处,并且一直发展至今。《黄帝内经》简称为《内经》,《内经》不一样的英译本对病症词语所采取的翻译方法具有很大差异,具有研究价值。结果发现:①音译+注释、解释性翻译、直译、借用西医这四种方法被三个时代的三位译者采用。②根据病症名称的不同,对翻译方法的使用频率也不一致。③翻译现象被"翻译适应选择论"进行了良好的解释。

"生态翻译学视闭下的河南旅游翻译对策研究"是河南师范大学外国语学院郭英珍的研究。郭英珍指出,河南拥有数量可观的古文化旅游资源,可以被称为"国宝"级的文物保护单位就有 96 处,馆藏文物 130 万件,地下文物居全国第一。河南不仅有完美的自然景观,也拥有良好的人文旅游资源郑州嵩山、洛阳龙门、焦作云台山、林州红旗渠都是国家级风景名胜区。然而,据她多次实地考察,河南旅游市场的翻译存在诸多问题,从业人员缺乏有效的理论指导。她撰写专题论文,从生态翻译学的视角对河南旅游景点的文本介绍进行了分析,探讨了中原文化译介中应遵循的原则，以期为河南旅游业发展提供借鉴。

在翻译过程中对公示语不同之处是进行保留、解释或者替换，应该根据目的语读者和翻译目的做出不同的顺应，译文的选择也应根据不同的语境做出顺应的过程，从而尽可能实现双方交际的要求。

4. 翻译教学研究

近年来，我国翻译学科在慢慢地产生并不断发展，相应的翻译人才培养研究和翻译教学成了关键的、紧急的任务。新兴的生态翻译学研究是否能够适应这个变化，同时在此基础上有所贡献。上海海事大学外国语学院宋志指出，翻译教学生态系统属于生态翻译学的微观研究，含有学科建设、教材建设、教学方法、评估测试等构成要素。整体关联是生态翻译学所认为的生态系统的关键，当整体关联作为翻译教学研究方法的指导理念时，能够发现成分之间相互联系、相互制约、相互作用，呈现翻译教学生态内部的关联内涵。从翻译生态系统角度出发，宋志平对翻译教育生态系统中的子系统进行了第一步研究，同时反思翻译的教学现状，宋志平认为生态翻译学对翻译教学改革的启发主要表现在：（1）对译文正确与否的分辨、文本效果好坏的全面赏析；（2）语法的分项讲解到实践中的整体关联是翻译技巧教学的着眼点；（3）生态翻译教学系统中的一个重要的环节就是对考核评价体系的不断完善；（4）生态翻译学指导下的生态视角研究；（5）以翻译生态环境为背景对翻译教材进行编撰；（6）师生之间角色关系的转换。

郑州大学西亚斯国际学院李广升教授认为，可以首先以生态翻译理论中的翻译"适应与选择"理论的主题概念为基本原则，宏观上始终贯穿于教材体系建构的目标和计划的制订；微观上，覆盖翻译方法和例句等教材基本内容的组织和选定。然后，以"文本移植""多维转换"论为视角建构翻译教材的门类和体系。第三，以"译有所为""译者中心"等译者主体论为视角构建翻译人才专业品质和职业素养培养教材体系，完善翻译人才培养的内容，补足翻译人才培养内容的缺失。第四，以"整合适应选择度""多维度转换程度"和"读者反馈"等综观平衡论为视角评价翻译教材和人才培养的评估标准。

探讨生态范式的翻译专业教材在总体指导思想方面可以遵循"三

原则",在总体编写思路方面可以展开"四条线",在范文选材方面可以关注"五个'性'"等。具体来说就是——生态范式的翻译专业教材在总体指导思想方面可以遵循以下"三原则":

1. "关联序链",即在教材中体现对翻译性质的认知、翻译知识、翻译研究视野的拓展,以及知识生态关系,涵盖翻译、语言、文化、社会、交际、翻译生态整体等方面的"知识链"。

2. "生态理性",即翻译教材体现:(1)注重整体关联;(2)讲求动态平衡;(3)体现生态美学;(4)观照"翻译群落";(5)昭示翻译伦理;(6)倡导多样统一。

3. "生态关系",即在教材中体现翻译生态、文本生态和"翻译群落"三者生态的互联互动关系。

生态范式的翻译专业教材在总体编写思路方面可以下"三条线"展开:

1. 翻译生态线索,即翻译的语境、环境问题,可以包括国际国内的、不同等级的、不同取向的翻译生态环境等内容。

2. 文本生态线索,即翻译文本、译文形成的过程问题,可以包括源语系统和译语系统的语言生态、文化生态、交际生态等的移植、转换、重建、创新,以及相关生态翻译策略和方法的应用等项内容。

3. "翻译群落"生态线索,即"人"的问题、译者的问题,可以在教材中兼顾、涉及译者、作者、读者、资助者、评论者、出版者等相关"诸者",当然要以译者为代表、为主导。

生态范式的翻译专业教材在范文选材方面可以关注以下"五个'性'":

1. 材料的真实性;2. 翻译的操作性;3. 内容的实用性;4. 水平的切合性;5. 练习的针对性。

(二)不同翻译领域的理论应用研究之二

1. 翻译史、译论史研究

评价研究是翻译研究的重要组成部分,但是从翻译研究的评价的生态学概念来看,这是很少的。

作为民族翻译活动历程的见证者和记忆形式,翻译史可以为翻译家研究提供有力论据和思想文化基础,同时对于特定民族文化形式的演进和民族文学传统的形成都有着先导作用。由于地理环境、文化体制、政治制度、思维方式、审美观念乃至时代的差异,翻译史呈现出鲜明的国别差异、文化差异、地域差异和时代差异。从生态翻译学理论层面上讲,形成这种差异的深层原因应该是译者从事翻译活动的生态环境差异和译者作为生态体之间的差异,因此,对翻译史研究有必要采取一种整合视角。生态翻译强调翻译在特定生态环境中的适应与选择,注重翻译活动、翻译策略制订以及特定翻译现象形成的生态学范式思维基础—即"语言—文化—社会—自然"的"关联序链"各环节间的互联性和整合性。她结合中西翻译史的发展历程,从翻译历史、文字、民俗文学生态景观以及文化景观的具体历史阶段的翻译到几个方面,讨论生态翻译路径的评价研究,总结了生态翻译评估研究的特点。

对翻译史、译论史的研究要在生态翻译学的理论架构之下,同时注意使用不同的线索。例如：

（1）以"关联序链"为线索

人类认知发展的理论是"关联序链",作为人类的一项重要活动,翻译也包含在内。线索确定为"关联序链",将语言、人类社会、翻译、文化、自然界等作为新视角进行扩展,可以称作是对翻译史、译论史的"重写",是一种全新的选择。

（2）以"翻译生态环境"为线索

翻译生态环境在不同历史时期并不相同。毫不夸张地说,一部翻译史、译论史就是翻译生态环境发展变迁的历史。将线索确定为"翻译生态环境",以翻译生态地从小至大的环境为序展开,可以称作是对翻译史、译论史的"重写",是一种全新的选择。假设在生态翻译学的理论框架下对翻译史、译论史展开探究,将线索确定为"翻译生态环境",可以说是一种合适的选择。

（3）以"译者中心"为线索

译者主导着翻译活动,一个时期的不同译者思想汇聚成那个时期的思想。翻译行为的"译者中心"为线索,就是将"学派"、翻译思想和"人"作为线索。就翻译史、译论史研究来说,特别是对译论史研究而言,可以说将"人"作为线索进行研究是一个很好的选择。

（4）以"译有所为"为线索

"以译行事"或是"译有所为",不但能成为翻译行为的驱动因素,也是翻译活动的"效果"。将线索确定为"有因有果"的翻译活动,不但符合事物发展的规律,同时也符合翻译过程的现状。所以,以此为线索探索翻译史、译论史,能够出新意。

（5）以"综观整合"为线索

生态翻译学的研究方法之一是"综观整合"。

2. 翻译批评研究

翻译批评在翻译中是联系理论和实践的桥梁,是译学体系的重要组成部分。

（1）应用在翻译文本的"文本移植"论；（2）应用在译者追求的"译有所为"论；（3）应用在翻译主体的"译者责任"论；（4）应用在译品生命的"适者长存"论；（5）应用在翻译生态的"平衡和谐"论；（6）应用在翻译过程的"汰弱留强"论；（7）应用在翻译标准的"多维整合"论；（8）应用在翻译行为的"适应选择"论；（9）应用在译学发展的"关联序链"论等。

生态翻译学作为较大的翻译理论话语体系,从不同的侧面、维度、视角进行翻译批评研究,能够说成是有很大的成就。

3. 译学方法论研究

以生态翻译学为着眼点,其方法论研究大致能够分为三类：第一,常规的、传统的方法论探索；第二,生态翻译学本身的方法论探索；最后,其他方法论的探索。

各种学术范式的产生和发展,不单单呈现了人类对特定的学科领域研究的不断加深,同时也表达该学科认知视角和视野的扩展、改变。

在《生态翻译学方法论》中文旭教授提出,应从具体方法论、科学方法论与哲学方法论这三个层次表达生态翻译学的研究方法,同时指出如何在当今时代对生态翻译学的相关问题进行哲学思考,这具有方法论和认识论的意义。

4. 译学流派研究

所谓"流派",也称"学派",主要是指一致的思想、共同的理论、相似的研究以及接近的风格研究群体。从国外可以看出,翻译的发展,创新理论的翻译,不同学校的生产、酿造和发展的亲密接触,不仅达到了一定深度、规模和成熟的科学研究标志,而且学术思想的竞争和交流平台也是为了推动研究的进一步发展,继承和文化精神学院,造就学术大师,简明扼要的学术传统,充满个性的学术普遍性,促进学术进步具有非常重要的领导作用。

从古罗马的贺拉斯、西塞罗以来,翻译学的学派鱼龙混杂、品种繁多。20 世纪下半叶,西方翻译理论研究前所未有的庞大,跨学科,多样化的交流、互相吸取教训、深入研究形式使翻译研究的发展具有新的增长和强项。国内外对于翻译理论的推介与评价也从未间断过,大多数翻译研究可以分为文学和艺术学校、语言学校和解构翻译研究学校文化学校的主要类型。

总体上来看,中国这方面的一些研究多侧重在一般性的介绍和梳理,对其成因和特征研究不够,对中国翻译理论学派的专题研究尚属空缺。

第三章　中西方文学翻译的类型

第一节　散文翻译

一、散文翻译的原则

散文又称美文,其文之美,美在语言,美在意境。前者"质实"则便于分析和把握,后者"空灵"则能够建构和想象。由"质实"走向"空灵"是审美层次的提升,由"空灵"返照"质实"是审美蕴涵的丰富与拓展。两者互相浸染,彼此生发,共同营构着散文的艺术神韵。因此,在散文翻译实践中,再现散文的艺术神韵可遵循以下原则。

（一）声响与节奏

散文的声响与节奏往往是内在的,不像诗歌那么明显,那么规则,那么富有音乐性,但其声响与节奏并不是散乱无序、毫无审美目的性的。相反,它们有效地表征着行文中律动的情感,应和着其间特有的情趣,而且显得更为灵活、自然,更为客观、真实。在这方面,前人早有中的之论。在散文翻译中,一方面要认识到散文声响与节奏的重要价值与意义；另一方面,若要再现原文的字神句韵,译者可从行文文字的抑扬高下、回环映衬的声响中充分体验其间所蕴含的情趣,可从句子的长短整散、语速的快慢疾徐中充分感悟其间律动的情感与节奏。

（二）个性化的话语方式

散文是"个人文学的尖端"。散文是"主观的,以自我扩张,表现自我为目的,散文家不管他写什么,他都永远是在夫子自道。""夫子自道"的方式体现出作者个性化的话语方式,与其他文学样式相比,这一点在散文中显得最为突出,也最为真实。不同作者的话语方式各不相同,也随之带来了不同的行文风格。培根(Francis Bacon)的简古,弥尔顿(John Milton)的雄浑,蒲柏(Alexander Pope)的警策,欧文(Washington Irving)的华美,正是各自不同话语方式的归结。个性化的话语方式既体现在作者选词造句、谋篇布局等较为客观的层面,又体现在作者思想情操与审美志趣等较为主观的层面。把握作者的个性化话语方式可以从作者的某一具体篇章着手进行分析,还可以从作者的文集中,有时甚至从其所处时代的文学趣味中来进行审视。

（三）情趣的统一性

"形散而神不散"是人们常常用来衡量散文作品的标尺。所谓"形散",是就散文的结构和语言来说的。所谓"神不散",是指"散文内在的凝聚力,即情趣的统一性"。内在的统一可以使外在的不统一化为统一。散文情趣的统一性,体现在丰富多样的语言表意方式及其结构上,也体现在作者创造的形象或情景中,其实现过程是一个由表及里,由实到虚,逐层推进,不断升华的过程。在翻译实践中,从原文情趣的统一性来返照译文选词用字、谋篇布局等审美重构,有利于保存与再现原文整体审美倾向性题旨,从而使译文取得和原文类似的审美韵味。

二、散文翻译实践与讲评

【例文】

The First Snow

Henry Wadsworth Longfellow

The first snow came. How beautiful it was, falling so silently all day long, all night long, on the mountains, on the meadows, on the roofs of the living, on the graves of the dead！ All white save the river, that marked its course by a winding black line across the landscape, and the leafless trees, that against the leaden sky now revealed more fully the wonderful beauty and intricacies of their branches. What silence, too, came with the snow, and what seclusion！ Every sound was muffled, every noise changed to something soft and musical. No more tramping hoofs, no more rattling wheels！

1. 作品概述

亨利·瓦兹沃斯·朗费罗（Henry Wadsworth Longfellow，1807—1882 年）笔下的"初雪"境真情切,别具一格。初雪飘临,渐渐天地皆白,山峦、草地、村落、河流、树木点缀其间,错落有致,明净爽朗。雪落无声,喧嚣的尘世渐趋沉静、安宁,世外桃源悄然浮现,沉寂之中,徐徐传来清脆的雪橇铃声,置身其间,世间的烦恼与忧愁会得以排遣,乐观向上的情怀会得以激发,名缰利锁的心灵会得以净化,超尘脱俗的精神境界会得以提升。凡是一切,作者均未明示,但又都已化入初雪飘临的意态与神采之中,都已融于明净而爽朗的雪景之中,也都已表征在简洁凝练的、诗意的选词用字和造句谋篇里。

2. 审美鉴赏

（1）声音美

就长元音、双元音而言,在这个 118 个词的段落里,具有长元音或双元音的词语就超过 50 个,约占全文篇幅的 45%。

（2）节奏美

例文中的节奏若以句子的长短为单位,以"一"代表每句中的一个词。

（3）意象美

意象与作者的情感或生活经验紧密相连。这里的 the first snow 在指向外在的、时间上的"第一场雪"之外,还蕴含着作者心目中"美好的""新鲜的""难忘的""甜美的""重要的"等等意味。这些意味可从 the first love, the first kiss, the first lady、the first aid 等类似的表达中见出。

这些意象在揭示出作者知觉、情感与想象中的好恶褒贬倾向之时,对定位作品的情感基调无疑是有所裨益的。

（4）错综美

错综美可分为纵向与横向错综美。语句的错综排列,一方面拓展着表意的时空,另一方面可增强行文跌宕起伏的艺术节奏。

文字中表现上与下或高与低的纵向错综美可标示为：上高 /on the mountains—— 下低 /on the meadows—— 上高 / on the roofs of the living——下低 / on the graves of the dead。显而易见,文句的节奏美、对称美与变化美消失殆尽了。

（5）宁静美

雪落无声,渐渐地喧嚣的尘世也随之安静下来,整个世界可谓万籁俱寂,但世界的这种沉寂并非是死寂,并非了无生机,在这一片沉寂之中,我们能听到一路清脆的雪橇铃声悠悠传来,静寂世界里铃铛的响声,一方面把这个世界反衬得更加宁静,另一方面又给这个世界带来了生机、活力与情趣。雪境的宁静带来心境的宁静,也带来了宁静中的沉思。

3. 翻译与讲评

鉴于以上多维多层的审美解析,试引一例译文分析说明之。

第一场雪

亨利·瓦滋沃斯·朗费罗

第一场雪飘落,多么美啊！昼夜不停地下着,落在山冈,落在草场,落在世人的房顶,落在死人的墓地。遍地皆白,只有河流像一条黑色的曲线穿过大地；叶子落光的大树映衬在铅灰色的天幕下,越发显得奇伟壮观,还有那错落有序的树枝。下雪是多么寂寥,多么幽静！所有的声音都变得混浊了,所有的噪音都变得轻柔而富有乐感。没有得得的马蹄声,没有辚辚的车轮声,只能听到雪橇那欢快的铃声如童心在跳动。

（选自周方珠著《翻译多元论》）

（1）基调的确立

从前文的审美鉴赏可知,原文的基调是徐缓而宁静的。然而,译文的头两句节奏却颇为急促,未能较好地再现这一特征。试读：

第一场雪 / 飘落, / 多么美 / 啊！日昼夜 // 不停地！下着, / 落在 / 山冈, / 落在 / 草场, / 落在 / 世人的 / 房顶, / 落在 / 死人的 / 墓地。(/ 表示语义停顿, // 表示句间停顿)

试与调整后的译文做一比较：

初雪 / 飘然 / 而至,真是 / 美极了 // 它 / 整日整夜 / 静静地 / 飘着, / 落在 / 山岭上, / 落在 / 草地上, / 落在 / 生者的 / 屋顶上, / 落在 / 逝者的 / 坟上。

上面所选译文偏于客观听觉的描述与说明,缺少主体由"声响"而至"宁静"过程的感知。

（2）词语的设色

译文中部分词句的传译偏于客观写实,与作者抒发的明净爽朗、开阔旷远的美好深情不甚相符,尤其是偏于中性感情色彩与贬义的词句较多。表现贬义的有"死人""沉浊""噪音"等等。

（3）语境的"同化"

译文中部分词句未能充分考虑到原文整体语境的"同化"功效,也因之未能较好地再现出原文的主题倾向。因此,我们可在译文中将"第一场雪"改译为"初雪","死人"改译为"逝者","墓地"改译为"坟茔","铅灰色"改译为"银灰色","叶子落光"改译为"叶儿落净","沉浊"改译为"趋于沉寂","噪音"改译为"喧嚣",等等。

第二节　小说翻译

一、小说翻译的原则

小说长于叙事,注重人物形象的塑造与环境描写,小说的这些区别性特征要求译者在翻译实践中遵循如下原则:

（一）再现人物语言个性

小说中的人物语言是塑造人物个性化性格的主要手段,也是参与展开故事情节、塑造人物形象和表现艺术主题的重要因素。作家笔下的人物语言往往具有"神肖之美"的特点,通俗地说,就是不同的人物以各自不同的方式说着各自的话,而且还能使读者由说话看出人来。在特定环境下,人物语言要表现人物特定的心理状态与个性特点。也就是说,既要关注人物语言个性的"常态",也要注意到不同于"常态"的"变异"表现。人物对话要彰显人物各自独特的表达方式和语气、语调,避免"千人一腔"。

（二）再现人物形象

人物形象塑造是小说创作的主要任务,其塑造过程往往呈现出多角度同向审美感受的特点。具体来说,人物形象塑造不仅体现在人物语言的言说个性中,也体现在叙述者对人物肖像、行动、心理等的多维描写中,还体现在叙述者的讲述中,不同角度的不同表现方式共同塑造出一个个形貌各异、多姿多彩、生动鲜活的人物形象。翻译实践中,再现人物形象主要表现在两大方面:一是再现人物描写中生动逼真的细节,使译文中的生活映像的细节和原作中的生活映像的细节统一;二是再现不同社会文化语境下人物不同的时代烙印,使译文保持着原文所具有的历史性。前者是从微观着眼,后者则从宏观审视,两者相互作用,相互影响,共同构建着译文中人物形象的艺术再现。

（三）转存叙事策略

叙事是叙述者讲述事件或故事,进一步说,是叙述者艺术性地讲述事件或故事。不同的叙述者站在不同的视角讲述故事,最终产生的审美艺术效果会大不一样。选用第一人称叙述故事,往往会给读者感同身受的亲切感并激发其情感上的共鸣;选用第二人称叙述故事,常常会给读者邀请对话、进行规劝、提出建议的印象;选用第三人称,就会予人客观纪实、拉开心理距离之感;而选用这三种人称交错叙述故事,则会使表现的生活显得富有立体感、真实感,同时还具有变化之美、多样之美。除开叙述视角,叙事策略还包括叙述时间、叙述节奏、叙述速度等方面的内容。叙事策略与小说的诗意美学表现紧密相连。因此,进行小说翻译,在注重小说叙述内容的翻译之时,更需注重小说叙述视角、节奏、速度等及其变化的翻译。

二、小说翻译实践及讲评

【例文】

Tourists

（Excerpt）

Nancy Mitford

Torcello, which used to be lonely as a cloud, has recently become an outing from Venice. Many more visitors than it can comfortably hold pour into it, off the regular steamers, off chartered motor—boats, and off yachts; all day they amble up the towpath, looking for what ? The cathedral is decorated with early mosaics— scenes from hell，much restored，and a great sad，austere Madonna；Byzantine art is an acquired taste and probably not one in ten of the visitors has acquired it. They wander into the church and look round aimlessly. They come out onto the village green and photograph each other in a stone armchair said to be the throne of Attila. They relentlessly tear at the wild roses which one has seen in bud and longed to see in bloom and which，for a day have scented the whole island. As soon as they are picked the roses fade and are thrown into the canal. The Americans visit the inn to eat or drink something. The English declare that they can't afford to do this.

1. 作品概述

意大利水城威尼斯潟湖中的小岛托车罗（Torcello），历史悠久，风景如画，远离尘嚣，犹如世外桃源。然而，此地近来却成为人们争相前来观光的旅游景点。原文作者也在一年的夏天来到这个小岛，一边写书，一边观察并记录下了西方游客与岛上居民的举止意态。全文讽刺了西方一般游客缺乏修养，不懂得欣赏自然美和艺术美，在游览地只知破坏，不知爱护的低下素质，也讽刺了岛上居民接待游客时唯利是图的市侩习气。自然是美的，但在美景之中却演绎着游客与岛上居民种种不光彩的行径，其情其景发人深省。以上描写西方游客的段落选自南希·密特福德（Nancy Mitford，1904—1973）所著的《水龟虫》（The Water Beetle）。

2. 审美鉴赏

结合"Tourists"一文选段的主要审美特征，拟从以下五个方面对其进行审美鉴赏与分析：节奏美、语义美、修辞美、感知美、形象美。

（1）节奏美

从句子的长短与结构来看，以上所选段落中各句长短适中，相互间也较为均衡，形成自然流畅的节奏；结构上简单句与复合句占主导，从而形成简洁、明快的语言节奏特征。句子的长短与结构特征还与日常语义思维结构相对应，这使简洁、明快的节奏中映现出几分轻松与闲适，这是符合原作题旨情境与作者的表现意图的。

（2）语义美

作者在描写游客时多选用偏于贬义的词语和表达法。

（3）修辞美

生动形象的选词用字是原文表情达意的一大修辞特色。

（4）感知美

语言是经验的现实。经验世界中所发生的事可在语言中一一地复现出来，给读者以美感。

（5）形象美

从前文的逐层分析中可以看到作者笔下的游客形象：无所事事、漫无目的、素质较低、举止粗俗。具体来说，美国游客只知道吃吃喝喝，英国游客吝啬、举止粗俗，德国游客机械、刻板。

3. 翻译与讲评

游客

（选段）

茑希·密特福德

托车罗往日寂寞如孤云，近来却成了威尼斯外围的游览区。来客多了，这个小地方就拥挤不堪。搭班船的，坐包船的，驾游艇的，一批批涌到，从早到晚，通过那条纤路，前来观光。想看什么呢？大教堂内装饰有早期的镶嵌画，表现地狱诸景的大致已经修复，此外还有容色凛然的圣母巨像。拜占庭艺术是要有特殊修养才能欣赏的，而有特殊修养的游客恐怕十中无一。这些人逛到教堂，东张西望，茫茫然不知看什么好。这些人惯于辣手摧花，见了野玫瑰绝不放过。可怜含苞未放的野玫瑰，在岛上才飘香一天，爱花者正盼其盛开，就任这些人摘下来，转瞬凋英，被扔进运河。美国人走进小酒店，吃吃喝喝。英国人自称花不起钱，自带食物进葡萄园野餐。真对不起，我不能不说他们把人家的地方搞得乱七八糟。德国人呢，每逢星期四，就像出征一样，由队长率领，循纤路而来，到小酒店吃其照例预订的五十份午餐，边吃边听队长用喇叭筒给他们上大课。午餐后列队到大教堂，在里头还是恭听一课。他们至少知道看的是什么。完了，列队回船。他们倒是整洁得很，从来不留半点垃圾。

（翁显良译文,略有改动。选自张今、张宁著《文学翻译原理》）

译文忠实于原文的内容,表达通顺流畅,基本再现了原作的审美艺术特色,下面对其翻译特色进行总结与研讨。

（1）节奏的再现

原文句子长短适中,也较为均衡,句子结构简单,语义明晰,形成简洁、明快、轻松、闲适的节奏特点。译文悉依原文之形对应译出,译文各句亦长短适中,语言简洁凝练,表达形式生动灵活,节奏感强,成功地再现了原文的节奏特点。

（2）口吻的传译

译文再现原作讽刺的口吻,一是体现在字句语义信息的传达上,二是表现在语气的巧妙暗示上。对于前者,译句的讽刺意味显而易见。

（3）炼字炼意

译文用字灵活,译笔下的人情物事切情切景,栩栩如生。

第三节　戏剧翻译

一、戏剧翻译的原则

戏剧翻译可分为供阅读的翻译和供舞台演出的翻译两种。鉴于"戏剧文学是适于舞台表现的文学。戏剧表演的使命便是它的基本特征。"这里主要针对的是供舞台演出的戏剧翻译原则。

（一）上口性

戏剧最终是要搬上舞台演出的,是要通过"说"与"表演"来实现其艺术价值的,因而追求戏剧语言的上口性对戏剧演出至关重要。戏剧创作如此,戏剧翻译亦然。戏剧翻译中的上口性就是要求译文语言既要便于演员上口,又要有利于剧情表现与观众理解。具体地说,就是要便于演员表演时念起来抑扬顿挫,朗朗上口,观众听起来语音清晰,流畅顺耳。不仅如此,由于舞台演出的时空局限,上口性还需语言简炼、鲜活。拖泥带水、句子零乱的台词也难以取得应有的表情艺术效果。译文语言的鲜活,就是要语言生动形象、表达准确、有力度、有情趣,充满着时代气息。

（二）可表演性

戏剧是通过表演来完成其艺术使命的。戏剧表演的特性要求其译文语言要体现出动作性，要适于演员舞台表演。不仅如此，其译文语言还需具有语境中的前后"关联与激发性"。也就是说，其译文的动作性还要求人物对话的语言环环相扣，彼此推演流转，形成一个既可连续演出，又可推动剧情发展的动作体系。英氏这里所说的"闹笑话"，问题应是出在译文没有动作性，不便于表演，译文前后也不够自然贯通，不利于推动剧情顺利向前发展。

（三）性格化

"一句台词勾画一个人物"（老舍语），说出了戏剧台词之于塑造人物的重要性。"说一人，肖一人，勿使雷同，弗使浮泛"（李渔语），则道出了戏剧人物需有鲜明而独特的性格。在戏剧翻译中，应针对不同人物的性格进行遣词造句。再现人物的性格，需要把握人物台词的语义与风格，辨明其言说的语调，分清其语气的变化，感知其语势的强弱。唯其如此，戏剧翻译中再现的人物才会千人千面、千面千腔、性格突出、形象饱满、耐人寻味。

二、戏剧翻译实践及讲评

【例文】

Hamlet

（Act III Excerpt）

William Shakespeare

[Hamlet]

To be, or not to be—that is the question.

Whether 'tis nobler in the mind to suffer

The slings and arrows of outrageous fortune,

Or to take arms against a sea of troubles

And by opposing end them. To die, to sleep—

No more, and by a sleep to say we end

The heartache and the thousand natural shocks

That flesh is heir to，'Tis a consummation

Devoutly to be wish'd. To die，to sleep，

To sleep—perchance to dream. Ay，there's the rub！

For in that sleep of death what dreams may come

When we have shuffled off this mortal coil

Must give us pause. There's the respect

That makes calamity of so long life.

For who would bear the whips and scorns of time，

Th' oppressor's wrong，the proud man's contumely

The pangs of despis'd love，the law's delay，

The insolence of office，and the spurns

That patient merit of th' unworthy takes，

When he himself might his quietus make

With a bare bodkin？ Who would fardels bear，

To grunt and sweat under a weary life，

But that the dread of something after death，

The undiscover'd country，from whose bourn

No traveller returns，puzzles the will，

And makes us rather bear those ills we have

Than fly to others that we know not of？

Thus conscience does make cowards of us all，

And thus the native hue of resolution

Is sicklied o'er with the pale cast of thought，

And enterprises of great pith and moment

With this regard their currents turn awry，

And lose the name of action.

1. 作品概述

《哈姆雷特》（Hamlet）是莎士比亚（William Shakespeare，1564—1616 年）的一部悲剧作品,称得上是一部人类心灵咏唱出来的伟大史诗。以上段落选自该剧第三幕第一场,是数百年来《哈姆雷特》中最为

脍炙人口的独白之一。

哈姆雷特（Hamlet）的父亲突然去世,随后不久其叔父克劳迪斯（Claudius）与其母亲结婚并篡夺王位,父亲的亡魂显灵告诉哈姆雷特杀父仇人是他叔父,并叮嘱他一定要为父亲报仇雪恨。知晓这一切后,哈姆雷特感到万分震惊,心情极度苦闷,苦于无法采取任何手段来为父亲复仇,于是想到以自杀来了却一切烦恼和痛苦。可一想到人死如同睡眠,进入的却是一个有去无回的未知境界,哈姆雷特开始犹豫不定,不知到底该怎么办为好。这段独白反映了哈姆雷特内心的痛苦和挣扎,同时也反映出他优柔寡断的性格特征。

2. 审美鉴赏

结合《哈姆雷特》选段的主要审美特征,拟从以下四个方面对其进行审美鉴赏与分析：节奏美、意象美、修辞美、形象美。

（1）节奏美

以上选段是用素体诗（blank verse）写成的。其外在节奏表现为每行是五音步抑扬格,行与行之间不押尾韵；其内在节奏表现为诗情徐缓、急促、趋向徐缓、徐缓的变化轨迹。具体说来,第1～14行独白时语速徐缓,表征这一特点的是这14行中含长元音或双元音的词语占据主导以及行文中的不断跨行,第15～22行语速急促,彰显这一特点的则是这8行中含短元音的词语明显增多,并占据主导。此外,句式与短语形成的平行结构也有助于加快语速。第23～27行语速由急促渐趋徐缓,这几行中含短元音的词汇与含长元音或双元音的词汇数量彼此相当,其间的跨行句式也使表达的速度放慢下来。第28～35行语速转入徐缓,这几行中含长元音或双元音的词汇又开始占据主导。

（2）意象美

行文中意象的使用,一方面使偏于抽象的情景和事物显得具体、直观,易于理解把握,另一方面使表达的内容显得生动、形象、蕴涵丰富。

（3）修辞美

上一小节"意象美"中论及的内容,若从修辞的角度来看,则有暗喻、拟人、夸张、象征等表现手法。这里不再从个体修辞手段上进行逐一阐说,而是拟从种种修辞手段创设的认知特色上展开探讨。

（4）形象美

从以上分析可知,哈姆雷特处在极度的烦恼与痛苦之中,但又无法摆脱烦恼与痛苦的缠绕。面对如此困境,是在烦恼与痛苦中了结余生,还是战胜烦恼与痛苦获得新生。他不知如何是好,显得犹犹豫豫、优柔寡断。哈姆雷特的这一形象特点,除在语义的两难选择上得到表现外,还在语句的形式上得到了较为充分的彰显 —— 选段中不断出现 or, whether, but 之类的表达式。

第四节　诗歌翻译

一、诗歌翻译的原则

诗歌外在形式独特,音韵节奏突出,意境生成方式多样,蕴涵丰赡。诗歌的这些区别性特征均带有鲜明的审美性,因此在诗歌翻译实践中,再现诗歌的审美艺术性需遵循如下原则。

（一）音美

诗歌最讲求音乐性。中外诗歌,无论是传统的格律体,还是现代的自由体,均对诗歌语言音韵、节奏有着自觉的追求。格律体诗外在的音乐性更显突出,自由体诗内在的音乐性更趋自然。诗歌外在与内在的音乐性并不是刻意而为的,它们均有效地表征着诗歌的情感律动与意义传达,简言之,便是"音义合一"与"音情合一"。因此,翻译中讲求"音美"就是要忠实传达原作的音韵、节奏、格律等方面所表现的美感,使译文"有节调、押韵、顺口、好听"。

中西诗歌的音韵表意系统彼此不同,但以汉诗的"平仄"或"顿"以及韵式来对应并传译英诗的"音步"与韵式,反之亦然,也是使译文取得与原作相似音美效果的有效途径。

（二）形美

诗歌的外在形式最为醒目。诗歌翻译中,形美一方面是指要保存原诗的诗体形式。诗体形式有定型形式（closed form）与非定型形式（open form）之分,前者对字数或音节数、平仄或音步、行数、韵式等均有较为严格的要求,体现出鲜明的民族文化特性。后者虽不受制于一定的诗体形式,但其呈现的外在形状(shape)却表征着诗情的流动与凝定。在这一意义上,传达形美也意味着传达原作所具有的文化特性与诗学表现功能。形美另一方面是指要保持诗歌分行的艺术形式。诗作中诗句是采用一行之内句子语义完整的煞尾句诗行,还是采用数行之内句子语义才可完结的待续句诗行,虽无一定之规,但不同的诗行形式演绎着不同的诗情流动路径,昭示着作者不同的表情意图。

(三)意美

意美是指译诗要和原诗一样能打动读者的心。意美的形成是一个作者、文本、读者共同参与的过程,也就是说,是一个作者赋意,文本传意,读者释意的共生体。作者之意或在文本语义之中,或在文本艺术结构之上,读者释意或基于文本语义,或基于文本艺术结构的意蕴生发。因此,意美的传达包括以下几个方面的内容:①忠实地再现原诗的物境,即诗作中出现的人、物、景、事;②深刻反映原诗的意境,即诗作中所蕴含的诗人的思想、意志、气质、情趣;③使译文读者得到与原文读者相同的意境,即读者基于诗作的"实境"在头脑中产生的想象、联想之"虚境"。因诗歌创作的艺术不尽相同,有的诗作具有这三个方面的意美特色,有的只是某些方面的特色更显突出,翻译实践中需具体情况具体对待,有的放矢。

二、诗歌翻译实践及讲评

【例文】

Song:To Celia

Ben Jonson

Drink to me only with thine eyes,

And I will pledge with mine;

Or leave a kiss but in the cup

And I'll not look for wine.

The thirst that from the soul doth rise

Doth ask a drink divine;

But might I of Jove's nectar sup,

I would not change for thine.

I sent thee late a rosy wreath,

Not so much honouring thee

As giving it a hope, that there

It could not wither'd be ；

But thou thereon didst only breathe

And sent'st it back to me ；

Since when it grows, and smells, I swear,

Not of itself but thee ！

注释：

（1） drink to：向……祝酒

（2） but in the cup：only in the cup

（3） doth rise：rise. 原词语形式有强调之意，又补足了诗行音节，表现了韵律。下文中 Doth ask（asks），didst only breathe（only breathed）其功能与作用相同。

（4） a drink divine：a divine drink. 因押韵而倒装，下文中 of Jove's nectar sup（sup of Jove's nectar）， could not wither'd be（could not be withered）形式类似。

（5） might I of Jove's nectar sup：虚拟语气句式之变体，可理解为 if I might sup of Jove's nectar. sup of 吸饮；Jove：罗马神话中主神 Jupiter 的别称；nectar：神饮的酒，可永葆青春。

（6） late：最近。

（7） not so much... as：与其……倒不如。

（8） honouring..., giving...：两个分词短语的逻辑主语均为 I。

（9） that there / It could not wither'd be：that 从句为 a hope 的同位语从句。

（10） thereon：on it。

（11） smell of：有……的气味。

1. 作品概述

本·琼森（Ben Jonson，1572—1637 年）的诗作 "Song：To Celia"

据说是受到公元 2、3 世纪希腊诡辩家菲洛斯特拉托斯（Philostratus）书信中的某些词句启发而写成的。全诗写的是"我"追求心中恋人 Celia 的炽热之情，诗情的表达分别围绕着"敬酒"与"献花"展开。全诗分上下两节，每节在表情方式上均以退为进，层层深入，由此传达出的诗情一波三折，跌宕起伏，摇曳多姿，极富戏剧性与感染力。

2. 审美鉴赏

结合 "Song：To Celia" 主要审美特征，拟从以下六个方面对其进行审美鉴赏与分析：节奏美、意象美、语义美、修辞美、形象美、意蕴美。

（1）节奏美

节奏包括外在节奏与内在节奏两个方面。外在节奏通过音步、格律、韵式等外在形式体现出来，内在节奏表现为诗情的统一与变化。

从内在节奏来看，各诗节句法逻辑环环相扣，各节中不断出现的转折连词及语义转折使诗情一波三折。一波三折的诗情在上节形成，在下节中得到了重复与强化。从诗情流动轨迹来看，诗作像是诗人从生活中撷取的两个难忘而又颇富戏剧性的片段对接而成。

（2）意象美

意象是通过语言表达的感官经验。为表达对西莉亚（Celia）的深情，诗人用了两个意象系列：一个是 eyes（眼神）、a kiss but in the cup（酒杯上的吻）、breathe（嗅），另一个是 wine（酒）、a drink divine（仙酿）、Jove's nectar（天帝的琼浆）、a rosy wreath（玫瑰花环）。前者通过写意的方式勾画出西莉亚的美与魅，后者通过反衬的方式暗示了西莉亚天仙般的美胜过玫瑰的艳。两个意象系列彼此互照：一方面体现出美酒、仙酿、天帝的琼浆再甘醇、再美妙也比不上心中恋人的眼神与吻，玫瑰花环再鲜艳、再芬芳也比不上心中恋人的艳丽和如兰的气息；另一方面使营造的境界愈来愈开阔，愈来愈神奇，爱恋情意也因之愈趋浓烈。

（3）语义美

诗作的语义特色可体现在选词与造句两个方面。就前者而言，诗作中使用了若干具有多种外延意义（multiple denotations）的词语，从而使表达的语义尤为丰富，传递的情感也更加强烈。

从造句来看，诗作中句子形式上可见到诸多表达转折意味的连词，如 or，but，and 等。句义内容上亦多选择或转折，从行文中可以看到"要么这样，或者那样"和"倘若这样，也不那样"的语义逻辑贯穿始终。句子的形式与内容共同高效地叙说着诗中"我或男主人公"所体现出的谦恭、真诚、热烈而执着的情态。

（4）修辞美

引用（allusion）与象征（symbol）演绎着"求爱"一波三折的诗情轨迹。它们既使诗作显得蕴藉层深，增添了诗意的"历史"维度，又使诗情的表达显得含蓄、生动。

（5）形象美

诗中西莉亚的美貌通过其传情的"眼神（eyes）"、诱人的"吻（a kiss）"与迷人的"嗅（breathe）"以及芬芳的玫瑰花环被较为巧妙地衬托出来了，显得简练含蓄，颇具汉诗"人面桃花相映红"的艺术神韵。而"我"的外在形象可借助敬酒时"我"回敬的眼神来勾画，还可通过"我"言说时谦恭、真诚、热烈而执着的语气来想象。相比之下，"我"的形象显得更为迷离。

（6）意蕴美

谦恭热忱的态度，执着坚定的追求，浪漫机智的表达，虽历经波折，但绝不言放弃。这应是一种追求爱情的态度，也更应是一种追求生活的态度。

3. 翻译与讲评

参照前文鉴赏中该诗生动形象且富戏剧性等特点，试引一例译文分析说明之。

致西莉亚

本·凉森

你若用眼神向我祝酒，
我也用眼神与你相酬；
要不在酒杯上留个吻，
我就不会向杯中寻酒。
心灵深处升起的渴慕，
确需饮仙酿才能祛除；

但即使天帝给我琼装

我也不把你这杯换走。

最近我送你一环玫瑰

说不上给你增光添魅；

只是企盼它在你身边

能生机勃勃，永不枯姜；

但你只是嗅了嗅花环

就把这玫瑰给我送回；

从此玫瑰生长吐芬芳

我断言，全靠你的香味！

（张保红译）

原诗为歌谣体，译诗悉依原作之形进行了传译。原诗奇数行与偶数行分别为四音步与三音步。译诗各行均以四顿来对应原诗各行，每顿以双音节词为主要音节单位，而且整体上实现了音顿长度的彼此均匀与前后呼应，这有利于在汉语语境中形成歌谣节奏的特点，译诗的韵式基本再现了原诗韵式的特点，也传译了原作诗情演绎的特点。翻译此诗，考虑了以下几个方面的问题。

（1）谦恭的语气

译文在首节选用了"你若用……""要不……""但即使……"等句式，以表现"我"语气轻柔、谦恭而又诚挚的情态。在第二节通过"说不上……""只是企盼……""但你只是……""我断言……"等句式，在承继首节的谦恭而诚挚的语气之时，再现了"我"谦卑的要求被拒绝后，仍然热烈而坚定执着的意态。

（2）曲折的情感

原诗两节，每节诗情一波三折，将"我"的痴情表现得淋漓尽致。译文把握住了这一情感节律并进行了传译。翻译"我"被婉拒后仍颇为执着的情形，而未解读为"我"幸运地与"你"取得了两情相悦的结果，比照之下，今译文显得更富戏剧性，也更能突出"我"不变的痴情。

（3）形象的词语

译文将 eyes 处理为"眼神"，而不是"眼睛"，选择的是"眼睛"这个"被再现客体"（represented object）的一个侧面，旨在突出"你"的情意与眉目传情的神采。"眼睛"这个被再现客体是以图式化（schematization）的方式出现的，作者未曾具体描绘眼睛的大小，呈现的状态、性质、特点等，所以译者也可译为"眼波"或"明眸"之类的语汇。

将 the thirst 译为"渴慕"，未译为"干渴"或"焦渴"之类，意在将身体与精神之"渴"合二而一。第六行增译了"祛除"一词，除了起到押韵及平衡句子结构的作用，还意在暗示言外之"我"正害着热烈的相思病（lovesickness）。将 honouring 译为"增光添魅"，而未译为"向你表示敬意或献媚"之类的意思，一方面旨在平衡该译句句子节奏并取得与下文押韵的效果，另一方面更为重要的是对表现"你"的美推波助澜——玫瑰虽美，但"你"比玫瑰更美，这样也符合全诗内在诗情的层层叠进——"你"的"眼神"或"吻"胜过美酒，胜过仙酿，甚至是天帝的琼浆，"你"的美胜过玫瑰，超凡脱俗，具有神奇的魅力与魔力。

将 breathe 译为"嗅了嗅"，而未译为"呼吸"或"亲吻呼吸"，旨在勾画出"你"羞涩（coy）、闲逸（leisurely）与雅致（graceful）的情态，增强些许诗意效果，汉诗里不是有"无奈美人闲把嗅，直疑檀口印中心"（张祜《黄蜀葵花》）、"和羞走，倚门回首，却把青梅嗅"（李清照《点绛唇》）、"归来笑拈梅花嗅，春在枝头已十分"（南宋某尼姑悟道诗）等女性闲逸、羞涩、优雅姿态的描绘吗？当然，译诗中所选字词"品质"之所以均较为积极而美好，目的是要构建出"你"是一个美人的形象，这是符合原作精神的。

第四章　中西方文学翻译的风格与审美

第一节　文学作品宏观层面风格

　　在宏观层面上,文学风格具有时代性、民族性、地域性、流派性等特点。就时代性而言,一部文学作品总是产生于特定的历史时期,反映了该时期的社会思想、艺术观念、审美趣味和文化思潮,表现出了鲜明的时代特色。中国文学源远流长,不同时期的文学作品都反映了该时期中国社会的思想文化观念、艺术审美趣味和价值观。在文学翻译中,译者应力求再现原作的时代风格特色,翻译古代作品应再现其古韵古风,翻译现代作品应传达其现代气息。

　　就民族性而言,不同的民族具有各自的文学传统,在中国文学中诗歌和散文历史悠久,注重表现意境和神韵,追求优美的艺术风格。在西方文学中小说和戏剧的发展源远流长,注重人物典型形象的刻画和塑造,强调艺术真实,追求壮美的艺术风格。决定民族风格的核心要素是审美理想,在文化层面上,审美理想是积淀在民族文化传统中的深层文化心理,是该民族所追求的美的标准和境界,是一种指导性的审美理念。

　　中西民族在其长期的文化历史进程中形成了不同的审美理想和标准。比较而言,中国美学强调"无、虚、隐、藏、意、暗、静、宾、疏、曲、抑",形成了有与无(有形、有限与无形、无限)、实与虚、形与神、言与象、象与意、言与意、意与境等一系列辩证统一的审美范畴,主张通过有(有形、有限)、实、形、言去表现无(无形、无限)、虚、神、象、意、境。司空图的《二十四诗品》以诗化的语言论述了形与神、言与意、虚与实、动与静、有与无、刚与柔等审美范畴之间的辩证关系。

民族的审美理想具有群体性，它通过作家个性化的审美趣味表现出来。它既是主体"审美实践的产物"，也是主体"文化积淀和所处的特定时代历史背景的产物。"

在美学层面上，审美理想是审美主体心理认知结构的重要组成部分，具有个体性。姜秋霞在《心理同构与美的共识》中认为主体的认知心理、文化心理和社会心理决定了其审美理想。胡家详在《审美学》中认为主体的心理结构包含感性、知性和志性三个要素，其中志性就是审美理想，是感性与理性、真与善的统一。

作家的审美理想决定了其艺术风格，文学作品的风格融合了民族风格与作家个体风格，民族风格是作家个体风格的内在积淀，作家个体风格是民族风格生动具体的表现。在文学翻译中译者应力求再现原作的民族风格特色，民族风格反映了文学作品的一种民族文化特色，译者，应尽量采用归化法，忠实地保留原作的民族风格和文化风貌。

第二节　文学作家的艺术风格

文学创作是高度个性化的艺术创造活动。作家从自己独特的视野来观察和感受生活，从中选取自己感兴趣的东西作为创作素材，按照自己的审美理想和趣味对其进行艺术提炼和加工，融入自己的情感态度和审美评价，使头脑中的生活印象升华为审美意象，然后用自己独特的语言表达形式将其表现出来。在这一过程中，作家的世界观、人生观、价值观和艺术审美观逐渐成熟，形成稳定的思想艺术个性，它外化为作品的风格。作家个性是作品风格的内在实质，作品风格是作家个性的外在表现。

张今在《文学翻译原理》中把作家风格分为精神与物质两个方面，前者指作家的形象和精神面貌，后者指作家"所喜爱使用的词语、句型、修辞手法和艺术手法及其重复频率"，主要表现在作家所创造的艺术意境中。

一、作家人格与风格的再现

影响作家风格的主要因素包括人格、性格气质、创作心态、审美理想、审美趣味等。风格是作品的核心要素，它是一种艺术格调，反映了作家思想道德、人格修养的境界。周仪在《翻译与批评》中认为诗歌有格调美，它是"人格的反映，即作家的人格和人格理想在作品中的投影"。语言在文学中具有本体论地位，语言是作者的"力量显示方式与创生方式，理应在诗学解释学中受到特殊的关注"。

中国传统美学常以"气"来评价主体人格，将作家审美人格分为儒家之人格和道家之人格。儒家美学追求主体的浩然之气、骨气和雄气，唐朝诗人王勃在《山亭思友人序》中认为大丈夫"得工商之正律，受山川之杰气"，提倡"气凌云汉，字挟风霜"，陈子昂提倡骨气，其诗风"骨气端翔，音情顿挫，光英朗练，有金石声"。蒲震元在《中国艺术意境论》中认为养浩然之气是中国传统文化中的一种理性精神，"推崇人类自强不息的奋斗精神""追求高尚的人生道德境界"。儒家的理想人格是圣人、君子和美人。在杜甫的《登楼》和许渊冲的译文中，原诗为诗人寓居四川成都时所作。在杜诗中登楼远眺、伤古悲今是常见的主题，最为诗界称道的是《登高》，这首《登楼》也是一首佳作。诗人经历了"安史之乱"的磨难，颠沛流离来到四川寓居，他关心国家的命运，牵挂人民的疾苦，登楼远眺，思绪万千。四川被誉为天府之国，安宁祥和，景色宜人，但诗人忧匡忧民，无心欣赏美景。作品"锦江春色来天地，玉垒浮云变古今"，《唐诗鉴赏词调》评论说，该联上句"向空间拓宽视野"、下句"就时间驰骋遐思，天高地迥，古往今来，形成一个阔大悠远、囊括宇宙的境界，饱含着对祖国山河的赞美和对民族历史的追怀"，也"透露诗人忧国忧民的无限心事"。诗人感叹唐朝统治者依然昏庸腐败，同时义正辞严地警告北方外族部落不要入侵我领土。诗人以蜀国软弱无能的刘后主来暗喻当今昏庸无能的统治者，并表达了对昔日名相诸葛亮的仰慕之情。

二、作品语言风格的再现

文学创作具有鲜明的个性化特色，首先作家从自己独特的视野来感受生活,从中选取自己感兴趣的若干片段作为创作素材,然后作家按照自己的审美理想和趣味对头脑中的生活印象进行艺术提炼和加工,使其升华为审美意象,它融入了作家的情感态度和审美评价。在语言表达阶段,作家在作品的遣词造句谋篇上表现出自己的语言风格。译者阐释原作风格首先要对作家的思想艺术个性进行全面而深入的研究。在此基础上从语音、词汇、句法、篇章等层面对原作语言进行分析,把握作家的语言风格。陈西滢在《论翻译》中谈道了翻译中的"形似、意似、神似"。

就语音层面言,文学作品的音美与意美融为一体,起着刻画形象、传达思想感情、烘托气氛的艺术功能。英国诗人雪莱的诗歌节奏鲜明、音节响亮、音韵优美、富于气势。在英国诗人勃朗宁的"Pipa's Song"和何功杰的译文中,原诗表达了诗人对大自然和上帝的赞扬。全诗共八行,每行包含五到六个音节。前七行 The year's at the spring/And day's atmorn/Morning;s at seven / The hill-side's dew-pearl'd / The lark's on the wing / The snail's on the thorn / God's in His heaven 的系表结构组成排比形式, at the spring, at morning, at seven 描写时间, on the wing, on the thorn 描写地点,既整齐划一,又富于变化,节奏轻快活泼。末行 All's right with the world! 诗人感叹世界多么美好。何译"一年正逢春,一天正逢晨;上午七点钟,山腰露珠重;云雀展翅飞,蜗牛角伸长"每行五个汉字,包含两顿,节奏齐整。动词"展翅飞""伸长"将原诗介词结构 on the wing, on the thorn 化静为动。

就词汇层面言,文学作品的词汇能够刻画意象,表现意境,传达意蕴。李咏吟在《诗学解释学》中指出,译者应从原作整体的语言结构和艺术效果出发,对原作的每个字、词认真分析和揣摩,领悟其思想情感内涵。译者要善于识别原作词汇层的风格标记,力求通过译语将其再现出来。

就句法层面言,作家不仅在作品的用词上精雕细琢,而且在词与词的搭配与连接上也精心构思。有的作品语言空灵、清丽婉约,其句法追求"简洁性和灵动性";有的作品质朴自然,刚健清雅,其句法追求"单纯性、简单性",每个语词都显得铿锵有力,思想具有一种穿透力;有的作品强调沉雄思辨,其句法繁复难解。

第三节　文学译者的风格

　　译者作为翻译主体是有思想、有情感的生命个体,不是冷冰冰的翻译机器。他有自己的世界观、人生价值观、审美观、语言观,总是从自己的社会阅历、生活经验出发,按照自己的审美理想和趣味对原作的意象(人物形象)和画面、思想感情内涵、语言风格做出个性化的判断和评价,在译文中译者不可避免地要留下自己语言风格的印记,因此,译作既要再现原作的风格,也会在一定程度上透射出译者的风格。

　　文学译作的风格具有时代性和个人性:一方面,产生于特定时代的译作受该时代的意识形态、诗学观、审美标准等因素的影响,其译风带有该时代的印记,翻译研究者"通过对不同时代的译本的审美比较,便可发现随着时代的演进,以及一个国家文学趣味变化和语言发展,也可以观察到同一作家给不同时代的人的不同印象;另一方面,文学翻译是译者主体的艺术再创造,文学译作必然会反映出译者的风格,尤其是翻译名家的风格能给译文读者留下深刻的印象,比如晚清翻译家林纾的译文"文学渊雅,音调铿锵"。

一、译者的审美趣味

　　译者作为艺术主体有自己的审美趣味,倾向于选择那些与自己在生活经历、世界观、人生观、价值观、艺术审美观上相近的作家的作品。译者被原作所深深吸引,产生浓厚的审美兴趣,就会与作者、原作人物产生强烈的思想和情感共鸣,内心深处就会产生一种无法抑制的冲动,想把自己的感受和体验传达给其他读者。译者对原作"知之、好之、乐之",才能使译作让译语读者"知之、好之、乐之"。大凡优秀的翻译家都不是那种无所不译的全才,而是专门从事某一作家作品翻译的专才。一个译曼斯菲尔德的人也应具有细腻的心灵。傅雷把选择原著比作交友,"有的人始终与我格格不入,那就不必勉强;有的人与我一见如故,甚至相见恨晚。"

译者的审美趣味包括社会因素和个人因素。梁启超是学者型的翻译家,精通日语,他对欧美政治小说日译本的汉译重在传播知识,政治目的性很强。文学翻译先驱林纾是作家型的翻译家,更多的是按王寿昌等人口述原著的内容,他负责笔述,这种译述夹杂着创作的成分。

二、译者风格与作者风格的关系

在文学翻译中译者往往优先选择与自己风格相近的作家和作品,但译者有时身不由己,必须面对与自己风格迥异的作家和作品,因此,必须处理好自我风格与作家风格的关系,不能喧宾夺主,过分表现自我风格,而应以再现作家风格为主,使译作尽可能贴近原著风格。

在翻译史上凡是名家名译都表现了译者鲜明的风格,是"译"和"艺"的融合。译者力求忠实于作者和原作,但他必须充分发挥主体能动性,必然会把自我个性投射进译作。郭著章在《翻译名家研究》中认为鲁迅翻译日本文学作品,其译风如同其文风一样简洁凝练,既再现了原作"细腻的笔触",又"不失表达上的优美与流利",读来耐人寻味。

作家型翻译家在翻译过程中往往有一种表现欲望和创作冲动,他必须适当控制这种欲望和冲动,防止把翻译变成创作,用自我风格替代作家风格。

文学翻译是积极的富于创造性的艺术活动,译者自我个性的表露不可避免,对其刻意压制是不现实的,也是不可取的。译者如果完全放弃自我风格,就会变成毫无生气的翻译机器,其译作必然苍白无力,索然无味。译者要善于将自我风格与作家风格融合起来,凸显作家风格,将自我风格隐藏于译作的字里行间。译作风格是一种混合体,既反映了原作风格,也在一定程度上透射出译者风格。

三、译者对原作风格的再现

在文学翻译中译者既要忠实再现原作和作者的艺术风格,又不可避免地要表现出自己的艺术风格,但再现原作风格是译者的首要职责。译者要再现原作的艺术风格,必须全面深入地了解作家的生活经历、创作生涯、世界观、社会观、人生价值观、艺术审美观、语言观,把握其思想艺术个性,剖析原作的语言结构,从语音、词汇、句子、篇章等层面把握作品风格。刘士聪在《汉英·英汉美文翻译与鉴赏》中认为风格是一种韵味。译者要知人知言,必须深刻认识和了解作者,把握其内心世界,通过移情体验达到精神的契合,认真剖析原作,从语言、意象、意境等层面来准确把握作家风格。

郑海凌在《风格翻译浅说》中认为,风格翻译的关键在于译者对原作风格的整体把握,译者在翻译过程中应该深刻理解原作的风格特点,善于捕捉那些最能体现原作风格的独特印记,然后根据这些独特的印记选择与其适宜的语言形式加以传达和再现。

作家鲜明独特的艺术个性外化为作品风格,构成作品艺术价值的核心要素。译者要再现原作艺术价值,就必须使译作在风格上与原著一致。刘士聪认为再现原作风格关键是要再现其个性化的话语方式。文学风格的最高境界是作家个性化的人生感悟和生命体验。

第四节　文学翻译的审美客体

一、文学作品的意象美

语言文字本身是抽象符号,不像绘画中的线条和色彩、音乐中的旋律和曲调能直接被观众的眼睛和听众的耳朵感知到,但它富于暗示性,能激发读者想象,在其头脑中唤起生动优美的意象和画面。艺术形象(意象)及其深刻意蕴是文学作品艺术价值的核心。作家对生活印象进行艺术加工,使其升华为审美意象,最后将其外化为语言文字,整个过程可表示为:感性印象—审美意象—语言文字。作家运用审美感官(视觉、听觉等)去感受五彩缤纷的大千世界,在头脑中积累起丰富而零散的感性印象,然后运用想象和联想使其"变形"为审美意象,这是一个从量到质的飞跃。审美意象融入了作者的理性思索,因此,更集中化、典型化,它把零散的感官印象组织成一个有机整体。作家将审美意象外化为生动形象的语言文字,带给读者强烈的感官(视觉、听觉等)印象,在其头脑中唤起栩栩如生的画面,仿佛身临其境。文学语言能激发读者的联想,在其头脑中唤起栩栩如生的画面和场景。文学语言的审美感知（视觉、听觉等）效果潜在于作品的语言符号中，作家善于选择那些"形象生动"即特别容易激发读者想象和联想、在其头脑中唤起立体画面的词语。文学语言虽缺乏其他艺术所具有的形象直观性，但其"精神穿透性和性质的确定性"显出一种"纵横驰骋、上天下地、忽古忽今、无所拘谨的自由境界"，它是形象的、美的语言，具有美的性质，能够完美地表现"意象"，能由它的触发而把读者带入艺术胜境。语言艺术家运用这样的艺术语言来创造形象，"状难写之景，如在目前；含不尽之意，见于言外"。吴展在《中国意象诗探索》中认为意象是艺术家，它不是意与象的简单相加，而是两者的交融契合。"随类赋彩"是绘画艺术不可或缺的一条原则，浓妆淡抹总相宜，这是绘画艺术所以令人赏心悦目、心旷神怡的一个重要原因。文学是以语言为材料的，而文学要反映五彩缤纷的社会生活，塑造丰富多彩的人物性格，却不能不借助于绘画艺术的"随类赋彩"。注重语言的色彩，这正是《红楼梦》语言具有绘画美的一个重要特色。

散文的意象美有其特色，裴显生在《写作学新稿》中认为散文有"状物绘景、叙写风情风物"的功能。在汉语散文中富于意象美，它兼有诗与散文的特点，铺陈描摹，词丽句工。

文学作品意象所展现的画面有复杂与简单、整体与局部之分，蒲震元在《中国艺术意境论》中认为复杂画面是指"画面形象的丰富多样，内容的宏富博瞻"。

二、文学作品的艺术真实

文学作品表现了一种艺术真实。作家体验生活，了解社会现实，在此基础上发挥审美心理机制，特别是审美情感和想象，对头脑中的生活印象进行艺术加工，虚拟一种艺术现实，最后将其外化为语言文字。艺术真实是生活真实的"幻象"，来源于生活又高于生活，它所表现的画面已不同于实际生活中的画面，艺术真实是"用艺术形象来真实地反映生活中本质的东西，艺术真实总是与生活真实密不可分，艺术真实是生活真实的艺术表现形式，生活真实则是艺术真实的源泉"。文学作品的情感逻辑蕴含于其内在的思想情感脉络中。所谓音节就是指贯穿于全诗、体现诗人（诗中人物）思想感情发展变化的一种旋律节奏，郭沫若先生在"论诗三札"中认为诗的精神在其"内在的韵律"或"无形律"。下面是李清照的《怨王孙》和许渊冲的译文。

帝里春晓，In the capital spring is late；

重门深院，Closed are the courtyard door and gate.

草绿阶前。Before the marble steps the grass grows green；

暮天雁断，In the evening sky no more wild geese are seen.

楼上远信谁传？ Who will send from my bowers letters for my dear？

恨绵绵！ Long, long will my grief appear！

多情自是多沾惹，This sight would strike a chord in my sentimental heart.

难拼舍，Could I leave him apart？

又是寒食也。Again comes Cold Food Day.

秋千巷陌人静，In quiet lane the swing won't sway；

皎月初斜，The slanting moon still sheds her light

浸梨花。To drown pear blossoms white.

原词上阕，"帝里春晓，/重门深院，/草绿阶前。/暮天雁断，/楼上远信谁传？/恨绵绵"。暮春的都城里重门紧闭，庭院紧锁，大雁南飞，诗人思念远方的丈夫，却又无人能捎去书信，她内心十分伤感郁闷。许译"In the capital spring is late；/Closed are the courtyard door and gate"中 closed 放在句首，强调门庭紧锁，凄凉冷清。"Before the marble steps the grass grows green；/In the evening sky no more wild geese are seen"中 grass grows green 形成头韵，富于音美。"Who will send from my bowers letters for my dear？" 保留了原诗的问句形式，dear 传达了诗人对丈夫的深厚感情。"Long, long will my grief appear！"用倒装句式将 long, long 放在句首，语气强烈，富于感染力，传达了诗人对远方丈夫的无尽思念，long 的叠用富于音美。原词下阕，"多情自是多沾惹，/难拼舍，/又是寒食也。/秋千巷陌人静，/皎月初斜，/浸梨花"，诗人整日思念丈夫，内心被思绪所缠绕。夜色渐深，四周寂静无声，皓月当空，诗人睹月思人，沉浸在无尽的离愁别绪之中。许译"This sight would strike a chord in my sentimental heart"中 strike a chord / sentimental 传达了原诗所描写的诗人触景生情、多愁善感的心理情感体验，"Could I leave him apart？"用问句形式语气强烈，传达了诗人对远方丈夫深厚的感情。"Again comes Cold Food Day./In quiet lane the swing won't sway；/The slanting moon still sheds her light/To drown pear blossoms white" 中 swing 与 sway，slanting 与 still sheds 形成头韵，富于音美，drown 明写梨花浸沐在月色中，暗写诗人沉浸在无尽的离愁之中。

本质真实、情感真实、形象真实构成文学作品的"理、情、象"，作品通过艺术真实表现了生活真实，就具有了真实性。形象真实是表现本质真实、情感真实的手段，本质真实、情感真实是形象真实的精神内涵。艺术真实的核心是情感真实，这是作品艺术感染力的根本所在。陈圣生在《现代诗学》中认为艺术真实是"诗的真实"，融合了"情"与"理"，它包括"情真、景真、事真、意真"，并且具有融情入理、情景交融和情事互映的特点，也必然具有感人的美感效果，能带给读者一种富有哲理之情的审美快感，它是"真和善的统一"，是可以感觉的思想和具有深邃思想的情感。诗的本质呈现于文本或口语中诗意的表现、诗的意象性语言的运作和诗的风格的形成之中，诗是用意象语言呈现出来的原创性的思维，既是"原发的"，又创造了有感染力的想象的事物及其语言表现形式。文学作品强调艺术形象的真实，作家体验生活，在头脑中积累起生活印象，通过艺术加工使其升华为审美意象，然后通过语言表现出来。生活印象表现客体外在的"形"，而审美意象融入了作家思想情感，表现了客体内在的"神"。译者剖析原作语言，发挥想象和联想，在头脑中将其还原成意象和场景，然后通过译文再现出来。作品艺术形象由意象、思想情感内涵、语言组成，其中意象和思想情感内涵是作品之"神"，它带给作品语言生命和灵性，使其成为"有意味的形式"；语言是作品之"形"，它使作品意象和思想情感内涵变得"有声有色"。

第五章　跨文化多维视角下的文学翻译

第一节　交际理论与文学翻译

西方翻译理论研究历来按两条路线进行：一是文艺翻译理论路线，二是语言学翻译理论路线。从历史的发展来看，翻译语言学派批判地继承了19世纪施莱尔马赫、洪堡等人的语言学和翻译观。从发展的趋势看，语言学翻译理论路线已占据现代翻译理论研究中的主导地位。随着语言学和翻译理论研究的深入，语言学翻译理论已开始摆脱单个句子研究的局限，而是更加重视话语结构和交际功能的研究。

从20世纪50年代末到60年代，随着语言学的发展，人们从交际方面对语言进行了多方面的探讨。随后，人们开始从交际学途径研究翻译，提出了相对严谨的翻译理论和方法，交际理论应运而生，它开拓出了翻译研究的新领域，给传统的翻译研究注入了新的内容。

一、交际理论概述

交际学途径运用交际学和信息论，把翻译看作是交流活动，是两种语言之间传递信息和交流思想的一种方式，比较原文和译文在各自语言里的交际功能，认为任何信息倘若起不到交际作用，就毫无价值可言。在这种语言交际理论翻译法中，重点放在尽量以信息接收者所能理解和欣赏的形式来传译原文的意思，也就是说，突出信息接收作者的作用，把它作为语言交际过程的目的。

二、动态对等与功能对等

20 世纪 50 年代以来,语言学在人文学科领域占据统治位置,翻译被视为一种语码转换,是"一种语言的语篇成分由另一语言中对等的成分来代替"(Catford 1965：20)的过程,或是"在译语中用最贴近而又自然的对等语再现原文信息"(Nida&Taber 1969：12)的过程。以"对等论"为基础的语言学翻译途径被奉为翻译界的圣经,原文的地位被神圣化,原文的特征必须在译文中得以保留,也就是说原文的内容、风格及功能必须得以保留,或者译文至少应该尽可能地保留这些特征。

奈达于 1964 年和 1965 年先后发表了《翻译科学探索》和《翻译理论与实践》两部翻译理论著作,提出了核心句的概念,并试图建立一种最有效、最科学的三阶段翻译转换模式。书中,奈达提出了四条原则：1. 忠实于原文的内容；2. 译文与原文的文学体裁所起的作用一致；3. 读者对译文的接受程度；4. 译文将用于什么样的环境。后来,奈达在"动态对等"的基础上又提出了著名的"功能对等"翻译标准。

奈达从语言的交际功能出发,认为语言除了传递信息外,还有许多交际方面的功能,如表达功能、认识功能、人际关系功能、祈使功能、施事功能、表感功能等,翻译就应该不仅传递信息,还传达以上所说的语言的各种功能,这也就是奈达所追求的翻译的"等效"。

在《语际交际的社会语言学》一书中,奈达对"功能对等"做了进一步的阐述。提出了"最高层次的对等"和"最低层次的对等"。简单地说,最高层次对等指译文达到高度的对等,使译语读者和源语读者在欣赏和理解时所做出的反应基本上一致。在这两个对等层次之间可以有各种不同层次的对等。进入 20 世纪 80 年代,奈达的翻译理论出现较大变化。

三、文学翻译：跨文化的交际行为

"语义翻译"注重对原作的忠实,处理方法带有直译的性质,而"交际翻译"则强调译文应符合译入语的语言习惯,处理方法带有意译的性质。纽马克强调应当把语义翻译和交际翻译看成一个整体,翻译中不可能孤立地使用某种方法,也不能说哪种方法更好。

第二节　解构主义视角下的文学翻译

翻译理论的发展与时代思潮的影响密不可分。从 20 世纪 80 年代末至 90 年代初,这一思潮在西方翻译理论界的影响日益扩大,并对传统翻译理论产生了巨大的冲击。在西方文论界崛起的解构主义思潮,不仅对西方文论界,同时也对当代国际译学界产生了很大的影响。

一、解构主义及其翻译观

解构主义是法国哲学家德里达（Jacques Derrida）在 20 世纪 60 年代倡导的一种反传统思潮。他在 1967 年出版的《文学语言学》《声音与现象》与《书写与差异》三部著作标志着解构主义的确立。解构主义显示出巨大的声势,并形成了以法国的德里达、福柯和罗兰·巴特以及美国的保罗·德曼、劳伦斯·韦努蒂等著名翻译理论家为重要代表的解构主义思潮。

德里达认为,语言是传统哲学的同谋和帮凶,但他的颠覆又非借助语言不可,因此,他创造了许多新词,或旧词新用来摆脱这个困扰,其中最著名的如"异延"（differance）,对本体论的"存在"这个概念提出质疑。如"在场（presence）就是存在吗？""异延"的在场就是缺场,因为它根本就不存在。将这一概念用于阅读文学,则意义总是处在空间的"异"（differ）和时间上的"延"（defer）之中,没有确定的可能。

解构主义学者将解构主义引入翻译理论,给翻译研究注入新的活力,逐渐形成了解构主义的翻译流派,又称翻译创新派。这一流派跟以往的翻译流派的不同之处主要表现在抨击逻各斯中心主义,主张用辩证的、动态的和发展的哲学观来看待翻译。由于文本的结构和意义既不确定,有难把握,因而解构主义流派否定原文——译文,以及由此派生出来的种种二元对立关系,主张原文与译文、作者与译者应该是一种相互依存的共生关系,而不是传统理论中的模仿与被模仿的关系。解构主义学者认为,原文取决于译文,没有译文,原文无法生存,原文的生命不是取决于原文本身的特性,而是取决于译文的特性。文本本身的意义是由译文而不是由原文决定的。他们还认为"翻译文本书写我们,而不是我们书写翻译文本"。解构主义的翻译思想还体现在"存异"而非"求同",并且解构主义流派超越了微观的翻译技巧的讨论,从形而上的角度审视了翻译的性质与作用,从根本上改变了人们的翻译观念。

二、解构主义翻译思想对翻译理论与实践的启示

解构主义是一种彻底的反传统的思潮,它对翻译理论与实践有如下几个方面的重要启示。

第一,提高了译者和译文的地位,说明了翻译的重要性。解构主义认为,一切文本都具有"互文性"(intertextuality),创作本身是一个无形式的文本互相抄印翻版的无限循环的过程。因此,"互文性"否定了作者的权威性与中心地位,从而提高了译者和译文的地位。德里达认为,原文要依靠译文才能存活。原文文本的存活依赖于译文所包含的特性。古今中外,浩如烟海的文学作品只有部分能存活下来的主要原因之一就是有些作品不断地被翻译和注释,这就证明了翻译在存活文化遗产上的无可比拟的重要性。

第二,提供了新的视角来考察翻译的一些基本问题。解构主义学者注重考虑翻译过程中所体现的语言的本质,各具体语言之间的关系和意义以及译文和原文的关系等问题。他们认为,语言研究应向翻译研究靠拢,把文化、语言、翻译研究三者结合起来,尤其是能从哲学的高度以更为通达的态度来对待可译性和不可译性的问题。解构主义翻译思想的另一重要倡导者沃尔特·本雅明(Walter Ben jamin)于 1955 年发表的《译者的任务》主要探讨了语言哲学的问题,尤其是"纯语言"的问题。他在语言哲学的框架下探讨文本的可译性,说明语言的可译性有两层含义:第一层含义是可译性本身显示了语言背后的隐含意义,表现了语言之间彼此的中心关系;第二层含义是可译性,也表现了一种语言与另一种语言之间的己 / 异(self/other)结构关系。原文可译性的前提就是承认其他语言的存在,原作通过可译性同译作紧密地联系在一起,也就是通过翻译原作生命得以延续。这样,译者就将翻译的重心从语言传递的信息或内容转向了语言所具有的特定的表达方式。这一重心的转移具有一定的积极意义,它让我们对不同语言之间的差异性和互补性有了更清楚的认识。

第三,提高了人们对翻译原则和策略的认识。解构主义翻译思想的积极创导者韦努蒂在其三部著作《对翻译的再思考》《译者的隐身》和《不光彩的翻译》中详尽研究了自德莱顿以来的西方翻译史,批判了以往占主导地位的以目的语文化为归宿的倾向,提出了反对译文通顺的抵抗式解构主义翻译策略。一方面,他对"通顺的翻译"和"归化"的翻译原则提出质疑,批判了当代英美翻译流派中以奈达为代表的归化翻译理论,说奈达是想把英语中透明话语的限制强加在每一种外国文化上,以符合目的语文化的规范,以归化的目的对外国文本进行文化侵吞。另一方面,他追溯了异化翻译的历史,认为在异化的翻译中,外国的文本受到尊重,从而扩破目的语文化的规范。

三、解构主义对文学翻译的阐释

本雅明指出,"既然翻译是自成一体的文学样式,那么译者的工作就应该被看作诗人(泛指一切文学创作者)工作的一个独立的、不同的部分"(1923)。这深刻揭示了文学翻译的本质,并给文学翻译一个十分确切的定位。

解构主义的文本差异观不仅仅是现代的流行语或新的翻译观念的指导理论,它实质上也是历史作品与翻译行为的规律总结。译者不过是一个边缘人,只能居于屈从地位。

范仲英指出,翻译的标准是"把原文信息的思想内容及表现手法,用译语原原本本地重新表达出来,使译文读者能得到与原文读者大致相同的感受"。

解构主义翻译观为考察译者地位提供了新的视角。为了描述翻译过程中任何一个符号都与其他符号息息相关,德里达杜撰了一个新词"延异",它包括两层含义:一是时间上的差别、区分,即 to differ,二是空间上的不同、延宕,即 to delay。他们宣称"作者死了",否定作者主宰文本意义,强调意义是读者与文本接触时的产物,文本能否生存完全取决于读者。

翻译不应该完全被本土化(归化),而应用主流的译入语来展现外国文化的差异。这便是他所指的释放剩余、异化或抵抗式的翻译策略。在解构主义者看来,译者与作者一样是创作的主体、原著的主人。

从德里达的语言论到他的文学论,我们看到的是他对语言、文学作为"在场"(presence)以及两者在"在场"层面上所发生的确定意义的质疑。这种宏观的思维构想与具体的文本讨论是不同的。就前者而言,语言既是"书写"的产物,也是"书写"场所和"书写"行为。

罗兰·巴尔特(Roland Barthes)曾发表了《作者之死》,他在阐述读者与文本的关系在分析文章的意义时,大胆地宣称"作者死了",因为在他看来,一部作品的文本(text)一旦完成,文本中的语言符号就开始起作用了。读者通过对文本语言符号进行解读、解释、探究并阐述文本的意义。纵观古今中外的文学名著的翻译,原文被不断地做出新的阐释,译文不断地被阅读。读者读到的是疑问或原文的注释本。我国最典型的当数"红学"研究。

既然文本没有唯一的、一成不变的意义,也就可以对文本做出多种解释。对于翻译者而言,解释权就交给了译者。

第三节　阐释学视角下的文学翻译

一、阐释学概述

阐释学(Hermeneutics)是20世纪60年代后广泛流行于西方的一种哲学和文化思潮,它探究的重点是意义的理解和解释。阐释学这一术语最早出现在古希腊语中,拉丁文的拼法是 Henmeneuein,意思是"通过说话来达意",它的词根 Hermes——"赫尔墨斯"是古希腊神话中奥林波斯诸神的使者,宙斯的传旨者,因此,他又是使节和传令官的庇护者。阐释学因神的使者而得名,其最初的形态可能是对神的旨意的诠释。

阐释学最终成为一种普遍的方法论是由德国哲学家施莱尔马赫实现的。施莱尔马赫把语义学和《圣经》注释的局部规则结合起来,建立起总体的阐释学。施莱尔马赫从具体文字的诠释技巧出发,首先研究如何把阐释过程各个方面统一起来这一核心问题。他认为,关键是避免误解。在他看来,一段文字的意义绝不能从字面上一目了然,随着时光的流逝,过去时代的人们能够理解的内容,今天的人们已经不能理解,只有通过一套诠释技巧,利用科学方法重建当时的历史环境,才能把隐没的意义再现出来。施莱尔马赫的阐释学的主旨:一是译者可以不打扰原作者而将读者移近作者,二是尽量不打扰读者而将作者移近读者。这两种途径的区别:前者是以作者为中心(author-centred)的译法,后者是以读者为中心(reader-centred)的译法。他提出的这两种途径各有优劣,突破了传统讨论直译和意译的界线,但缺陷在于,他认为译者必须在这两种译法中选出一个,然后贯彻始终。奈达和简·德·沃德指出,"施莱尔马赫认为,译者只有把外国语往本国语掺(而不是反过来把本国语往外国语里掺),在译文中保存原语的特点,才能证明他具有传译文体的能力"。总的来说,他在《论翻译的方法》中清晰地描述了译者的角色,把译者视为一个主动灵活的个体,能将作者发出的讯息投射于读者能理解的范围。

在施莱尔马赫之后,德国哲学家狄尔泰受当时实证主义精神的影响,进一步发展了诠释学。狄尔泰一直力图把历史科学改造成像自然科学那样确凿的知识,而最能超越时空传诸后世的符号,是文字著述,是文学、艺术、哲学等精神文化的创造。所以,狄尔泰也把文字的理解和诠释看成最基本的阐释活动,但是狄尔泰看到了文字阐释过程中的"阐释的循环"这一现象。1900 年以后,狄尔泰向现象学靠近。他运用胡塞尔的"意向性客体"理论,把阐释过程理解为努力排除自己经验范围内的主观成分,重复别人意向的过程。

现代的阐释学是在传统阐释学与现象学结合以后产生的。代表人物是德国哲学家海德格尔和伽达默尔,美国阐释学家赫施的代表作《解释的效用》(1967)也受到了现象学的影响。阐释学倾向于集中研究过去的作品,认为批评的主要作用是认识经典的作用。

阐释学以复归作者原意为其理想,这曾招致不少人的反对,因为绝对准确地复制作者的本意,只能是一种幻想。批评者无不希望彻底地解决这个问题,而批评实践却不断提出新问题。因此,美国批评界有人称阐释学为"天真的阐释学"。

二、理解即翻译

译者既是原文的接受者即读者,又是原文的阐释者即再创作者。

kind 本身有双关意义,翻译无法尽得其妙,比较而言,卞之林的译文对于 kin 和 kind 译得较为简洁——无须注释也读得出弦外之音了——因简洁而漂亮。A little more than kin,比亲戚多一点——本来我是你的侄子,现在又成了你的儿子,确实不是一般的亲戚关系;and less than kind! 然而却比 kind 少一点——不止少了一个"d",kind 的两层意思,一是"同类相求"的亲近感,二是"与人为善"的亲善感;哈姆雷特的旁白是说我同你没有共同语言,我也不知道你所居何心。当然,这个旁白在舞台上是假定对方听不到的。

一方面,翻译总是解释,即对某一作品的个别的、有局限的主观理解方式;另一方面,翻译作品尤其是对文学与艺术作品的翻译也需要解释。

三、文学翻译中的视域融合

哲学阐释学的真正创始人和最主要的代表人物伽达默尔(H.G.Gadamer)把阐释学作为哲学本性论对待,视阐释学现象为人类的世界经验,通过强调理解的普遍性,确立了阐释学以理解为核心的哲学与独立地位。

伽达默尔理解的历史性使得对象文本和主体都有各自的历史演变中的"视域"(Horizon),因此,理解就是文本所拥有的诸过去视界与主体的现在视界的叠合。伽达默尔称之为"视域融合"。"视域"指的是理解的起点、角度和可能的前景。

哲学阐释学对"偏见"或"前理解"做出了全新的解释。传统的观点要求任何一种诠释都应去除"偏见"。但现代的哲学阐释学认为,"偏见"或"前理解"是人的意义阐释过程中不可或缺的前提,它植根于一定的历史文化中。因此,人永远只能处在某种设定的"视域"中,而理解只不过是不同"视域"的融合。伽达默尔(1992:142)把理解当成是读者与文本之间的双向交流,读者的视域在"成见"这个平台上展开,文本的意义在这个平台上显现,后者也暗含了一种视域,两个视域在一个平台上碰撞必然产生交流,于是发生了"视域融合"。

在伽达默尔看来,作品之所以是作品,关键在于它的意义获得了理解,读者的阅读和理解使作品实现了它的本质功能,使它实现了不同于同等重量的砖头的艺术存在。从这里我们可以看到,伽达默尔将读者的阅读理解看成是作品实现自己存在的首要因素。

伽达默尔指出,理解是一种"视域融合",是历史与现代的回合或沟通,是文本所拥有的过去视界与主体现在视界的叠合。在理解文本的过程中存在着两种不同的视域:一种是理解者的视域,一种是文本的视域。理解一种文本,解读一种文化、传统无疑需要一种视域。理解就是理解者同文本进行的一场对话,文本只有通过理解者才能体现出来,并在理解中显出意义。

翻译既是一个不同语言文化之间交流的过程,也是一个复杂的心理和思维过程。它以理解为基础和目的,是译文不断接近原文本义的阐释过程。它不是一项简单的复制,它与译者的历史文化境域及个人的主动性密不可分。在对原文的解释翻译过程中,不可避免地会将自身的生活经验、学识涵养、个性气质、审美观念和欣赏习惯等诸多主观因素介入到对文本的理解和阐释当中去。

过滤现象从意象、内容、形式等各方面都可以从文学翻译作品中体现出来。因此,文学翻译的过程既是视域融合的过程,又是阐释的过程。*Uncle Tom's Cabin* 现至少有九种中译本。清朝末年林纾和魏易合译的《黑奴吁天录》、20 世纪 80 年代初黄继忠译的《汤姆大伯的小屋》和 21 世纪初林玉鹏译的《汤姆叔叔的小屋》这三个译本产生的社会历史背景迥异,具有较强的代表性。还有郭沫若翻译的《浮士德》前后经历将近 30 年就是为了进入原文文本的世界,领悟作者的原意,使自己和歌德少年和晚年时的思想感情融合。

从阐释学角度来看,文本是内外两种视域的统一,是确定性与开放性的统一。译者的理解也是主观与客观的辩证统一。

1975 年,美国著名思想家乔治·斯坦纳(George Steiner)发表了翻译研究著作《通天塔:语言与翻译面面观》(*After Babel Aspects of language and Translation*)。韦努蒂(Venuti,2000:124)把它高度评价为战后"翻译理论界影响最为广泛的权威性"理论专著。

斯坦纳认为,语言的产生和理解过程,实际上就是翻译过程。翻译是语言的基础,而翻译的基础是作为整体而存在的语言。虽然语言的共性是客观存在的,这是理解和翻译的基础。然而,我们在强调语言共性的同时,不能忽略语言个性的存在,否则对语言的解释就会神秘化,并不符合语言的客观性。他指出,语言理解与翻译的关系十分密切,并明确提出了"翻译就是理解"的观点,进而详尽探讨了语言对翻译造成的困难之处。他认为,文学语言的理解不同于交际语言的理解。交际中需要"合作原则"以完成意向的传达,因此,在理解交际语言时须抛开词汇意义中与该交际语境没有关联的部分。而文学语言则相反,越是复义的词语越需要考虑这些复义之间的影射,共同作用以间接表达微妙语义的可能性,还要考虑复义词之间的关系。

为了说明理解的困难以及翻译与理解的密切关系,斯坦纳特别以莎士比亚作品为例进行阐述。他认为,要想理解莎剧中的一段话语,不但要分析词汇与语法,而且还要联系到整个剧本、创作手法以及伊丽莎白时代人的说话习惯。总之,要做到透彻的理解,从理论上说是永无止境的。

第四节　全球化语境下的文学翻译

一、文学翻译的文学性与文化性

翻译的性质和原理是原作的改写和处理,是跨文化转换,而非语符转换;翻译理论的研究重点是译作功能,而非对原作的描述。评价译作的标准,重点是在译人文化系统中所起的作用,有别于传统的纯文学标准。

文学风格是主体与对象、内容与形式的特定融合,是一个作家创作趋于成熟、其作品达到较高艺术造诣的标志。作家作品风格是文学风格的核心和基础,但也包括时代风格、民族风格、地域风格、流派风格等内涵。文学风格,是文学活动过程中出现的一种具有特征性的文学现象。文学风格主要指作家和作品的风格,既是作家独特的艺术创造力稳定的标志,又是其语言和文体成熟的体现,通常被誉为作家的徽记或指纹。

文学信息极为复杂,它不仅涉及美学,还涉及文化传统和意识形态等诸多方面的因素,因此,文化信息的交流是文学翻译的重要方面。传统的翻译观一般把翻译视为主要以语言转换手段的活动,人们关注的重点自然是语言之间的差异问题。然而,语言交际并非简单直接的语言信息交流,因为信息意义的传递与语言系统的文化有着十分密切的关系,翻译中的许多问题主要是由文化差异,而非语言差异引起的,文本的可译度与文化信息的含量直接相关。文学语言的歧义性意味着文学翻译的艰巨性,而歧义性大多与文化传统有深厚的渊源。外来文化的异质性是相对陌生的,但又具鲜活力,可以促进变化与更新。

二、文学翻译的文学性与科学性

翻译理论家中有人称文学翻译是艺术,有人称它是科学。屠岸说,这两种说法都有道理,翻译是艺术,因此,译作应该是艺术品。翻译是科学,所以作品应该具有科学性或学术性。张谷若认为翻译为"科学亦为艺术,为艺术亦为科学"。翻译既是科学,又是艺术,两者相辅相成,合二为一。张先生还就翻译的性质做了三点概括:1)译事有法可依,即有规律可循;2)高水平的翻译要有法而无法,进入再创造的境界,翻译是科学性与艺术性兼备的;3)法可道出,即翻译的规律是可以经过深入研究加以认识,并以言词形诸笔端的。刘宓庆认为"翻译学具有明显的综合性:它既是科学,又是艺术;它既重实践,又重理论;它既需要感性经验,又需要理性概括和提升。但是我们必须认识到,就翻译学而言,科学性是其第一位的属性,艺术性是第二位的属性。就翻译而言,科学性是它的基本机制,艺术性是它的表现机制,当然两者是密不可分、相辅相成的。但是在认识论上必须做到泾渭分明,在方法论上才能有条不紊。翻译学中的艺术理论固然重要,是不可或缺的,但它只是第二位的,是从属的,它只能解决翻译过程中表现机制的运作规律和动作效果问题,不能解决翻译过程中的意义分析和把握等根本问题。"

人们普遍认为,在科技领域,翻译是科学,要求忠实于原文,达到等值或等效,而在文学艺术领域的翻译则是艺术,不可能绝对地忠实于原文,它不是两种语言符号系统的简单转换,也不可能等值或等效。

翻译理论研究也应该从哲理和文艺角度出发,既把注意力集中在笔调、风格、韵味、精神等艺术上,又着重分析,力求客观、精确和科学(黄振定,1998:102)。

文学是艺术,那么文学翻译不能不是艺术。文学翻译就不能不成为对原作中包含的社会生活映像(一定的艺术意境)进行认识和反映的过程,就不能不成为译者对原作中所反映的社会生活进行再认识和再反映的过程。这就是文学翻译的艺术本质。

文学作为语言艺术,同其他艺术有着很大区别。在其他艺术中,艺术形象是直接诉诸人们的感官,而在文学中,由于所使用的表现工具是语言,艺术形象并不是直接诉诸人们的感官,而是首先诉诸人们的思维。也就是说,用语言塑造的艺术形象不可能给人以直观的可视外形,只有通过想象才能把握。艺术形象的间接性是文学区别于其他艺术的根本特点。我们知道,各民族的语言又和不同的文化传统和文学传统相联系着。

文学创作是作家通过独特的内心生命体验来描绘理想中的艺术世界,文学翻译是译者通过自己的内心审美感受来描绘作者笔下的艺术世界。原作是文学翻译模仿的对象,文学翻译活动最后的静态结果是译作,因此,译作应当以原作的艺术生命作为自己的艺术生命,以原作的艺术价值、审美情趣作为自己的艺术价值和审美情趣。要做到这些,那就必须以"忠实"作为文学翻译的标准。然而,文学翻译不可能达到绝对忠实,这是毋庸置疑的客观事实。

为什么不能做到百分之百的忠实?我们可以从以下两个层面进行分析。第一,文学具有感情、美和想象三个特质。感情、美和想象三者缠绵融合,使得文学作品的语言具有诗性,意义变得隽永深刻,意象非常丰富,言外有意,意外有韵,象外有致。对作者来说,文学是心灵的倾诉和呼喊;对读者来说,文学是心灵的聆听和回应。文学作品的情感、美感和想象在每一个读者心灵,即使发生同样的艺术效力,但让读者各自表达,肯定是春花秋月。因为情感、美感和想象本身都具有弹性,他们能使语言充满张力,创造出可以撞击无数读者的心灵深处,可以包容无数读者的内心世界的广阔艺术空间,这就是文学作品本质特征的表现。第二,翻译是语言转换的活动,但两种语言因两个民族大到文化背景小到生活方式的不同而存在很大差异。傅雷由于毕生从事文学翻译实践,因此他对中西语言的实质差异有着较为透彻的认识,他认为,造成差异的根本原因是中西两种不同的"美学原则"和"思想方式",任何译文总是在"过与不及"两个极端中荡来荡去,而中文尤甚。这就是说,"过与不及"是翻译作品最终达到的一个客观结果,它与原作最终达成这种关系既不可否认,也不可避免。

既然文学翻译不可能做到绝对忠实,我们就应该遵循相对"忠实"的原则。这是为什么呢?我们可以通过对文学特质和文学翻译活动的深入探讨来证明这一点。

文学作品的又一显著特征是其形象性,但这种形象并非对现实世界的真实反映,而是经过作家理想的炼炉锻造出来的形象,因而它不但具有情感性和审美性,还具有已经理想化的想象性。文学作品中的形象是建立在理想基础上的想象。因为作家是按自己的理想去打造文艺作品的,文学的创造性就表现在理想性上。文学作品中表现出来的艺术世界是现实中不存在的理想世界。生命的价值并不在于一定要完全实现理想,而在于追求理想和真理的活动和过程中。在这活动中,人们积极调整自己的心态,追求、进取,逼近理想和真理。而且在这过程中,因发挥了自己最大的潜能,实现了自我的最高价值,因而享受到每前进一步的喜悦,感受到不断超越不完美现实的生命升华。

翻译活动的本质属性没有改变。翻译活动是对原作的再创造,以原作展现的艺术世界作为自己的疆域,所以我们可将翻译活动称之为二度创作。当然,二度创作要忠实于原作创作(一度创作)。翻译活动的目的是为了沟通,沟通就需要译者的忠实的传导。再次,在忠实的问题上,作者最有决定权,读者最具发言权,他们对译作的期待是"忠实"。所以,译者应正确认识自己的主体作用,潜心领悟、把握原作,通过契合的表达再现一个绚丽缤纷、美妙奇幻的艺术世界。文学翻译在客观上达不到绝对的忠实,不等于主观上确立忠实标准的不可行。

译者用译入语再现原作中的文学形象时,经历相同的思维阶段,即相同的创作过程。所以,一部文学译作从来都是作者和译者共同写作的结果,译者应是作者的合作者,因为原作只有通过译者的创造性劳动才能在译入语中实现和延续其文学价值。在译文读者对译文进行阐释和思考时,译者的创作便像文学创作一样具有了意义,其文学功能也因此而得到实现。文学作品的艺术性就存在于其语言之中,没有语言之外的所谓艺术性。

第六章　跨文化传播视角下的文学翻译

第一节　国内外翻译与跨文化传播学

无论国内还是国外,现有的把翻译与传播学理论结合起来的研究大多只是零星地、小范围地对翻译功能进行论述,鲜有对信息翻译传播过程中的各要素及其相互间的关系进行深入系统研究的,也很少有把翻译传播与社会历史文化发展变迁结合起来进行系统的实证性研究的案例。

一、国外翻译结合跨文化传播学

传播学孕育于 20 世纪初,作为一门独立的学科则是形成于 20 世界三四十年代。把翻译和传播理论相结合的研究发轫于 20 世纪 60 年代。这一时期,美国语言学家和翻译理论家尤金·奈达(Nida,2004,125-144)开始把通讯论和信息论的成果应用于翻译研究,指出语言交际产生于社会场合,如果把它从这个场合中抽象出来,它就不可理解。1991 年,英国翻译理论家罗杰·贝尔(Roger Bell)在其著作《翻译与翻译行为:理论与实践》(Translation and Translating:Theory and Practice)一书中根据信息论原理提出了翻译过程模式,阐释了译者从信息接收、识别、解码、获取、理解、选择、编码、传输、再接收等九个步骤(Bell,2001)。

二、国内翻译结合跨文化传播学

在我国,把翻译和跨文化传播学理论结合起来的研究似乎尚未形成势头。吕俊 1997 年在《外国语》第二期发表了《翻译学——传播学的一个特殊领域》一文,在国内首次提出了翻译的传播学理论,将翻译学置于传播学之下,用传播学理论观照翻译学,即视翻译为传播活动的一种,包括传播主体、传播内容、传播场合、传播目的、传播对象、传播渠道、传播效果等 7 个彼此密切联系的要素。在文中他把翻译学归于传播学,虽然具有独创性,不过,这种将翻译学视为传播学的一个分支,把翻译学纳入传播学范畴的主张,似乎给人一种"才出虎口,又入狼窝"的感觉,对于翻译界来讲恐怕不是一个容易被接纳的建议,这自然会削弱建立独立的翻译学学科体系的努力,重蹈翻译学附庸于其他学科的覆辙,不过九年后,他又在《翻译学——一个建构主义的视角》(吕俊、侯向群,2006)一书中,把传播学的结构模式作为翻译学的机体结构进行研究,利用它来为构建翻译学服务。随后,廖七一在 1997 年《四川外语学院学报》第三期上发表了《翻译与信息理论》一文,将信息传播的基本理论应用于翻译研究。在此后几年中,虽偶有研究翻译与传播学理论的文章出现,如张俊探讨传播理论对翻译学理论建设的意义以及对翻译研究的指导作用,张燕琴运用了几种传播过程模式从传播学的角度探讨翻译传播过程的特点、规律和所涉及的各种关系,直到孟伟根结合传播学原理,构想建立翻译传播学理论框架(但好像却没有后续发展了),具有文化和传播的双重性质。还有学者(王志标,2013;胡兴文,2014)从翻译出版角度论述翻译对文化强国战略的重要意义等,基本开始了从传播学研究翻译功能的研究,但以上种种对翻译与传播学理论的研究似乎一直都处于一种表面的、零星的、非连续性的状态,而且基本都是在理论上进行的思辨研究。

从传播学意义上说,人类文化是各民族不同文化传播、汇聚与交流的产物,而翻译正是跨文化交流活动中重要的传播媒介,是不同文化之间平等对话、互相沟通、达成共识的中介。没有翻译,就没有跨文化传播和交流;要进行跨文化传播和交流,也离不开翻译。这种变化使翻译研究的范式从技巧分析到话语建构,从以原文为中心到以译文为中心,从文本内到文本外,从纯语言层面走向文化层面,人们开始探讨翻译与文化的互动关系和影响。这种范式也以其跨学科、跨文化的宏观综合方法而成为相对独立的研究领域,给翻译研究提供了和语言视角并行不悖的文化视角,使我们的研究更加全面而避免失之偏颇。这既有益于我们在新时期完善对翻译研究的理论建设,也对建构新时期的中国文化不无裨益。

第二节　翻译研究新视野——跨文化传播学

一、文化的定义、特征

（一）文化的定义

长期以来在许多人的表述中,文化多呈现为器物、思维、艺术或风俗等静态意象或状态,归属于人类学的知识谱系,但艾伦·斯温伍德（Alan Swingewood）（2003：8）却认为其实文化同样是一种实践行为,是以意识、行为与特定的价值观作为基础,然后寻求改变世界的一种手段。

不同领域的学者已经从不同视角、不同层面给出了数百个定义。不过截至目前,由人类学家爱德华·泰勒（Edward Tylor）在 1871 年提出的定义仍是引用率最高,被认为是最具有科学意义、涵盖面最广、最精确的定义之一,其影响也是最大的。在诸多文化概念中,我们可以大致将其归纳为两种类型:一是针对社会结构意义上的文化,二是针对个体行为意义上的文化。前者指的是一个社会中长期、普遍起作用的行为模式和行动的实际准则,后者是个体习得的产物,包括群体成员为了在参与活动的群体中被相互接受而必须具备的文化要素。对文化的定义与讨论也进一步表明,文化并不仅仅是对社会存在的反映,它本身就是对人类一切行为的技术方式、社会方式和价值取向的解释、规范和综合,是人与自然、人与社会以及人与自身关系的体现（孙英春:2008:13）。

（二）文化的特征

与本研究的讨论相关联,综合孙英春（2008：13—15）、胡文仲（2004：41—47）及萨默瓦等（Samovar et al；2004；36—47）的研究,

我们认为文化具有传承性、民族性、系统性、适应性、稳定性与变异性。

文化是人类互动行为发生的大环境,影响人类传播的最大系统就是文化本身。人类的任何传播都离不开文化,没有传播就没有文化,受此影响,各种现代文化社会学派都把文化看成象征符号的总和,进而研究文化的传播是如何在社会关系中产生、发展和变化的。许多传播学者还认为,文化的传播功能是文化的首要和基本的功能,文化的其他功能都是在这一功能的基础上展开的,其实传播本身就是文化的一个组成部分(孙英春,2008:23)。

二、传播的定义与内涵

英语中的"传播"一词 Communication 源于拉丁语的 Corninunis,其原义为"分享"和"共有"。19 世纪末起,Communication 一词成为日常用语并沿用至今,成为使用最为频繁的词语之一。传播是人类所特有的,也是人类生活中最具普遍性、最重要和最复杂的方面,这是传播内涵的复杂性所在。社会传播可以归结为社会活动或社会行为。本研究使用的传播概念,同时具有以下三个方面的内涵:

第一,传播具有社会忹。既是产生传播的原因,又是导致传播的结果。传播与社区(community)、公社(commune)有共同的词根。这一现象并非偶然,没有社区就不会有传播,没有传播,社区也难以为继。这从一个侧面说明了传播的社会性,即人类能够通过传播沟通彼此的思想、调节各自的行为。事实上,通过结成一个有机的整体去从事各种社会活动,也是人类与其他动物群体的主要区别。

第二,传播是不同信息之间的交流、沟通与共享的过程,传播者不是简单地输出信息,接收者也不是被动地接收信息,两者是动态的、互动的,即传播者和接收者之间是相互影响、相互制约、相互作用的。传播过程中一切都可能发生变化,同时也总会有新的东西出现。

第三,传播是一个持续不断的、复杂的、合作建构意义的交流过程,由语言和非语言符号形成意义,进而建造人类生存的意义世界。这里的"意义"是主客观相结合的产物,是客观事物在主观意识中的反映,是认知主体赋予认知对象的含义,也是符号所包含的精神内容(李彬,2000:12)。

人们使用大量的符号交换信息,不断产生着共享意义,同时运用意义来阐释世界和周围的事物。

三、文化和传播的关系

霍尔提出了文化即传播、传播即文化的观点。这种以传播定义文化传承的观点一直影响着跨文化传播的研究发展。

（一）文化是传播的语境和内容

传播产生于人类生存和发展的需要,是人类的一种主要生存方式。任何传播都发生在一定的社会文化环境之中,没有文化的传播和没有传播的文化都是不存在的。文化与传播之间是互相渗透,相互兼容的,各种文化的存在都不是孤立的,而是相互依存,相互依赖。纵观历史文化的发展历程,文化不是一潭死水而是永远流动的,文化从一产生就有一种向外扩张和传播的内在驱动力,一经传播就显示出其本身所具有的生机与活力,因此,传播是文化生存和发展的内在需求,文化则是传播的必然结果。

从传播活动的整体来看,它并不是杂乱无章地在随意进行着,而是在社会各种因素的综合影响下宏观有序地进行着。人们总是生活在一定的社会文化环境中,在探索周围客观世界的实践活动中,不断感知周边事物,并做出反应。人们关注什么,思考什么,赋予事物什么意义,这些思维意识形态等方面都受到文化因素的影响与制约,即文化因素决定了人们的思想意识,影响着人们的思维方式,从而决定着人们的选择和行为模式。同样的内容受不同文化的影响,传播方式和结果会有所不同，而不同的内容在传播过程中又会体现出不同的文化传统和文化特点。

（二）传播促使文化传承和融合

人从出生开始就接受家庭教育和社会熏陶,一代代从前辈那里接受情感模式、思维习惯、价值观念和行为规范,并经过耳濡目染、潜移默化的内化过程,逐渐根植于人们的思想意识之中。正是由于有了人类的传播活动,得以将社会的文化传统世代相传得以继承下来,使人类的文化财富经过长期积累而构成文化遗产,才使文化在历史长河中得以积存和沉淀。没有传播,任何文化都将失去生机和活力并将最终走向终结和消亡。人的社会化是一种个体接受所属社会的文化和规范,并将这种文化"内化"为自己行为的价值准则的过程。在这个过程中,一个人逐渐学习到了社会文化,主要是通过文化传播不断地接受社会教化,接受所属社会的文化规范和文化准则,最终从个体走向群体,从自然人变成了社会人。

四、跨文化传播

人类社会的历史表明,文化传播的时间越久远,文化积淀就越深厚,文化遗产和文化传统就越丰硕。正是因为有了跨文化传播,使域内与域外、族内和族外的不同文化圈之间相互接触、相互交流并相互融合,从而形成了各个国家、各个民族的不同个性,使之具有独特的文化内涵和文化传统。

（一）跨文化传播的历史渊源

作为一种社会现象和交流活动,跨文化传播的历史可谓源远流长,几乎与人类历史一样悠久,可追溯到原始部落时期。各部落之间的文化交流和沟通,促成远古文化多样性的形成和人类社会的发展,使人类能够昌盛繁荣,可以组成更大的社会团体,如民族、国家与国际社会。在中华民族形成过程中,不同民族不断相互接触和融合,这个过程就充满了丰富的跨文化传播内容。西汉张骞出使西域、唐朝玄奘西行印度取经、鉴真东渡日本传经、明朝郑和七下西洋、清末民初的西学东渐等等,都是跨文化传播活动的具体表现,其中都包含了十分复杂的跨文化传播和交流的因素,堪称人类历史中跨文化传播的典型范例。

这种情况在我国如此,在世界其他地方也不例外。在交通和通信工具日新月异、世界经济一体化趋势日益明显的今天,跨文化传播对于我们来说不再是新奇的事情。随着因特网的快速发展以及普及,人们可以通过文字、声音,图像等形式与世界各地不同文化背景的人聊天、交流,从而足不出户便可以进行跨文化传播了。尤其随着世界各国物质交往日益频繁,外交联系愈加密切,跨文化传播活动已经成为人类社会生活的重要形式。

（二）"跨文化传播"的术语来源和定义

20世纪50年代,服务于美国国务院外交服务学院的美国文化人类学家爱德华·霍尔（Edward Twitchell Hall，Jr.）在其经典著作《无声的语言》中首次使用了"跨文化传播"一词，其英语表达为"intercultural communication"。

"跨文化传播"也有人称为"跨文化交流"和"跨文化交际"。这些术语在汉语使用上的差别原因之一，就是这门新学科由于刚刚建立，学者还未能在译名上取得一致，另一原因是学者来自不同的学科背景，因此，在选择译名时必然会受其学科背景的影响。

五、翻译的跨文化传播属性

翻译作为一种跨文化、跨语际的信息传播和交际活动（贾玉新，1998：102），其意义已不再局限于传统理论中"把一种语言的言语产物在保持内容，也就是意义不变的情况下，改变为另一种语言的言语产生过程"（巴尔胡达罗夫，1985：68）。

罗曼，雅各布逊（Jacobson，1971：260—266）把翻译分为语内翻译、语际翻译和符际翻译三种，按照这一分类，翻译几乎涉及了人类文化传播活动的各个方面，甚至我们每时每刻都在以不同的方式进行翻译活动。翻译在本质上与跨文化传播密不可分，是你中有我、我中有你的关系。正因为如此，跨文化传播与翻译在多方面体现出共同的特征：

（一）翻译与跨文化传播都离不开语言和符号

传播离不开媒介和符号，媒介负载符号，符号负载信息。符号与媒介是一切传播活动赖以实现的中介。传播的核心是信息，它是信息的流动过程。在人类传播活动中，既不存在没有信息的传播，也不存在脱离传播的信息。没有传播，符号便没有了意义，文化也就失去了存在的可能。翻译作为跨文化传播的主要方式，其对语言和符号的需求和依赖更甚于其他因素。离开了语言和符号，翻译根本就无从进行。

（二）翻译与跨文化传播都具有目的性

跨文化传播是人类的一种有意识、有目的的自觉活动，传播主体希望能达到一定的目的和效果，可以说，跨文化传播是异质文化间动态地传递信息、观念和感情以及与此相联系的人类交往沟通的社会性活动。在跨文化传播活动中，传播者对信息进行收集、选择、加工和处理，几乎在每一个环节都在有意识地进行跨文化的创造活动,体现着一定的意图性和目的性。

（三）翻译与跨文化传播都具有互动性

翻译活动和跨文化传播都是双向的,是译者（传播者）与读者（接受者）之间信息共享和双向交流的过程。在常见的人际传播和交流中,主要有无反馈的单向式交流和有反馈的双向式交流两种。在双向式传播交流中,传讯者与受讯者的作用是对等的,双方是互动关系,使用着相同编码、译码和解码的功能。

正因为文化是动态的,总是处在不断的传播之中,而文化又是多元的、异质的,所以它的传播并不是封闭的、单向的,而是互动的、双向的、甚至是多维的,这就是跨文化传播以及作为跨文化传播的翻译所共有的特征。

第三节　翻译的跨文化传播功能

人与人之间的交流,文化与文化之间的传播,都离不开语言。语言成就了世界,传播缩小了世界,翻译却沟通了世界。作为一种社会实践活动,翻译既是跨语言的,又是跨文化的,同时还具有传播性。从跨文化传播意义上讲,翻译是桥梁、是纽带、是黏合剂,也是催化剂,它可以传递思想、丰富语言、开发智力、开阔视野,从其他语言文化中汲取对本族语文化有益的成分,从而变革文化、发展社会、推进历史演进。只有通过翻译,才能把人类社会不同文明推向一个更高的层次和发展阶段。

一、翻译是一座跨文化传播的桥梁

众所周知,翻译是人类社会迈出相互沟通理解的第一步。无论是东方社会还是西方世界,一部翻译史,就是一部生动的人类社会跨文化传播交流与发展史。自从人类有语言文化、习俗风尚以来,各民族之间为了传递讯息、交流文化,没有一桩事不是凭借翻译来达成的。翻译恰如一座桥梁,把两个相异的文化连接起来,在不同文化之间的交流过程中扮演着至关重要、必不可少的角色。在歌德看来,翻译在人类文化交流中起着"至关重要的作用"——不仅起着交流、借鉴的作用,更具有创造的功能。

二、文化翻译产生翻译文化

文化是社会经验,是社会习得,它只能在社会生活的实际交往中完成;文化又是历史传统,是世代相传、不断延续的结果。

人类社会的发展史是一部各种文化不断相互融合的翻译的历史。跨越文化障碍而进行的文化信息的传递过程,是人类社会所特有的活动,需要借助符号进行思想交流和文化传播(雷巧梅、徐美娥,2006)。

文化翻译的结果是产生翻译文化。所谓"文化翻译",简而言之,一方面就像"文学翻译"或"文化创作"等概念一样,仅仅是指一种文化传播行为;另一方面是指对文化进行翻译的活动的动态的过程。所谓"翻译文化",它是"文化翻译"的结果。

三、翻译传播的社会文化功能

翻译的功能主要体现在社会文化层面。社会的变革和文化的发展往往和蓬勃开展的翻译活动有关。翻译可以引发对特定文化乃至社会制度的"颠覆",也可以助推不同文明向前演进。古罗马的希腊文学翻译导致了拉丁文学的诞生,五四时期的西学东渐及大规模翻译活动促进了现代白话文的形成和发展,并进而推动中国社会历史突飞猛进,这些无疑都是体现翻译的社会文化功能的最佳佐证。

(一)翻译传播促进了文化整合

翻译传播具有对异质文化的整合机制。我们说文化是整合的,指的是构成文化的诸要素或特质不是各个成分的随意拼凑,而是在大多数情况下相互适应或磨合共生的(卡罗尔·恩伯,1988:47)。人类文化的交流和传播,是促使文化整合、生成新的文化结构和文化模式的关键性因素。人类发展的历史可以说就是不同文化通过翻译不断整合的历史(庄晓东,2003:41)。这就要求译者必须具备敏感的跨文化意识和文化信息感应能力,使翻译效果得以充分体现。另一方面,翻译文化在目的语社会环境的传播过程中,也会与目的语社会文化因素接触,通过碰撞、冲突、交融的方式达到整合,最终产生新的文化因素和面貌。

（二）翻译传播促成文化增值

所谓文增值是文化在质和量上的一种"膨胀"或放大，是一种文化的再生产和创新，是一种文化的原有价值或意义在传播过程中生成一种新的价值和意义的现象。

翻译文化传播使源语文化财富在译入语文化中被承接和传播开来，成为译入语社会不断积累的文化遗产，使译语文化在历史长河中得以堆积和沉淀，这种文化的承继和发展便是文化积淀。翻译文化传播的时间越久远，在译入语社会的积淀就越深厚。译语文化积淀促进了人类文明的共同进化和发展，比如古代印度辉煌的佛教文化在其自己的故土早已沉沦，却通过佛经翻译活动在中国得到保存，并找到了生存、发展和积淀的环境，成为中国文化重要的一部分。

第七章
中国近现代文学翻译——林纾

第一节　林纾的翻译思想

　　纵观林纾的翻译,我们发现其具有非常明确的政治功能和社会功能,这与他所处的特殊时代密切相关。19 世纪末,晚清政权在列强入侵、农民运动以及孙中山的同盟会等多重打击下,风雨飘摇,日薄西山。民国建立后,以袁世凯为首的北洋军阀,统治中国十余年,乱象环生,民众看不到希望的曙光,致使有人发出共和不如专制的感叹。在当时的文学翻译界,有林纾这样一个不懂外文的翻译家,从 1897 年开始到 1921 年的 25 年间,几乎年年都有译著出版,念念不忘用自己的翻译作品不厌其烦地惊醒国人、教育国人,在这方面,除了林纾,我们还找不出第二个人。在民族危机日益加深的中国社会,政治在客观上要求文学为挽救民族危亡服务,这符合历史发展规律。1900 年 12 月 12 日,林纾为《译林》创刊号写了一篇序文。阿英认为这篇序文"实为翻译界之重要文献"。这个评价非常中肯,我们觉得这篇序文其实就是林纾在晚清代表译界的同仁们所做的"翻译宣言",向国人宣告了他们将不畏艰难,筚路蓝缕,通过翻译"东西之书",醒世救世的决心。

一、翻译救国

　　林纾从事翻译具有明显的救国济世思想。在其译作的序跋中,这种政治色彩极其浓烈的翻译思想常常扑面而来,但是林纾翻译第一部小说《巴黎茶花女遗事》时却没有后来的那种政治动机。林纾《茶花女》这篇小引没有涉及翻译该小说的任何动机与目的,这种情况在他以后翻译的小说中非常罕见。但是,林纾在翻译第二部小说《黑奴吁天录》(1901)的时候情况就大不相同了。他警告阅读这部翻译小说的中国人:中国人的命运可能比黑奴还要悲惨。

二、开启民智

林纾的翻译小说带有浓烈的教育国民、开启民智的色彩,因为当时的中国民智未开,林纾翻译外国文学,是想借外国的故事提升中国人的智力,收到洋为中用的功效。在《伊索寓言》(1903)叙文中,林纾认为,中国古代刘纳言的《谐谑录》、徐慥的《谈笑录》等等,在发蒙方面远逊于伊索的寓言。在他看来,《伊索寓言》是最好的启蒙读物。

从翻译的目的看,林纾是想通过大卫接受教育而成功的故事来勉励国人,提醒国人西洋并非什么都好,西洋人也并非生而知之的天才,教育可以改变国民,改变命运。

林纾翻译《黑太子南征录》(1909,宣统元年),同样是为了提倡国民的尚武精神,他说日本人、英国人敢于前仆后继、视死如归,所以国家强大。中国人富于智慧,不缺乏勇气,不应落后于人,国人的尚武精神受到压抑,而且缺乏教育,这就是我们落后于人的原因。

三、改写原著

林纾在翻译小说中常常会对书中的内容加以中国化的理解和阐释。改写原作是林纾经常使用的翻译手段,唯其如此,才能使译文更加汉化,从而使译作更加受读者的欢迎。林纾提出了他翻译歌曲乃至诗歌的理论,歌曲与诗歌翻译仅能保留基本意思。书中有关基督教的内容,省了令读者感到生厌的部分,是出于方便读者的考虑。也就是说,林纾的翻译小说重视服务读者。

林纾的一些翻译小说,常常把原作中正常的亲子之爱和人类情感赋予浓烈的中国文化色彩,譬如"忠""孝"等等。

林纾故意误读原文,改写原语文化,使之符合语文化读者的口味,从而操纵译文,引导读者,以达到自己说教的目的。在《美洲童子万里寻亲记》序文中,林纾把童子寻亲同国人的"孝道"联系起来。他认为不论中西,均有"孝道"。

英国小说家大卫·克里斯蒂·穆雷 (David Christie Murray, 1847—1907 年) 的小说 *The Martyred Fool*(1895), 1907 年由商务印书馆出版,英文书名译为现代汉语应该是《殉葬的傻瓜》,但是到了林纾手里,小说标题经过改造之后变成了《双孝子嗜血酬恩记》。经过林纾的中国化解读,伊梵已经变成了一个为报父仇的中国式孝子,伊梵还赚取了译者林纾无穷的眼泪。该小说中的另一人物亨利·利邦,被林纾当作《双孝子嗜血酬恩记》中的另一孝子,因为他"年近五十,犹对母作娇啼"。因为林纾把亨利同《二十四孝》中年届七旬仍然戏彩娱亲的老莱子联系在一起了,从而完成了亨利的中国化,造出了该小说中的另一个孝子。林纾的改造使得陌生的客体文化介绍过来之后更容易为中国读者所认识和熟悉。林纾把该小说归类为伦理小说,在此给这部西洋小说贴上了中国文化标签。再如,《孝友镜》(1918) 是一部比利时小说,名为 *De arme edelman*,林纾及其口述者有可能根据法文本 *Le- Gentilhomme Pauvre* 转译。荷兰文标题的意思是"贫穷的贵族",法文标题的意思与原文相同。就标题而言,无论怎样也难以同中文的孝有沾边。林纾作为中国译者,其作品的读者是中国人,他从文化的角度做了一定的改写或者调适,尽管在今天看来已经不足取,但是在林纾的时代还是有积极意义的。

林纾在译毕兰姆兄妹改写的莎士比亚戏剧故事《仲夏夜之梦》后将其改名为《仙绘》,对于更改故事名称的原因,他在故事最后的注释中有所交代。这也从另一个侧面反映林纾更改故事名称或者书名的情况。

林纾有时会对自己的翻译小说作一定的调整,这一点不仅林纾的研究者如是说,即便林纾本人也直言不讳。"渲染"二字暴露了林纾改写原文的玄机,什么是"渲染"?"渲染"原指"画国画时用水墨或淡色涂抹画面以加强艺术效果",林纾所谓的"渲染"就是改写或者调整部分原文,使之符合中国国情。如果比较原文和译文,被改写的地方当然也是不少的。林纾在《译林·序》中也承认自己对茶花女做过调整。在《兴登堡成败鉴》的序中,林纾写到自己"节缩"原文文字的问题,删节原文在林纾的翻译小说里是一个普遍现象,林纾只不过在诸如《怪董》《兴登堡成败鉴》这类书中多删节一些而已。

林纾多次提到自己删节文字事先征得口译者同意。在序文中他还特别强调口述者林季璋善于"通赡",明于"去取"。因此,我们把林纾翻译作品的增删都归咎于他有欠客观与公允。

四、忠于原著

林纾的翻译虽然省略之处颇多,那大多是他认为不太重要或者不合中国文化和国情的部分。但是,对于省略后会影响上下文气贯通和内容衔接的部分,林纾不会省略,因为他明白这类省略所产生的后果。所谓忠于原著,有一个忠实程度的问题。文学作品的翻译,要做到百分之百的忠实,从严格的意义上讲,似乎并不易做到。林纾的译文除了被他增删的部分,基本上是忠于原著的。林纾译文中的省略不仅有笔述者的省略,也有林纾的口述者的省略,后者造成的省略不能排除。原作中有的内容被他省略了,但是有的内容他坚决反对省略。在《冰雪因缘》的序文中,就有林纾反对省译、坚持全译的文字。从林纾的记载看来,魏易对省略并不看得很重,由此可见作为口述者,魏易是主张经常做一些省略的。从上文的论述可知,林纾会时不时根据需要做一些省略,但在这部小说中林纾却反对随意省略。由此也可以知道,林纾译文中的省略或者不够忠于原文,有时候是由口述者造成的。

林纾自己也认为其翻译的小说是可信的,原因在于林纾认为口述者是逐字逐句进行口述,而他也是逐字逐句进行笔录。即使是翻译大家严复也认为林纾的翻译是忠实可信的。当然,严复当时不可能对照原本进行比较,他说的"传信"和我们今天的要求肯定有所不同。因此,起码在当时的翻译语境下,在大翻译家严复的眼中,林纾的翻译已经非常忠于原作了。考察一个时代的翻译作品,不能脱离那个时代的具体环境,如果以今人的要求来衡量古人,那就太苛求古人了。

在《鲁滨逊漂流记》的序文中,林纾谈到了自己忠于原作的翻译观。林纾的话归纳起来有三点:其一,他对基督教没有兴趣,是一个艰

信圣教儒学的人；其二，翻译与创作不同，只能叙述原作的内容，不能
搀入自己的看法；其三，口述者曾宗巩也同意林纾的观点。由此可见，
林纾在翻译上是主张"忠实"的，虽然他在具体的翻译实践中，常常脱
离"忠实"原则，其原因是林纾身上那深入骨髓、内化石化的中国文化
观念经常在不知不觉地影响他。

第二节　林纾的文学翻译策略

一、语言策略

（一）选择文言的原因

林纾选择文言作为翻译小说的语言工具原因较多，我们认为主要
有以下几方面原因。

用文言文翻译文学作品是当时译界的风气。中国西洋小说的翻译
并非肇始于中国人，而是发轫于外国人。汉代的佛经翻译、明代的西学
翻译、清代的西学以及《圣经》翻译无不如此，这种独特的现象折射
出中国人由来已久的文化自大心态，开始往往不愿积极主动地学习外
来的东西，而是在外籍人士的推动下，由被动走向主动。在历次文化交
流之初，常常是外国人先掌握中文，然后才是中国人掌握外文。清代翻
译成中文的西洋文学作品最早的是《意拾寓言》（《伊索寓言》），系英
文、中文、拼音的对照本，英国人罗伯特·汤姆（Robert Thom）译，共
82 则，最初发表于 1840 年《广东报》。英国传教士翻译的《意拾寓言》
是文言译本。可见是外国人开启了中国西洋文学译介的先河，既有用文
言翻译的，也有用白话翻译的。因此，目前可以认定始译于 1873 年、终
译于 1875 年的《昕夕闲谈》的前半部是中国人用文言翻译的第一部
长篇小说，但是这部小说在当时并没有引起人们的太多关注。《昕夕闲
谈》问世约十年后，才有《安乐家》（1882 年画图新报馆译印）、《海
国妙喻》（《伊索寓言》的另一种译本，1888 年天津时报馆印）和《百
年一觉》〔又译为《回头看》，英国传教士李提摩太（Timothy Richard，
1845—1919 年）译，1894 年广学会出版〕等译著问世。由此可见，早

期西洋文学的翻译者多为传教士,传教士翻译文学作品常有中国人助译,后来才过渡到中国人翻译西方文学,虽然这一时期创作的小说使用白话,但是翻译小说基本上用文言翻译。这说明用文言翻译外国文学是当时为数不多的传教士译者和中国译者首选的翻译语言。所以,林纾翻译《茶花女》使用文言,而非白话,也是自然之事。

严复翻译的《天演论》对林纾的影响。严复翻译的《天演论》1897年出版,虽然不是文学作品,但是其采用的翻译语言却是优美的文言文。《天演论》出版后,轰动一时,顿时洛阳纸贵,在社会上产生巨大反响。严复是一流的古文大家,吴汝纶在其为《天演论》作的序文中称誉严复"骚骏与晚周诸子相上下"。青年鲁迅在南京求学时就读过《天演论》。严译《天演论》的成功在于其译文的归化、高超的文字水平,以及新颖先进的思想内容。在严译《天演论》中,严复尽量避免使用音译,采用了"达旨"的翻译策略,译文流畅典雅,非饱读中国古典作品的人难臻此境。由于《天演论》译文高度归化,读者在阅读的过程中常常会忘记自己是在读一部翻译著作,严复的写作才能远在赫胥黎之上,他的译文具有赫胥黎原文所没有的韵味。如果严复在译文中使用了大量音译词,采用高度异化的翻译策略,当时的中国读者会觉得译文晦涩难懂,作为翻译家的严复也许不会成功。

严复的目标读者是士大夫和读过不少古书的青年知识分子。林纾用文言翻译西洋小说,没有用白话翻译小说,说明他的目标读者不是仅能断文识字的普通百姓,普通读者能看懂白话小说,但是要看懂文言小说比较艰难。因此,可以这么认为,林纾的目标读者同严复基本上是一样的,这点从林译小说的序跋中也可以看出,他一再念念不忘告诉当政者或者青年学生该如何如何。不过,林纾的目标读者肯定要比严复的多一些,他翻译小说中的文言没有严复的译文那样充满桐城气,应该比严复译文中的文言好懂,因为他翻译的毕竟是小说,不能等同于诗文。

林纾用文言翻译小说,不用白话翻译小说,含有提高小说地位的目的。林纾翻译《茶花女》的时候,连姓名都没有署上,在序文中只是写上冷红生和晓斋主人,可见当时小说和译者地位之低下。明清小说绝大部分用白话写成,因为小说通俗易懂,适合一般百姓阅读。中国的士大夫阶层视诗文为文学正宗,在中国浩如烟海的古籍中,有多少封建士大夫非常看重的诗文,在今天看来,并没有多少价值可言。

如果林纾用白话文翻译西洋小说,一些封建士大夫可能会不屑一顾,因为他们连中国的白话小说都不屑一顾,何况他们更不屑一顾的用白话翻译的西洋小说呢? 如果是这样,林纾就失去了他想借助翻译小说来进行教育的目标读者群,他想通过翻译救世的目的就达不到了。在这样一种社会语境下,如果要古文大家林纾用白话文来翻译小说,他肯定不会同意。他要用自己掌握娴熟的文言来翻译小说,这样可以提高翻译小说的地位,因为文言是当时的官方语言,是士大夫既熟悉又喜爱的书面语言,而且林纾在序文中常常拿外国的文学家同中国的大散文家司马迁、班超等比较,借以提高翻译小说的地位。

再者,如果林纾真想用白话翻译,像他这样一位浸润于古文数十年的人,白话文不一定就能够写得好。如果他用白话翻译小说,很有可能他翻译的白话小说连一般市民都不喜欢阅读。写惯文言的人用白话写作时往往不知该怎么表达,正如惯于使用白话的人也不容易写好文言。只有少数人能在这两种语体之间自由转换,游刃有余。

(二) 林纾的语言观

林纾是个饱读诗书的古文家和文学家,对祖国的语言文字有非常深厚的感情,他酷嗜古文,但并不排斥白话。对于中国文字,林纾非常自信,也非常自豪。今天的汉语早已吸收了大量的日本新名词,更有甚者,连字母字也经常出现在中文中,甚至已经收录入《现代汉语词典》。

林纾是中国古典语言的顽强捍卫者。林纾并不是坚持任何时候都要用古文,他的意思是古文不可全废或尽废。百年之后的今天回想林纾的话,足见其见解超越时空,因为他看到了一百年之后的情形。

林纾平时讲话不可能不使用白话,总不能居家时对太太、子女满口之乎者也。林纾主张"讲义之体,虽用白话可也"。

二、规划策略

称谓语的归化。林纾的翻译小说中出现了大量原文中没有的称谓语,有的向他人表示尊敬,如"故足下所列举之勋爵及夫人""诸公勿尔""吾有时见吾女与尊阁同行""然师母待我厚""此二小姨为苏飞高弟马格雷特及莎拉""演说之人遂执李迫之手言曰：'君祖何党？'""尊仆来时，我已熟料之矣！""公子勿高声，请就盟沐。""不特不能告公，并已所归路亦忘南北矣。""若足下之言，见不逮闻，将何物以为博进？"等等。有的表示自谦，如"惟老夫必不令其于诸公接席""未亡人幸闻尊名""薄命人乃未届中年""奴辈尽爱小主人""贫女何敢比女公子"等等。其实，原文中使用的词大部分不过是"you""I""we"这类普通的人称代词。由于翻译小说中大量使用这类尊他语和自谦语，译文读者读起来觉得这些小说很像中国人写的小说，会觉得外国也是像我们这样的礼仪之邦，遗憾的是失去了原文具有的洋味。

宗教文化的归化。当时的中国人熟悉的宗教主要是佛教和道教，如何处理基督教文化是林纾和他的合作者绕不开的弯。林纾及其合作者用中国人熟悉的儒家文化、道教文化、佛教文化的一些词语来处理基督教文化词汇，如"托钵""乘化归尽""大类佛氏之偶像""阴德""罪孽""道人""道统""一僧一尼""浮屠""阿鼻地狱""阿旁野叉""寺""伦敦浮屠""毁若""老僧入定，小沙弥翻跌几案""正果""泥犁之狱""将入道为尼"等等。这样的一种宗教文化归化，对于当时的读者来说，在阅读中会省去许多力气，不失为一种权宜之计，只可惜西洋宗教文化的形象发生了极大的变形。

林纾在翻译小说中把一些西方的风俗文化中国化了，这种归化实际上是一种文化调适。"先至密考伯家，密昔司见余持妇服，则大悲慨，极力慰余。"英语原文为："When poor Mrs. Micawber saw me come in, in my black clothes，she was sensibly affected."西方人丧服尚黑，中国人丧服尚白，林纾用"妇服"两字使之归化，中国人一看就明白。此外，还灵活地绕开了服色是黑是白的问题。

林纾翻译小说中这类例子非常多，限于篇幅关系，仅举以上数例。林纾翻译小说中的各种文化归化大大减少了对外国几乎不了解乃至知之甚少的中国读者阅读外国小说时的障碍，从这一点上看，这种文化归化的译法在一定的历史时期自然有其自身的价值和意义。

三、迎合时代的策略

林译小说之所以成功的第三个原因是林纾及其合作者迎合了时代的需要，顺乎时代、合乎潮流。林纾及其合作者所处的晚清时代是中国封建社会走向终结的年代。从外部世界看，已经进入近代化国家行列的英、法、德、俄、日、美等列强对中国的生存构成了严重威胁，当时的中国强敌面对，人为刀俎，我为鱼肉，国家的前途命运岌岌可危。从国内看，有志之士要求立宪、维新的要求日益高涨。林纾在严复、梁启超等人的思想启蒙下，以笔墨为武器，以翻译小说为精神食粮，对中国的读书人进行了特殊的文化和政治启蒙。

林纾翻译的许多小说，迎合了时代的需要。通过《黑奴吁天录》，林纾给有亡国之虞的国人敲响了警钟。《辛丑条约》签订后，中国进一步受到列强的奴役，中华民族到了一个生死存亡的时刻，小说中描写的美国黑奴的昨天，可能就是当时中国人的明天，甚至是今天。林纾通过《黑奴吁天录》的序跋、例言警醒民众，眼下北美华工受人虐待，其处境比美国黑奴还要糟糕，国内民众的命运也危如累卵。他希望国人能够学习同属黄种的日本人，不畏强暴，勇于抗争，争取自己应有的权利。从当年该部小说发表后读者的反应来看，翻译小说《黑奴吁天录》是何等成功。一部翻译小说能够在读者心中引起如此强烈的共鸣，可见这部翻译小说的推出适逢其时，译者和读者找到了契合的共同点。

看到中国人积贫积弱的现状，林纾及其合作者翻译了不少军事小说、侠义小说，希望国人能够像一些欧洲民族那样，英勇顽强，尚武善战，希望能够给懦弱的中国人身上注入一种无所畏惧的精神物质和力量，进而强悍民族性格，从而避免亡国、为奴、灭种的命运。他还希望读者把一些军事题材的小说当作兵书来研习，了解西方的战争艺术，万一以后同西方列强对阵，也能够知彼知己。在林译小说里，我们经常可以看到一个以启蒙者身份出现的林纾。林纾是支持学习"西学"的，但是他担心国人以为西方人不讲孝道，不愿学习"西学"。所以，林纾为了证明西方人也讲究孝道，西学是应该学习的，他甚至对很多小说的书名都进行了中国化的改造。在林译小说中，我们可以看到许多带有"孝"字或者同孝道有关的书名，如《英孝子火山报仇录》《孝女耐儿传》《双孝子嘿血酬恩记》《孝友镜》《美洲童子万里寻亲记》,借此打消人们,尤其是士大夫阶层对子女学习西学的疑虑。林纾满怀着一腔报国之心,用心良苦。

由于林纾翻译西方小说的主要目的就是要教育民众,他翻译的或者选择翻译的小说大多符合当时中国的意识形态和诗学原则。如果他在翻译小说中发现有严重违背中国意识形态和诗学原则的内容,这些内容不是被他删掉了,就是被他改写了。因此,林译小说的赞助者对林纾及其合作者翻译的小说应该是满意的,因为林译小说满足了他们的审美期待和阅读需求,这点从当年林译小说受读者欢迎的程度上可以看出。尽管当年有像寅半生这样的读者对《迎茵小传》表示不满,那其实并不是林纾之过。由于蟠溪子的《迎因小传》先入为主,给读者寅半生留下了一个几乎白玉无瑕的迎因形象,但他阅读了林纾翻译的《迎茵小传》之后,发现在他心目中那个原来几乎完美的迎因与中国礼教冲突的一面时,不禁大失所望,他觉得蟠溪子译本中的迎因和林纾译本中的迎茵,虽然在字形上只差一个草字头,但是两者之间的距离实在太大,一时无法接受,也就迁怒于林纾了。一个小说人物,竟能使人如此较真,反过来说,也证明林译小说的魅力和成功。

林纾的翻译小说一方面受到了意识形态、诗学、赞助者的审查和限制,因此不符合中国国情的小说在第一道关卡上就被卡住了;另一方面,林纾及其合作者又非常自觉地对自己翻译的小说作审查和限制,构成了审查外国小说的第二道关卡。如果林纾和合作者在翻译的过程中发现了不合中国国情的内容,比如说违背中国礼教和伦理的内容,他们就会自觉地把不合适的内容作过滤处理。

在处理外国小说的形式这个问题上,林纾并没有像同时代的译者那样通过改头换面,加以汉化。读外国小说,如果读者看不到形式和内容上与中国传统小说一点点不同的地方,那又何必读外国小说?阅读外国小说当然需要有中土小说所没有的形式和内容,否则哪来阅读的动力?中国明清的章回小说,由于每章都有回目,其实就等于作者在读者阅读具体内容之前就已经通过高度浓缩的对句告诉读者本回的大致内容了。如果读者已经预知故事的情节和结果,阅读这样的小说还有多少悬念？西洋小说和中国传统小说不仅题材不同,而且形式也不尽一样。小仲马的《茶花女》写于 1848 年,共 27 章,没有章目,没有任何先入为主的文字来暗示读者小说的情节和内容,林纾根据原作照译不误,反而增加了小说的吸引力和悬念。林纾翻译的《巴黎茶花女遗事》是他的第一部译作,而且整部译作从头到尾可以说只是一个超长的段落。由于他和王寿昌都是初次翻译外国小说,毕竟缺乏经验,尽管此前林纾已经同福建船政学堂的朋友探讨过有关西洋小说的问题,也可能研读过当时的一些译本。但是,在翻译《黑奴吁天录》的时候,林纾就比较有经验了。斯陀夫人的小说原文有四十五章,林纾的译作是四十四章,只是省略最后一章,因为第四十五章的内容同小说本身不太有关系,林纾把最后一章的部分内容写在了自己的跋文中。斯陀夫人的小说,每一章都有一个小题目,但是在林纾译文中一概不见。许多章节的开头,还有同宗教有关的引诗,也被林纾他们省略了。林纾和魏易合作翻译的作品如《黑奴吁天录》《迦茵小传》《块肉余生述》《撒克逊劫后英雄略》等的原文均有简明的章目,林纾和魏易把它们悉数省略。但是,林纾和陈家麟翻译的《不如归》却保留原作中的章目。《现身说法》原文有章目,译文中却被删掉了。原书中没有章目,译作也没有,这个可以理解。原作中的章目,在林译名著中凡是魏易口述的,都没有译出,这也不难理解。陈家麟口述的《不如归》和《现身说法》,一本保留章目,一本删除章目,可见陈家麟作为口述者翻译态度比较随意,这应该同林纾无关。从外国小说的章目是否译成中文这一点上看,当时的翻译规范很不完善,或者说翻译规范根本就没有人去建构。我们知道,《现身说法》出版于 1918 年底,当时尽管译者灿若星汉,但是除了严复在19 世纪末提出的三个字作为翻译的指针外,很少有人来考虑翻译规范的事情。

尽管我们发现,由于时代的局限,林译小说有自身的不足,但是林译小说确确实实满足了那个特殊时代的需求,迎合了那个时代的要求。

四、认真的翻译态度

林译小说之所以成功还有一个原因,那就是林纾从事文学翻译时候认真的态度。虽然林纾的翻译速度飞快,但是这并不等于他的翻译态度不认真。首先,林纾在翻译《巴黎茶花女遗事》之前,就已经关注过翻译,研读过他人的译本。林纾翻译《巴黎茶花女遗事》也不是完全出于偶然,而是偶然和必然两个因素结合的结果。

从林纾翻译作品的注释中也可以看出林纾对翻译的诚恳态度。所以,除了自身的翻译天赋之外,认真的翻译态度也是林译成功的一个原因。

在清末民初几十年时间内,林译小说之所以能够成为一枝独秀,自有其来由。林纾小说翻译成功的因素归纳起来有 5 个方面:一是译者博览古籍,超常的古文功底,以及诗人、古文家、小说家集于一身的文学天赋;二是正确的翻译策略,其语言策略、归化策略、异化策略、文化调适策略以及相关的翻译技巧运用得当;三是林纾的翻译迎合了时代的需要,因而意识形态、诗学和赞助者均能接受他的翻译;四是不懂外语的译家具有懂外语者所不具有的先天优势,既提高了译作产量,又摆脱了原文的束缚;五是林纾认真的翻译态度。所有这一切都促成了他的成功。

第三节　林纾文学翻译的贡献

一、自由活泼的文言体,促进了语言和文体的变革

林纾是古文大家,他的译作采用的语言载体是文言文。林纾的翻译文体在客观上加速了"古文"的解体。事实上,我们现在使用的书面语言,既不是纯粹的白话,也不是传统的文言,而是白话和文言杂合的结果。林纾的翻译,文言中夹杂了很多欧化词语和句子结构,但新文学学派通常强调林译作品的旧文化风格和错讹之处,漠视了林译作品对语言和文体的变革,也许这种变革对他本人来说是不自觉的。

二、打破传统偏见,提高了小说的地位

中国传统文学观念,一向崇尚诗文等严肃文学文体而鄙薄戏曲和小说等通俗文学文体。清末民初,在维新运动的推动下,为适应社会变革和改良,梁启超等人企图提高小说的政治宣传和思想教化功用,为打

破桐城文体的束缚,在理论上提出了"小说界革命",提高小说的文化地位。林译小说则是从文学实践上提高了小说的文学和社会地位。邵祖恭在《林纾》中承认梁启超翻译的力量,但指出林纾的翻译更灵感,辞藻妍练,文笔雅洁,并引用林纾翻译欧文的作品《记惠斯敏司德大寺》为例,证明"那种秋士寥落,萧骚寂寞之感,吾人试加重译,恐难表达"。

林纾的译笔独具艺术魅力,在当时文坛吸引力非常大。林译作品具有鲜明的名著观念,从他选译的作品来看,这主要是林纾本人对文言及古典名著,如对《史记》《汉书》桐城派古文观念的比附和移用。这种比附和移用加之林纾本人的改造,效果是非常明显的。林译作品在文坛的流行和模仿,促进了小说翻译和创作的发展,也促进了中国传统文学结构的变更。

三、首开中西比较文学研究

林纾文学修养深厚,对中国文学有深入的研究。林纾文学眼光敏锐,对所译作品有独到的见解,常在序跋中对中外文学进行比较,总结出共同的创作规律或者不同的艺术特色。这不但开辟了小说理论发展的新途径,而且开创了比较文学研究的新风气。

林纾自己不懂外语,关于译本的选择,取决于他的合作者。有些合作者水平不高,把一些价值不大的作品介绍给他。但在翻译过程中,林纾却能敏锐地分辨出不同作家各自的特点,文笔的优劣和意境的高低。林纾对西方文学大家的写作风格也进行纵向比较,如他对比了莎士比亚、狄更斯和哈葛德,用一种类似于严肃文学的观念指出作家之间的差异。在国人接触外国文学之初,林纾所进行的文学比较研究,无疑是非常有意义的,这种比较打破了"西洋无文学"的陈腐观念,激发了国人进一步了解外国文学的兴趣,也有利于中西文学交流的开展。

第四节　林纾生态翻译学与文学翻译作品

一、生态翻译学视域下的林纾翻译

自然环境的法则是"适者生存",人也不例外。文言作为书面语,是中国古典散文与诗歌的基础，在文学生态系统中占据重要的地位。人作为一个主体，既要适应大自然的生态环境，又要培养自己的主观能动性与创造性。在生态环境中，翻译中心作为翻译主体要适应。作为独立翻译，在具体的翻译过程中，自适应选择和选择性适应林纾必须面对。

虽然林纾是古文惯手，而且不懂外文，但是这并不意味着林纾就一味地守旧，死守着古文义法不放。所以，他译《巴黎茶花女遗事》并不忌讳译文中外来传统的影响，因此音译、硬译屡见不鲜，比如"为我弹暗威打赏哑拉坪卡一操〈犹华言款佳客意〉""追用香槟至数钟以外""此所谓德武忙耳（犹华言为朋友尽力也）""自念有一丝自主之权利，亦断不收伯爵"。再如，"余即自往教堂，请教士诵经一点钟，以马克余钱，布施贫乏，始归。我虽不知教门之玄妙如何，思上帝之心，必知我此一副眼泪，实由中出，诵经本诸实心，布施由于诚意，且此妇人之死，均余搓其目，着其衣冠，扶之入柩，均我一人之力也"。据钱钟书先生研究，这句话对原文亦步亦趋，"整个句子完全遵照原文秩序，一路浩浩荡荡，顺次而下，不重新安排组织"，不仅不理会古文的约束，而且无视"中国语文的习尚"。

二、林纾的文学生态翻译作品

"一个传统，每过一段时间，总会有某个人或某件事对它产生重大影响（Once in a great while a cataclysmic event or powerful individual may have a significant effect on a given tradition）。"林纾及其与王寿昌合作翻译的《巴黎茶花女遗事》就是这样的人和事。

（一）林纾翻译《巴黎茶花女遗事》的背景

林纾并非第一个翻译外国小说之人，《巴黎茶花女遗事》也并非第一部被译成中文的小说，甚至不是林纾的第一部翻译小说，但是就影响而言，林纾绝对是晚清小说翻译的第一人，《巴黎茶花女遗事》也绝对称得上晚清第一翻译小说。林译《巴黎茶花女遗事》在小说观念、主题、技法，甚至语言等多个方面，对传统的小说观念造成冲击。

在林纾翻译《巴黎茶花女遗事》之前，已经出现了一些翻译小说，其中不乏世界名著，但是影响甚微。至于林纾究竟从何时开始翻译小说，我们不得而知。我们从《新编增补清末民初小说目录》可以得知，林纾在翻译《巴黎茶花女遗事》之前，最起码在 1897 年，就曾与魏易合作，翻译了爱尔兰小说家斯蔚夫特（Jonathan Swift）的小说《葛利佛利葛（海外轩渠录）》（Gulliver's Travels），由上海珠林书社出版。而据张俊才从林纾的《七十自寿诗》的注释推测，1895 年底以前，林纾就已译过一些西洋小说，并向其母讲述故事情节。

林纾对《巴黎茶花女遗事》的翻译始于 1897 年。1895 年，林纾的母亲病重，林纾夫妇悉心照料。年末母亲去世，但是妻子刘琼姿却积劳成疾，于 1897 年夏末去世。林纾中年丧妻，不免情绪抑郁，心情苦闷。这时魏翰、王寿昌便邀请林纾和他们一起翻译法国小说。林纾一开始怕不能胜任，婉言拒绝，但是魏翰却再三请求，并答应与其一同游览石鼓山后，林纾才勉强答应。就这样，《巴黎茶花女遗事》传奇般地在中国问世了。

（二）法式带来的困惑

根据埃文·佐哈尔的定义，法式即"制约产品生产和使用的法则和素材（rules and materials which govern both the making and use of any given product）"。在这些法则和素材当中，有一些是历史上延传下来的"前知识"，构成了传统的一部分，其中包括叙事方式、主题等。

林纾在翻译《巴黎茶花女遗事》时，首先遇到的就是叙事视角的问题。小仲马的这部名著是以第一人称叙事，令人觉得亲切、真实、可信。在中国传统小说中，虽然不乏以第一人称叙事的作品，如唐代张文成的传奇《游仙窟》、清代沈复的《浮生六记》、纪晓岚的《阅微草堂笔记》，但是第一人称叙事模式却并非主流。所以，林纾想要开启民智，让尽可能多的人来阅读此书，就不得不顺应读者的期待视野，把"我认为"译成"小仲马曰"。林纾的处理方法和严复翻译赫胥黎的《天演论》时所采用的方法如出一辙。由于受传统的影响，两人都尽力避免直接用第一人称"我（余）"来叙述，而改用第三人称视角。因为《巴黎茶花女遗事》全书都是用第一人称，所以林纾在开卷伊始，用"小仲马曰"告诉读者：书中的"余"即"小仲马"，使得读者不至于感到奇怪。张坤德在翻译福尔摩斯系列侦探小说中的第一篇《英包探勘盗密约案》时，也曾将故事的叙述结构作了很大调整，采用中国读者熟悉的第三人称的全知叙述视角。

英文译文如下：

In my opinion，it is impossible to create characters until one has spent a long time in studying men，as it is impossible to speak a language until it has been seriously acquired. Not being old enough to invent，I content myself with narrating，and I beg the reader to assure himself of the truth of a story in which all the characters，with the exception of the heroine，are still alive. Eye witnesses of the greater part of the facts which I have collected are to be found in Paris，and I might call upon them to confirm me if my testimony is not enough. And，thanks to a particular circumstance，I alone can write these things，for I alone am able to give the final details，without which it would have been impossible to make the story at once interesting and complete.

从开篇第一段，我们就不难发现林译的典型毛病：错讹、删节。"讲一种语言"变成了"成一国之书"，"我还没到能够创造的年龄"变成了"今余所记书中人之事，为时未久"，而"只好满足于平铺直叙"却成了"特先以笔墨渲染"。尤其是"渲染"二字，和小仲马的原意刚好相反。这很可能受传统演义小说的影响，喜欢在事实的基础上进行加工，而不是平铺直叙，直陈事实。"除了我谁也不可能写出一篇完整、动人的故事来"则不见了。

第八章
中国现代女性文学翻译——张爱玲

第一节　作家张爱玲的文学翻译与创作

一、张爱玲的创作对其翻译的影响

（一）张爱玲的创作风格对其翻译的影响

1. 张爱玲的悲剧意识

张爱玲是彻底的悲观主义者,这源自她特殊的家庭背景和个人经历。张爱玲出生于名门望族,曾外祖父是清末重臣李鸿章,祖父是晚清名臣张佩纶,他们都曾在中国历史上扮演过重要角色,但是张爱玲的父亲张廷重没有继承祖父辈的精神气质,却养成了恶少习气——抽大烟、纳小妾、嫖娼妓、嗜赌博,张氏家族到了他这一辈就逐渐衰败了。张爱玲没有赶上家族的盛世,却目睹其走向衰落。不仅如此,张爱玲父母长期不和。母亲黄逸梵思想开化,是一个追求自由的勇敢的新式女性,与腐朽的丈夫的价值观、人生观差距巨大。夫妻之间争吵不断,终于发展到矛盾不可调和的地步。黄逸梵几度丢下儿女,以抛弃亲情为代价,远涉重洋,追求新的人生。父亲重新娶妻,由于继母的掺和,父亲对张爱玲甚为不仁,曾经将其囚禁数月。

张爱玲成长于乱世,一个"人们还不能挣脱时代的梦魇"的年代。动荡的时代在张爱玲身上留下太多印记。张爱玲曾踌躇满志,中学毕业时,她考上伦敦大学,但是欧战爆发,她只有就读于香港大学。在港大期间,张爱玲勤奋用功,连得了两个奖学金,还有望赴英学习,然而,战争来了,张爱玲被迫中断学业回到上海,上海紧接着就沦陷了。尽管事实证明上海的沦陷后来成就了张爱玲,但是战争使得张爱玲的求学之路颇不平坦,雄心壮志敌不过战火的摧毁。动荡的岁月中,不可知的命运总在破坏人的计划,乱世中的人们,终究只能接受命运的摆布,这一点是张爱玲,也是那个年代的所有人的宿命。

张爱玲将创作分成三个境界,壮烈、悲壮和苍凉。壮烈只有力,没有悲;悲壮具有悲的成分,但是过于单一和刺激;苍凉则是广泛的、层次更加丰富的悲哀。曹七巧、葛薇龙、霓喜、白流苏……张爱玲笔下的女子都是聪明机巧的,但是都逃不出悲剧的命运。张爱玲笔下的人物大多都执着于生活,小心谨慎、费尽心机地去争取自己想要的东西,却最终归于失败。所以,张爱玲的笔下:生命是悲哀的,人做不了自己的主,外界的力量,无论是男人还是女人,都无法抗拒,人在命运面前无能为力。这就是张爱玲所理解的生命的真实。

张爱玲的世界是苍凉的,这个世界里的人"一级一级走进没有光的所在"。

2. 在普通人的生活中寻找传奇

张爱玲对生活在底层的人有特别的尊重。她认为,在时代的变动中,最能显示变动的复杂性的,不是斩钉截铁地站在前面的英雄,而是生活在后面的芸芸众生,张爱玲宣称"他们虽然不过是软弱的凡人,不及英雄有力,但这些凡人比英雄更能代表时代的总量"。凡人是人世中的大多数,生活是由普通人组成的,历史不是只由杰出的人物写就的,英雄总是和凡人有着太遥远的距离,对读者来说,只有凡人的人生才是真实的人生。因此,文学要表现凡人的真实生活,才能打动人心。"极端病态与极端觉悟的人究竟不多。时代是这么沉重,不容那么容易就大彻大悟。她的小说基本都是围绕家庭展开,描写普通人谋生、谋爱的故事,从人生的基本形式来表现生存的困惑,通过不彻底的人物的琐屑人性表达她对凡人的怜悯之心。

张爱玲的悲剧意识以及书写普通人的诗学观一以贯之地体现在她的翻译活动中。张爱玲的悲剧意识也同样表现在她对 The Yearling 的解读和翻译上。

3.《老人与海》的翻译

1952 年,张爱玲离开上海前往香港,滞港期间,张爱玲受美国新闻处驻香港办事处邀请,翻译了这部小说。张的译本在 1952 年由香港中一出版社初版,1955 年三版,张爱玲由此成为中译《老人与海》的第一人。

小说充满了悲壮的英雄主义色彩,详细叙述了老人与大马林鱼之间的较量以及与鲨鱼的搏斗过程。简单的故事情节体现了作者对人类命运的深刻思考,并揭示出英雄主义的主题——个人可以被毁灭,却不可以被打败。

1954 年海明威由此而获诺贝尔文学奖,张爱玲在《老人与海》第三版的译者序中这样写道:

我对于海毫无好感。在航海的时候我常常觉得这世界上的水实在太多。我最赞成荷兰人的填海。

捕鲸、猎狮,各种危险性的运动,我对于这一切也完全不感兴趣。所以我自己也觉得诧异,我会这样喜欢《老人与海》。这是我所看到的国外书籍里最挚爱的一本。

张爱玲不仅是喜欢,她是"挚爱"。那么张爱玲为什么如此"挚爱"这本书呢?这部小说,或者说,海明威的创作在何处使张爱玲产生了共鸣?

(1)张爱玲的文学理念与原作主题思想的契合

这部小说在以下两个方面与张爱玲的文学理念有共同之处。

第一,悲剧主题。

在张爱玲看来,山蒂埃戈面对不幸的命运不服输,努力进行抗争,但终究还是没能战胜命运,没有实现收获的梦想,这似乎是山蒂埃戈的悲剧。大马林鱼也不服输,与山蒂埃戈进行一轮又一轮的苦战,最终还是被山蒂埃戈打败。这是大马林鱼的悲剧。无论是山蒂埃戈还是大马林鱼,都是鲨鱼的牺牲品,他们共同构成了小说主题的悲剧性。

正是在对人生悲剧命运的认识上,张爱玲与海明威的观点是一致的。张爱玲从山蒂埃戈无法摆脱被鲨鱼打败的命运里找到了思想的共鸣。所以张爱玲说"书中有许多句子貌似平淡,而是充满了生命的辛酸"。

第二,日常叙事。

海明威自己对《老人与海》的评价是:讲了个普通的故事。山蒂埃戈是个普通的人,孤身一人,年迈体弱,浑身伤痕累累,而且还是个失败者,运气不佳,倒霉透顶,八十四天没有捕到一条鱼,打了补丁的船帆像是一面标志着永远失败的旗帜,没钱买食物,得靠小男孩送来。岁月和命运几乎夺去了一切。捕鱼是山蒂埃戈生下来就要干的行当,不是了不起的事业,而最后好不容易打上来的大马林鱼却被鲨鱼吞噬。

山蒂埃戈不是一个神化的英雄人物,内心并不具有崇高的激情,他拥有的是普通人的情感。他热爱大海,对大马林鱼由衷地赞美、佩服。他怪自己的手,感叹为什么不生两只好手,孤独一人在大海深处与大鱼、鲨鱼搏斗时,他总是想到孩子,他还不停地为自己鼓劲……山蒂埃戈所经历的是人人都在经历的普通人的生活,有苦恼、有惊恐、有沮丧、有无奈、有失败,山蒂埃戈的生活状态就是每个人的生活状态。海明威用这件平常人干的平常事表达了深刻的主题,而这符合张爱玲所推崇的文学理念——在普通人的生活中寻找传奇。

(2)张爱玲的价值取向与原作价值取向的分离

虽然张爱玲如此挚爱《老人与海》,而且海明威的创作手法在很多方面与张爱玲所持有的观点不谋而合。但是,《老人与海》传达出的人生观与张爱玲的人生观其实存在着很大的不同。

《老人与海》是对英雄主义的颂歌。张爱玲与海明威对命运、对人生的认识是截然不同的。他们创作的相似点是广泛的,不同点是本质的不同。张爱玲的译本因此呈现的是另一番风貌。张爱玲的译本透露了她对这篇小说的理解,张爱玲本人对人与命运的看法也投射其中。

(二)张爱玲的文学修养对其翻译的影响

张爱玲翻译的《睡谷故事》体现了一个译者应该具备的翻译素养。

华盛顿·欧文(Washington Irving)的《睡谷故事》(*The Legend of Sleepy Hollow*)取材于德国无头骑士的传说。故事发生在一个偏僻、幽静的山村里,主人公是一个来自肯塔基州,名叫伊卡包德·克莱恩的穷教师,他贪婪、迷信、自负、懦弱而又愚蠢。克莱恩与当地流氓布鲁姆同时看上了富裕的荷兰人家的女儿卡特琳娜·凡·塔塞尔。在参加完塔塞尔家的晚宴后,克莱恩趁着夜色返回,途中被一个无头骑士追赶,最后神秘失踪。布鲁姆因此如愿以偿地娶到了塔塞尔。故事隐射那个无头骑士为布鲁姆伪装而成。小说通过环境描写和气氛烘托,成功地展现了一个偏僻山村幽静的生活情景,语言诙谐幽默,发生在这里的爱情冲突故事,具有独特的哥特色彩,在美国文学史上占有重要地位。

In his devouring mind's eye he pictured to himself every roasting—pig running about with a pudding in his belly, and an apple in his mouth ; the pig eons were snugly put to bed a comfortable pie, and tucked in with a coverlet of crust ; the geese were swimming in their own gravy ; and the ducks pairing cosily in dishes, like snug married couples, with a decent competency of onion sauce…

张译:

在他那贪婪的心目中,每一只可供烧烤的猪跑来跑去,都是肚子里嵌着一只布丁,嘴里衔着一只苹果,一只只鸽子都被安置在一只舒适的酥饼里,睡得服服帖帖,盖着一层酥皮被单;鹅都在他们自己的汤汁里游泳着,鸭子都安逸地在盘子里成双作对,像亲热的夫妻一样,而且生活无忧,洋葱酱汁非常富裕……

在这里,作家张爱玲展开了她丰富的想象力。总结牛津词典的解释,snug 主要有两个意思,一为 "warm and comfortable"(温暖而舒适地),二为 "fitting tightly or closely"(整齐而紧密地)。张爱玲分别取了这两个意思,用 "服服帖帖" 翻译描写鸽子的 snugly,而描写鸭子时的第二个 snug,又翻译成了 "亲热"(的夫妻),准确、生动地还原了原文。尤其是最后一句话中 decent 的翻译更是绝妙。decent 意为 "satisfactory, quite good"(令人满意的,相当好的),原文这里指的是洋葱酱汁很浓,而张爱玲巧妙地用 "生活无忧" 翻译 decent,因为既然前文已经将鸭子拟人化为 "亲热的夫妻",那么,decent 就可以喻指他们的生活了。张爱玲这一拟人化的翻译,生动展现了这一对安逸的鸭子的形象,读来饶有趣味。

在文学翻译中,往往存在两种译法的译者。一种是文字翻译,即只将原文的字面意思翻译出来,而将文学翻译的"精髓"——文学性丢失殆尽;另一种是真正的文学翻译,即不仅不违背原文的字面意思,更重要的是,还将原文字里行间蕴含的文学性的部分再现在目标语言中。张爱玲的译文就属于后者,她的译文语言不仅妙趣横生,而且还活泼诙谐。

我们不禁思考,为什么张爱玲能够用她多彩的译笔默默地而又深刻地、令人惊叹地诠释了"翻译"的内涵?曹明伦呼吁,译者应该具有相应的学识才情,我们认为,张爱玲具备了"源语语篇分析能力和相应的目标语语篇复制能力",她的完美翻译就是得益于她作为作家的才情。张爱玲无非是实践了翻译的两个步骤:首先,精准把握原文内容;其次,完美再现原文内容,特别是那些"诗意"的成分,文学翻译"精髓"的部分。这与译者的文学艺术修养密切相关。张爱玲曾自诩为天生就是写小说的,作为一个成就卓著的作家,她无不在用她那颗敏感的心灵细心观察、体会生活中的点滴细节,品味出人所未能道的味道来,就像《流言》中她亲手绘制的几幅人物素描,抓住重点,寥寥几笔,简练而传神。而且,在作家当中,张爱玲还有无人能比的读"夹缝文章"的本领。《海上花列传》中第八回写罗子富一直等到翠凤归房才肯睡。作者韩邦庆一笔带过,未做解释。张爱玲注解道,翠凤到对过房间显然是去陪客,而且是过夜的。罗子富与之定情之夕,翠凤是从另一个男子的床上起来的,这在青楼女子中再惯常不过了,但是由于长三堂子的家庭气氛,特别是经过翠凤做作的表白之后,还是使人震撼。原作藏闪之处如此隐晦,读者实难察觉,但是张爱玲却独具慧眼,深入肌理,摸清了奥妙,读出了其中的夹缝文章,委实使人叹服。因此,在翻译中,她能够敏锐捕捉原作中人物的思想动态,体会他们的情感世界。她能够想象出牲畜家禽憨态可掬的模样,能够体会出夜归途中,妖魔紧随其后时,克莱恩恐惧的心情以及由此生发出的对自己骑术太坏的懊恼,能够琢磨出主妇对丈夫在镇上酒店流连忘返的幽怨之情。

从张爱玲的翻译我们可以得出,在翻译情节性强的小说时,译者所要做的就是把自己放在小说口,设身处地体会故事的情节,充分把握人物的情感，和作家的创作一样，要将自己化在其中，才能得其真髓。而这一切在兼具作家身份的翻译家来说，是比其他译者占有优势的，他们的创作才情会使他们翻译起来得心应手，独领鳌头。正因为张爱玲小说家的身份，使她具备非常人能比的读故事、讲故事的本领，所以她的译文充满了故事性。瓦尔特·本雅明在《译者的任务》一文中反问道，"难道我们不是普遍把文学作品中超越理解能力之外的东西——甚至连一个糟糕的译者也会承认这是其本质属性——看作高深莫测的、神秘的、'诗意'的吗？难道这不是一位译者——只要他也是一位诗人的话——所要生产的吗？"本雅明的意思再明显不过了——译者必须自己也是诗人，才能再现文学作品高深莫测的、神秘的、"诗意"的精髓。同样，一个小说译者如果具备小说家的才情，或者说，本身就是小说家，必能得原文的精髓，再现出那神秘的"诗意"的东西。

二、张爱玲的翻译对其创作的促进

翻译家张爱玲同时也是作家，她本人的翻译以及对翻译作品的阅读对她的创作实践以及后期的创作思想均产生了潜移默化的影响。

（一）张爱玲的翻译对其创作实践的促进

1. 欧化句式

五四时期兴起白话文运动，但是白话文存在干枯、贫乏的缺点，学者们纷纷提出要用西方语言改良白话文，通过精密语言表达精密思想。

汉语欧化直接受到了文学译介活动的推动。晚清时期的小说翻译，文言作为译语虽然占据主导地位，但是外来语言的文法有所渗透，人们从翻译文学中吸收了外国的词汇、句法。梁启超的"新文体"、章士钊的"欧化古文"以及新文学时期初期的白话诗人们的作品都有欧化的影子。从1919年到1949年，西方文学作品被大量引入中国，随之产生的结果是，翻译语言欧化的倾向更加明显，欧化汉语逐渐成为翻译文学的主要语言，直译语言遂成为译语的主流。

张爱玲1941年以译作《谑而虐》开启了她的译者生涯，她的译作采取的即为直译策略。

首先，保留原文句式，大量使用定语、状语，拗口的长句子频繁出现。

例1：

The good manners of educated Englishmen，which are the most exquisitely modulated attentions I have ever received.

受过教育的英国人的好礼貌是我经验到的最细腻委婉的厚遇。

例2：

Englishwomen's shoes look as if they had been made by someone who had often heard shoes described，but had never seen any...

英国女人的鞋好像是一个听见鞋子被描写但是没有见过鞋子的人所制造的……

有学者指出，直译的风格直接导致了汉语语言的欧化。那么，张爱玲对英文作品的直译更是直接促进了她本人语言的欧化。

余光中所谓"多元的调和"即指中西调和，中国语言与西方语法结构的绝妙结合。张爱玲擅长运用旧语言，她的创作作品灵活使用诗句、成语、俗语，清晰地表现出作者旧学的功底。例如原文标题 With Malice Toward Some，改编自林肯的就职演说中的一句"With malice toward none and charity for all"的前半句，作者将 none 换成 some，意思为"怀有一丝恶意"。张爱玲套用旧式成语，将其翻译成"谑而虐"，表示"开玩笑很尖刻"，从风格到意思都严丝合缝。

张爱玲中西合璧的语言形成也得益于翻译。因为作者和译者的不同在于，作者是在使用自己熟悉的语言进行写作，而译者则是在译语和原语之间的再创作，英汉两种语言差别巨大，为了有效地表达原作的思想内容，译者一定要在熟悉的汉语和不熟悉的英语之间寻找到一种可以兼顾两种语言的表达法，这就是中西合璧的语言。

余光中将西化句式分为两类：西而不化和西而化之，他指出，西而不化的句式艰涩难懂，应该排斥，而西而化之的句式易于读者接受，可以被接纳到汉语中来。余文对张爱玲的西化语言做过精彩分析，本书在这里要指出的是西方语言中的破折号对张爱玲的创作语言产生的影响。

张爱玲为《谑而虐》写的"译者识"已经体现了原作对译者的影响，在80多字的"译者识"中，张爱玲居然用了两个破折号：哈而赛女士随夫来英——她的丈夫以英美教育界交换教授,赴英国德文州任职——她发表了她的日记,标题《谑而虐》,以幽默尖利的文笔写英国、瑞士、挪威给予美国人的印象,风行一时。两个破折号分别起解释和转折的作用。这段文字是张爱玲原文写作风格的最直接的影响,年轻的张爱玲此时只是在模仿原文破折号的运用。随着张爱玲的文笔越来越老道,文字技巧越来越娴熟,破折号的运用逐渐成为张爱玲中西合璧的文体特征中西化语言的一个重要方面。张爱玲善于运用破折号,对破折号表现力的挖掘趋于极致。张爱玲散文中破折号随处可见,小说中的破折号往往起到画龙点睛、深化主题的作用。以《金锁记》为例,张爱玲使用了 60 个破折号,一部分出现在人物对话中。根据对话的特定情境,对话中的破折号具有以下几个作用:

第一,中断话语。

例 1

凤萧扑哧(味)一笑道:"真的?她这些村话,又是从哪儿听来的?就连我们丫头——"小双抱着胳膊道:"麻油店的活招牌,站惯了柜台,见多识广的,我们拿什么去比人家?"

例 2

兰仙道:"可不是!家里人实在多,挤是挤了点——"七巧挽起袖口,把手帕子掖在翡翠镯子里,瞟了兰仙一眼,笑道:"三妹妹原来也嫌人太多了。连我们都嫌人多,像你们没满月的自然更嫌人多了!"

这两例的破折号都有说话者的话语被听话者中断的作用,由听话者继续话题,此时的破折号有意犹未尽的意味。

第二,切换话题。

破折号的切换话题作用在《金锁记》的对话中运用的最多,尤其在七巧的话语中,淋漓尽致地表现了七巧说话刻薄、泼辣的个性。

2. 创作风格

原文标题为 *With Malice Toward Some*,张爱玲从中选择了部分内容翻译,题为《谑而虐》,发表在《西书精华》上。回到上海她即在《西书精华》上发表译作。

原文作者哈尔赛(Margaret Halsey)在美国文坛小有名气,出版了至少 7 本书,作品题材广泛,涉及二次大战、美国种族问题、美国政治与道德以及家庭生活等等。*With Malice Toward Sonte* 是哈尔赛的处女作, 1938 年一出版即成为当年的畅销书。原文为日记体,记录了哈尔赛随丈夫访欧的经历,包括英国、挪威、瑞典等国给哈尔赛这个美国人的印象,文笔轻松,幽默尖利。张爱玲选取其中有关英国的一部分进行了翻译。这篇文章的翻译是张爱玲译作中为数不多的自己选材的作品。为什么会选择它,本书认为可能有两方面原因,一是"蓝天红房顶"的英国是张爱玲少时向往的地方,去英国读书是她求学时期一直没有实现的计划;二是因为这篇文章的文风吸引了张爱玲。张爱玲的散文讨论人生、文化问题,题材丰富,形式活泼,自成特色。这些变化都与《西风》杂志译述文章以及她的翻译实践不无关系。上述三篇散文的叙事风格明显受到《谑而虐》的影响,表现在以下两个方面:

第一,散文的题材。

《谑而虐》展现的是美国女人眼中的英国人,谈的是文化。作者通过生活细节,如英国人如何喝茶端咖啡,英国人谈话的方式,英国女人穿衣的方式,对比英国人和美国人的文化性格,嘲讽英国绅士、讥笑英国女人,讽刺英国人和英国文化。张爱玲这三篇散文都是长篇随笔,谈风俗、谈文化,以西方文化对照中国文化,为外国人解说中国文化。《洋人看京戏及其他》,张爱玲认为《洋人看京戏及其他》中京戏能取代昆曲在中国普及,那是因为"新兴的京戏里有一种孩子气的力量,合了我们的文化过于随随便便之故。"京戏里的人物无论有什么心事都会痛痛快快地说出来,语言加动作、服装、脸谱,很热闹,由此她认为"拥挤是中国戏剧与中国生活里的要素之一",《更衣记》展现的是时代变迁、人的精神变化与衣饰改变的联系,张爱玲谈旧中国妇女的遭遇,谈女人对服装的痴迷与智慧。清朝三百年,女人被包裹在层层衣衫下,因为中国人不赞成太触目的女人,到 1920 年左右,人们对细节过分注意,连鞋底都布满图案,这种"在不相干的事物上浪费了精力,正是中国有闲阶级一贯的态度"。"元宝领"逼迫女人们伸长了脖子,与下面的柳腰不相称,"头重脚轻,无均衡的性质正象征了那个时代"。民国初期卢梭的理想化人权主义是大家的信仰,"时装也现出空前的天真、轻快、愉悦。'喇叭管袖子'飘飘欲仙,露出一大截玉腕。"张爱玲认为中国人是没有宗教的,但下层阶级的迷信里却存在一个有系统的宇宙观,中国人的宗教是个似有非有的复杂系统。中国人见到现实的苦难,希望灵魂得救,采用佛教的沉默、孤独的方式,与世隔绝,没有机会作恶,"造就了消极性的善",但是又常常办不到,只得让步,比如吃素。这几篇散文讨论范围之广大,程度之深入已经远远超过了《谑而虐》,但正是《谑而虐》的翻译以及对其他翻译作品的阅读开启了张爱玲对这些领域的涉入。

第二,幽默的文笔。

原文承袭欧美小品文反讽的传统,笔调诙谐幽默。毫无疑问,这一点吸引了张爱玲并影响了她这三篇散文的文风。虽然这三篇文章谈论的是中国人、中国文化等严肃问题,但是笔调轻松,生动诙谐,张爱玲深刻的观察、充满灵性的见解穿插在严肃的叙述之中。

(二)张爱玲的翻译对其创作思想的拓展

《老人与海》是根据一位古巴渔夫的真实经历创作的。16年后海明威才将这个真实的故事艺术加工为《老人与海》。

张爱玲的作品一直也是取材于真材实料,她小说中的人物都能在她生活的周围找到原型,张爱玲引用法国女历史学家佩奴德(Regine Pernoud)的话"事实比虚构的故事有更深沉的戏剧性,向来如此"。为什么记录体文学这么吸引她,张爱玲在解释马克·吐温的话"真实比小说还要奇怪,是因为小说只能用有限的几种可能性"时写道:因为我们不知道的内情太多,决定性的因素几乎永远是我们不知道的,所以事情每每出人意料之外,即使是意中事,效果也往往意外。"不如意十常八九",就连意外之喜,也不大有白日梦的感觉,总稍微有点不对劲,错了半个音符,刺耳,粗糙,咽不下。

由此,张爱玲谈到中国旧小说的好处。接着,张爱玲认为西方小说"纵深不一定深入。心理描写……经过整理,成为对外的,说服别人的,已经不是内心的本来面目。"张爱玲指出中国旧小说好在深入浅出,还事实以本来面目,不掺加内心的描写,普通的西方小说的纵深,如果没有乔伊斯的神来之笔,就只变成说教,没有达到人物复杂的内心世界,套用的就只能是心理分析的皮毛。所以张爱玲认为"含蓄的效果最能表现日常生活的一种浑浑噩噩"。

所以,含蓄之处"影影绰绰,参差掩映有致,也许解释是多余的",其中的夹缝文章,读者自会品味。在某种意味上,这不正是海明威提倡的冰山原则吗?应该说,《老人与海》的翻译对张爱玲的文学观念产生了影响,至少强化了她一直具有但是没有思考过的创作观。张爱玲后期的文学创作,不论是散文还是小说都慢慢接近平淡、自然的写实风格,这一转变就是在翻译《老人与海》时已打下了基础。

之后,张爱玲为《醒世姻缘》《海上花列传》鸣不平,觉得它们应当是世界名著,她晚年致力于《红楼梦》的考证和《海上花列传》的注译,要还《红楼梦》以本来面目,给它应得的国际地位。张爱玲后期从事这些文学活动固然和她旅居美国有关,《老人与海》的翻译让张爱玲升腾起挽救中国小说,使之与西方优秀小说相抗衡的志愿,也是一种可能性。

第二节　张爱玲的女性意识与文学翻译

一、张爱玲的女性意识

勃朗特三姐妹的女性意识和清新风格的自由展现,对中国作家,尤其是中国女作家的影响不可小觑。由于勃朗特姐妹对文学界产生了深刻的影响,20世纪以来的中国女作家大加地对其进行赞赏和学习。即使中国女作家和勃朗特姐妹生活在不同的世纪,但作家们在创作上对女性的立场和女性命运的关注是相同的。在中国现代文学发展过程中,张爱玲始终有独特的、重要的位置,因此,张爱玲被人们称作"才女"。张爱玲的声望甚至被国外评论家将其与鲁迅放在同一水平线上,当然这需要进一步的研究和商榷。但是,张爱玲所描述的人性的准确、深刻"残忍"的描写和丰富的女性世界的叙述,令读者印象深刻。即使张爱玲并没有将五四时代精神的新型女性形象表现出来,但是,张爱玲对中国新旧交替时代20世纪前半期的任性和女性进行简单的、模式化的描绘,旧时代的结束和新时代的到来从她的作品中都有所体现。通过将张爱玲和勃朗特两姐妹在创作中的不同,能够得出不同文化背景下中英女作家在人生思考和创作方面的感悟。

（一）夏洛蒂·勃朗特与张爱玲

张爱玲是一个有着中西合璧的教育背景的女作家,家境显赫,是李鸿章、张佩纶的后代。张爱玲童年和少年时期所受的教育和家庭影响是深刻和优越的。母亲黄逸梵因为不满丈夫的吸毒沉沦,只身出国留洋,留给张爱玲的是中西文化、文学的综合影响。她父亲的书房有许多书籍,她经常去浏览阅读。她的视野是开阔的,对人生的感悟是精到而细致的。她的创作也吸取了外国作家的写作经验和营养。由于勃朗特姐妹在英国乃至世界文坛上的地位不像托尔斯泰、巴尔扎克等那样伟大而煊赫,人们在阅读勃朗特姐妹的作品时的感受往往是潜隐在心里的,不是那样的明显强烈,张爱玲也不例外。

张爱玲和夏洛蒂在很多地方都有一致的地方,显然由于不同文化背景和生存环境的差异,二者也有很大差异。从女性作家的视角对张爱玲和夏洛蒂进行比较,能够看出关注女性的命运是她们的共同点,自强、自立的意识通过其作品有所体现,同时自传性与纪实性通过她们的小说得到了表达。当然,她们之间存在一定的差距。在精神层面上,夏洛蒂对女性人物的描写高于张爱玲,夏洛蒂的作品和哥特式小说的写作手法相类似,在艺术上夏洛蒂善于使用悬念,小说情节起伏大；与此相反,张爱玲的小说情节较为平稳,更加倾向于讲述故事。

1. 夏洛蒂与张爱玲的共同之处

张爱玲与夏洛蒂是两个相隔近 100 年的女作家,但她们的精神追求和心灵世界是相通的,她们之间有着潜在的精神联系。首先,夏洛蒂·勃朗特与张爱玲对女性命运的探索和关注是她们写作的源泉。夏洛蒂的《谢莉》和《简·爱》和张爱玲《倾城之恋》都表现出对女性坎坷命运的探求和关注。她们的作品都有一个共同的结局：女子走向婚姻和家庭。张爱玲笔下的女性生活在中国几千年以来形成的男权世界中,精神、身心都受到极大的压抑和摧残。张爱玲对这一切看得很透彻,懂得只有男女平等了,才能取得两性关系的和谐。张爱玲母亲对她的精心培养和教育,原因就是看透了女性地位的低下和先天不足,希望通过后天的文化教育来补足。其次,女性独立自强的意识在张爱玲与夏洛蒂的作品中都有所体现。简·爱的积极向上、独立自尊的人生态度在夏洛蒂的《简·爱》中给人留下了深刻的印象,所以,西方女性主义者将夏洛蒂当做女权主义的先驱。即使张爱玲的小说中出现更多的是一些封建家庭的达官太太、交际花和闺中小姐等,但是,她们同样意识到自立的重要性。小说《花凋》隐藏了多少中国旧式家庭女性的感悟和悲哀!张爱玲笔下的人物虽然没有喊出丁玲等具有五四精神的女作家笔下人物的抗争呼声,但也表达了中国久被压抑的女性的一种觉悟和对掌控自身命运的渴望。

2. 不同时空、国度中的张爱玲与夏洛蒂的差异

很容易地,我们能够发现张爱玲和夏洛蒂笔下女性人物在精神上的不同和距离。即使这两位作家的作品都能够将女性对爱情的热烈向往、女性的社会地位和经济的低下表现出来,张爱玲创造出来的女主人公比夏洛蒂创作的女主人公晚了将近100年的时间,从精神层面上看,张爱玲创造的是中国20世纪初期的人物,这些人物多是封建社会家庭中的小姐、太太,即使是受到了很多新思潮的作用和影响,但是她们依旧没有脱离旧思想观念,她们身上依旧保留着贵族生活留下的烙印。她们不能够对自己进行救赎,她们渴望新生活。她们大多去衡量夫婿的经济财富和家世,这是她们追求的爱情和婚姻。她们并没有自立自强的性格,也不向往独立,因为对金钱、地位过多的关注,往往使得真挚的感情被改变或者扭曲,似乎真情女子都成为了庸俗的化身,最终就只能通过婚姻的形式来突破生活的窘境,例如《沉香屑——第一炉香》中的薇龙和《倾城之恋》中的白流苏。张爱玲能够明确地意识到,显然那些为了金钱和地位而走入婚姻殿堂的女性,等待她们的往往是悲剧,但可悲的是,过去生活在封建家庭的旧式女子,也仅仅能够通过婚姻来摆脱现状。在一定程度上暗示了中国旧式女性的悲惨命运。

在夏洛蒂的《维莱特》和《简·爱》等作品中的女主人公,即使这些女主人公们并不富有,很贫穷,但她们都自立自强、自食其力,将西方女性自尊、自强,与命运斗争的思想表达出来。她们追求社会地位的

平等,而不单单是想要一纸婚姻的保证。所以,一般而言,夏洛蒂所描绘的都是一些感情真挚单纯的美好女性形象,她们身上并没有庸俗气。张爱玲与夏洛蒂有很大的差别,张爱玲所描绘的中国女性是正面的、努力追求幸福的归宿。

通常张爱玲以消极的爱情来消解爱情的神圣和美好,一般情况下,张爱玲描绘的爱情并不是十分理想、高洁和令人满意,哪怕是在《倾城之恋》之中那么美好的爱情也被描述成是战争造成的婚姻。相反,夏洛蒂描绘的人生观是积极向上的,爱情是神圣和纯洁的。因为两位作家有不同的着力点,因此,读者能够接触到的女性面貌和女性们的人生态度也具有差异性。但无论怎样,都反映出了女性的不同形象。

张爱玲与夏洛蒂的作品在艺术手法上也具有明显的差异。张爱玲所描绘的小说情节大都是普通人的日常生活,结构简单、稳定、不复杂,注重娓娓道来叙述故事的感觉,没有大的起伏和矛盾的故事情节。夏洛蒂的作品情感冲突强烈,主人公经历的浪漫爱情和生活情节波动大,作者擅长运用悬念和貌似哥特式小说的手法。

(二)艾米莉·勃朗特与张爱玲

在文学史上,艾米莉与张爱玲两人的命运有着某种近似之处。两位作家都经过了由"冷"到"热"的变化过程,人们对她们的评价起伏较大。她们笔下的人物性格具有疯狂和冷酷的特质,作品大都以苍凉为背景,往往表现人性的残忍一面。她们之间的差异是:首先,两者的境界有所不同,如果说艾米莉的小说是悲剧,但却具有"大我"的情怀和乐观的色彩,张爱玲的小说情怀则是悲观的、个人的、"小我"的;在技巧上,艾米莉的作品以结构的独特见长,张爱玲是以文字的精巧见长。

《呼啸山庄》的前三章,是描述1801年洛克乌德作为画眉山庄的房客来拜访呼啸山庄,遇到暴风雪被迫在呼啸山庄留宿。在山庄里,他在一夜间经历了一系列奇怪的事件,这种经历使他惊奇,他对人们的奇怪冷漠的言行举止和态度而惊奇。小说采用倒叙和夹叙的方式。第31章,中间洛克乌德离开,至第34章,1802年的9月,小说的叙述时间又接到小说开始叙述的时间和情节里,希剌克厉夫之死是管家耐莉一直在叙述的情节。采用倒叙的叙事手法,张爱玲的剧本《魂归离恨天》一共讲述了26场戏。

艾米莉的《呼啸山庄》与张爱玲的《魂归离恨天》能够说成是复仇和爱情为主题,这两部作品有很多相同的地方,都可以说成是两个家族的孩子与其收养的孤儿之间爱恨情仇:《呼啸山庄》叙述了呼啸山庄孤儿希刺克厉夫和恩萧家的女儿凯瑟琳两个人的爱情故事,由于年轻的凯瑟琳的虚荣心,当画眉山庄主人的儿子林惇的出现,凯瑟琳无比坚定地选择了风度翩翩和富有的林惇,并与他走入婚姻的殿堂,将从小一同长大的、心灵相同的希刺克厉夫抛弃了。最后希刺克厉夫感到绝望,在外闯荡了多年,最后回到呼啸山庄报仇雪恨……

张爱玲的剧本《魂归离恨天》主要讲述了叶湘容和端祥青梅竹马地相爱。高绪荪由于一个非常巧合的机会与叶湘容相识,并且高家和叶家门当户对,最后由于种种原因叶湘容选择高绪荪结婚。随后端详失踪了,但是端祥在5年后变得富有以后又重新回来。高家18岁的女儿高绪兰又爱上了端祥,哪怕是高家极力地反对这件事。发迹归来的端祥展开了他的复仇计划,为了打击高绪兰,打击叶湘容,他开始筹划买断叶家房产,叶湘容受不了这些不能实现的和扭曲的爱最终离开了人世。故事的原型基本能够总结为两兄妹和外人之间的有关爱情的悲剧。

在这两部作品中,《魂归离恨天》里的是高绪荪的妹妹高绪兰,《呼啸山庄》里是林惇的妹妹伊莎贝拉都成为了端祥和希刺克厉夫的复仇工具,她们是不幸爱情的牺牲品。

1. 艾米莉·勃朗特与张爱玲的相似之处

根据艾米莉在《呼啸山庄》中的描述,在复仇过程中希刺克厉夫表达出来的狂躁和残酷在世界文学史也是非常令人惊奇和感叹的。他在渐渐地实施和完成复仇计划,将他人的财产占为己有,对身边的人们进行毒化。痛彻心扉的恩怨情仇促使希刺克厉夫渐渐地成为了一个魔鬼。

如果说,张爱玲与夏洛蒂·勃朗特在对女性的关注和提倡自尊自立方面有着相同的追求,那么,她与艾米莉的契合则是其人物具有强烈冲击力的这一特质。通常情况下,张爱玲描绘的人物总是自私、狭隘、阴险和残忍的。通过对这些形象的描绘，她的作品再次体现了当时人们的生活和心情，同时将旧中国封建社会中存在于人们灵魂深处的缺点展现出来。由于受到西方文艺思想与中国古典文学的双重影响，张爱玲非常热爱对西方文学作品中的人物进行心理分析。在小说中张爱玲对人物进行分析采取心理分析的方法，通常深刻生动。

张爱玲和艾米莉所创造的缺乏母爱的、扭曲的残酷世界。因为勃朗特姐妹的母亲较早的离开人世，是姨妈代替父亲将她们抚养长大，所以她们的生活中没有母亲，在内心上缺乏母爱。即使张爱玲的生母还活着，但是却与她身隔万里，因此，张爱玲基本不能感受到母爱。

苍凉的色调是张爱玲和艾米莉的小说都具备的一种特点。张爱玲和艾米莉小说，在苍凉色调之下，环境背景是封闭的、模糊的。庄园是艾米莉的《呼啸山庄》的写作背景，《呼啸山庄》将人与人之间的爱恨情仇表现得淋漓尽致。当主人公希刺克厉夫的爱人凯瑟琳去世之后，希刺克厉夫在凄凉的荒原上漫步来追忆美好时光。阴暗的色调是小说所渲染的整个色调。与外界隔绝是张爱玲的小说世界中所展现的，一般情况下，小说讲述的是封建家庭的宅院、楼馆里的故事。"都市里的苍凉"在这个封建社会中展现出来。张爱玲的小说虽然不具备具体的社会背景，但是情节和人物性格的发展都在有条不紊地进行。张爱玲所表达出来的苍凉是她受到时代生活影响的结果。

2. 艾米莉·勃朗特与张爱玲的差异

首先，"小我"与"大我"、悲观与乐观的不同。虽然艾米莉记叙的《呼啸山庄》中的第一代人已经是悲剧结局，但最终还是爱将仇恨战胜了。希刺克厉夫离开了人间，小哈里顿与小凯瑟琳相爱并幸福地生活在一起，使得人们获得了希望。张爱玲作品中的婚姻爱情充满了缺失和苦难，这也许与她的生活相关联，在多数情况下，在她的小说中读者是不能感受到甜蜜爱情和美好的婚姻。大多数情况下爱是不稳定的、短暂的。这再一次地展现出张爱玲对爱和命运的敬畏。《呼啸山庄》的故事很是凄凉，但是结局却有一丝光明存在。与此相反地，艾米莉所表达的爱恨情仇，则具有"大我"的气魄。在这里，爱变成了永恒的，成为了人们内心的支柱。小说告诉我们，人类世界不应该是仅仅充满着怨恨，人类追求的是永恒的爱。

其次,张爱玲的作品文字精巧独特,艾米莉作品结构巧妙精细。艾米莉的小说有自己独特的写作结构,她关注故事的叙述层次和结构。张爱玲的小说文字精细,小说的标题凝练,好比"茉莉香片""沉香屑""花凋",具有独特的中国古典意味。作品由于文字的精致和独特的构思而增色不少。张爱玲小说的开头,通常比较精细雅致,具有吸引力,哪怕是平淡的文字和内容,读者似乎也能感受到沉香或者茉莉香片的韵味。虽然张爱玲的小说大多采用平铺直叙的手法进行写作,但张爱玲坚持自己独有的写作范式和写作风格。

学界一致认可的是,《呼啸山庄》那独特绝妙结构。采用第一人称进行叙述是她采用的叙事方式,展示一个故事情节一般采取多个人物叙事视角之间的不断转换来实现,叙事的层次感强、系统复杂,房客洛克乌德先生是《呼啸山庄》中第一个叙述人,他是小说的主叙述。第二叙述人是女仆耐莉,耐莉不仅仅是凯瑟琳和希刺克厉夫爱情的见证者,同时也推动着故事发展进程。这种结构具有中国套盒式特点,层层递进,将事实真相揭露出来。

二、在翻译中体现女性意识

强烈的女性意识伴随着张爱玲的成长,"去掉一切浮文,剩下的仿佛只有饮食男女这两项",性别问题、女性的生存环境问题一直是张爱玲的关注所在。

以《获村传》为例,原作中作为配角的主要的女性人物有三个:大脚兰儿、拐子莲儿、歪歪桃儿。其中,媒婆大脚兰儿最后被许配给晚辈常顺儿当媳妇。拐子莲儿是卖烧饼果子的,为人粗鲁,终日与村内外的土棍流氓胡说厮混,歪歪桃儿是她的妹妹,姐妹俩没有父母,拐子莲儿把歪歪桃儿养育长大。拐子莲儿一生未嫁,在获村与烟村的混战中被打死。歪歪桃儿被张举人的媳妇看中做了梅香丫头,后成为姨太太,为张举人生了两个孩子。歪歪桃儿的女儿龙珠首先被许配给常顺儿,强行结婚当天,歪歪桃儿吊死在家中,女儿龙珠疯了。常顺儿一直对歪歪桃儿想入非非,但是却被逼娶了歪歪桃儿的女儿。在龙珠被逼疯以后,常顺儿又被逼娶了长一辈的大脚兰儿。作者想通过这些女人的悲惨命运达到宣扬特殊政治的目的。但是,这几个女性形象单调生硬,女性的真实处境、女性的情感体验等都被淹没了,被压抑在小说"国家论述"的大主题之下。

　　一生都在思考女性问题的张爱玲改写了几个女人的命运。张爱玲没有将大脚兰儿许配给常顺儿,而是给她加了个儿子,儿子在扒路事件中被打死,大脚兰儿伤心欲绝,使得这个人物在粗鲁的特征之下又增加了一抹温情,一丝人性。关于歪歪桃儿,张爱玲为她设计了一段爱情。张爱玲增加了一个人物 Latch,栓子与歪歪桃儿年龄相仿,两个人互有好感。栓子的母亲托大脚兰儿向拐子莲儿提亲,拐子莲儿想从妹妹身上赚上一笔,嫌弃栓子不够富裕,而拒绝了这门亲事。张举人上任知县,挑中歪歪桃儿做梅香丫头一同赴任。张举人给了拐子莲儿足够她后半生生活的聘礼,拐子莲儿这才将歪歪桃儿嫁了过去,而歪歪桃儿虽然心系栓子,但是为了报姐姐的养育之恩,牺牲了自己的爱情。日后,栓子虽然也结婚生子,但是一直没有忘怀歪歪桃儿,幻想着有一天能够将她娶回。

　　拐子莲儿和歪歪桃儿给父母上坟,俩人各有一段心理描写。

　　As they sat in their chairs looking down into the small fire, Lotus cried a little, thinking of what it had been like to be left all by herself and destitute with a baby sister to take care of. The year had passed, somehow, and the child was grown, soon to marry and leave her to grow old by herself. It was hard for a crippled girl to marry, but her parents would have seen to it if they had been alive. That would have been their first concern. All girls got married. But how could a girl herself mention marriage? Not even if she was a hardened character who swore and joked with men. Marriage was another thing. Even now she sometimes thought she still might have got a husband if it had not been for the additional burden of a little girl which a man would hesitate to take on, but she tried not to hold it against her sister. They only had each other.

　　原作中歪歪桃儿是常顺儿欲望的对象,原文不断穿插常顺儿对歪歪桃儿的想入非非,而拐子莲儿则是其他男性人物取笑的对象。在这种论述语调下,这两个女性人物没有情感经历,没有自我意识,她们丧失了女性自我,她们的存在只是作为女性的一种空洞能指,所完成的只是男权文化为女性这一性别所规定的职能。拐子莲儿表达了对婚姻的期盼,幻想如果父母在世一定会为她做主寻个人家,歪歪桃儿盼望能和喜欢的人生活。这一段心理活动的描写使这两个女性人物都发出了作为女性的声音。虽然在封建社会里,妇女在婚姻问题上是没有自主权的,不仅是女性,连男性也深受包办婚姻之苦,但是拐子莲儿姐妹俩都是有自己的感情要求的,而封建传统文化对女性的束缚,表现在方方面面,尽管封建传统对人的压迫也包括了男人,但其间还是有着明显的不同,这种不同特别体现在情感方面、性爱方面的不平等。

歪歪桃儿出嫁的前天晚上,栓子到歪歪桃儿家门口与之告别,但是因突发歪歪桃儿出嫁衣服首饰的失窃事件,常顺儿在门口引起纷争,没有告别成功,他甚至没有见着歪歪桃儿的面。

歪歪桃儿日后一遍又一遍幻想如果常顺儿当时不在场,栓子一定会带自己一起逃离,其实栓子来仅仅是要告诉她,他不会忘了她,他永远珍藏着歪歪桃儿的那朵红花,歪歪桃儿反复幻想着能和栓子逃走,然而逃离究竟没有发生,歪歪桃儿被送给了张举人、日后又嫁给了张举人。连接荻村和歪歪桃儿随张举人来的这个城镇的是一条"死寂的"通道,歪歪桃儿的爱情梦想就埋葬在这条通道中。如同娜拉,出走以后能逃到哪里去?出走只能是"走!走到楼上去!——开饭的时候,一声呼唤,他们就会下来的。"对歪歪桃儿来说,在她有限的经验中,这个世界只有荻村和与张举人居住的这个城镇两个地方,没有逃离之处,就更别说具备逃离的手段了,这是中国女性的真实处境。现实的困境,不允许她们逃离。

张爱玲对此早有思考。在其早期作品《霸王别姬》中,她从虞姬的角度改写了故事。项羽的失败即在眼前,虞姬思考着自己今后的命运:假如项羽失败,那么她将被敬献给刘邦;假如项羽成功,自己能得到什么?

虞姬选择了拔刀自刎。一方面,通过这个从"霸王别姬"到"姬别霸王"的过程,张爱玲写出了中国女性无奈的真实处境——他们无力改变自己依附的地位，无力走出生命的新天地。虞姬虽有女性主体的意识，可是她还是沉于男权话语霸权之中，她只能以死亡表达她的女性意识，这体现了女性主体塑造的艰难。因此，虽然衣食无忧，生活优越，但是歪歪桃儿却如同那只"绣在屏风上的鸟"，"年深日久了，羽毛暗了，霉了，给虫蛀了，死也还死在屏风上"。双翅已被桎梏，歪歪桃儿只有一遍遍在想象中飞翔、逃离。

具有人间、人情味的俗世是张爱玲的描写对象。

三、张爱玲的翻译实践与西方女性主义翻译实践的比较

（一）西方女性主义翻译

20世纪70年代，"女性必须获得语言的解放"是一个耳熟能详的呼声，女性的解放必定首先是语言的解放，女性主义者越来越清晰地认识到，语言是意义争夺的场所，是主体检验和自我证明的竞技场，而翻译是语言的转换，涉及意义的创造，与女性主义思想结合或者说受女性主义思想影响的翻译研究产生了极具个性的女性主义翻译理论。

女性主义翻译理论认为，翻译的地位与女人的地位之间是相似而平行的。翻译常常被认为是原文的衍生而地位低下，女人则长期以来受压迫，处于社会底层，在文学中也遭到贬损。为此，它必须探讨翻译被"女性化"的过程，并且试图动摇那些维持这种联系的权威机构。女性主义翻译理论具有鲜明的政治姿态。

原作／译作，原作者／译者不再是对立的双方，写作方案将他们统一起来，他们共同参与到这一写作方案中，挖掘原作的意义，并将其在译入语文化中表现出来。译者是新的（翻译）作品的合作者（co-author），而不是原作者的模仿者。于是，女性主义译者在翻译中"妇占"（woman handling）文本，以实现自己对文本的操纵。在翻译意识形态上，敌对的带有浓厚男权色彩的作品时，女性主义译者或尝试用创造性的译法来凸显原文的性别歧视之处，或对原作中的父权制语言进行改造，以削弱其父权色彩。

持传统翻译观的译者坚持译者"隐身"。与他们不同，女性主义译者处处彰显自己的女性身份，她们希望自己的作品以及译者的个人得到承认。她们彰显主体性的方式有两种：翻译的派生文本（例如署名、

前言、脚注）和译者充当"教育者"及原作的"研究者"关于译作发表的评论和论文。女性主义译者"毫不谦逊地炫耀自己的署名"，前言和脚注让译者"用自己的声音告诉读者该作者的信息和自己对原文及翻译策略的评价"，从而让读者注意到译者的个人历史和政治立场对译作的影响，女性译者充当"教育者"及"研究原作的学者"角色对译作发表评论和论文，更加突出了译者对译作意义的生产及阐释，而这一切彰显的正是译者主体。

女性主义翻译从一开始就带有强烈的政治性。首先，就历史来看，从欧洲中世纪开始，翻译就是长期被剥夺著述特权的女性进入文学世界的途径，翻译是她们参与社会运动，如反对奴隶制运动的一个重要部分，也是她们借以表达政治信念的重要手段。法国女翻译家将贝恩的小说《奥鲁诺科》翻译成法语的时候，将悲剧结尾改写成皆大欢喜，并改变了其中的表达法，以逗应法国新古典主义读者的审美情趣，极大地推动了 18—19 世纪妇女反奴隶制的运动。19 世纪，德·斯戴尔夫人（Madame de Stael）、玛格丽特·富勒（Sarah Margaret Fuller）、埃利诺·马克思（Eleano Marx）都明确地将翻译视为政治手段，认为文学的创作与传播都将带有一定的政治影响，翻译能使民族文学焕发青春，丰富民族精神。男人依据天生的生物学性别就可获得特权，并以此控制、支配女性。米勒认为，男性控制与支配女性的制度要比种族与阶级间的壁垒严酷得多。无论目前这些思想表面上是多么沉寂，但实际上却仍是我们文化中最普遍的思想意识、最根本的权力概念。社会意识形态中的性别观念凝聚和折射着这种冲突和斗争，因而性别问题的实质是政治问题，而译者被看成是作者的仆人，原作之于译本具有绝对的权威，和女性一样，译者、译本在各自从属的等级秩序中历来居于弱势地位，一同被归入话语的底层。因此，女性主义译者对原作公然进行干涉，对政治上不正确的文本，她们会"以女性主义'真理'的名义进行改正"。女性主义译者翻译的《圣经》是一个引人注目的例子。女性主义者对《圣经》作了女性主义及两性兼容语言（inclusive-language）的阐释，给读到和在教堂里听到的人展示了"政治上正确性"（political correctness），在世界范围内产生了很大影响。

（二）张爱玲的翻译实践与西方女性主义翻译实践的融合与分离

与西方妇女运动萌发于自我意识普遍觉醒的女性群体不同的是，中国妇女解放不是一种自发运动，中国近代史上妇女解放的呼声，最早发自受西方启蒙思想熏陶的资产阶级维新派男子中间。康有为、梁启超等维新人士最早提出"男女平等"思想，以禁缠足和兴女学为具体措施，倡导妇女解放。此后，妇女解放运动在李大钊、陈独秀、蔡元培等一大批男性革命家的指引下进行。中华人民共和国成立后，政府建立了相应的政治制度和法律制度，以保护妇女在政治、经济、社会生活上的平等权益。因此，中国妇女在争取解放道路上的每一次进步都是由男性先锋领导的，是被承认、被规定的，这就造成了在女性运动中，女性与男性的冲突对立不明显，中国广大女性的性别觉悟不够彻底，自我意识模糊。

在当时，女子被认为既是国家衰弱的原因，又是民族落后的象征，这些有识之士提出妇女问题，是为了寻找一条救国的途径，妇女是载体/手段，强国是目标。中华人民共和国成立后，在"妇女能顶半边天"的口号下，女性成为国家的建设者，从而获得了政治、经济和法律上的平等权利，但是与此同时，牺牲的是"女性"特质，女性被男性化。

基于这两方面的原因，具有强烈颠覆性、实践性的政治化色彩和意识形态化意味的女性主义翻译理论在中国语境下对翻译实践的影响远不如西方深入。中国女性主义翻译实践表现的是温和的特点。女性译者从翻译选材到翻译策略，在翻译实践中表现出了一定的女性意识。有的译者有意识地选择女性作家或女性主义作家的作品进行翻译，有的通过选词造句凸显作者或者译者的女性立场。

相比其他中国女性译者，张爱玲因为本身具有自觉的性别意识，她的翻译实践要激进得多，但是由于她同样也处于中国女性运动特殊的发展背景下，再加上她本人对性别的独特思考，使得她的翻译实践比之西方女性主义翻译实践，又显出温和、混杂的特质。

1. 与西方女性主义翻译实践的融合

张爱玲与西方女性主义译者观点的一致之处在于都强调两性平等。

　　张爱玲认为,女人可以不依赖男人生活,女人可以对社会有所贡献,因此,她主张女人要从自身改进,要做职业妇女。张爱玲本人的一生,从出走到独立生活,不仅养活自己,还资助逃亡中的胡兰成,后又挑起与赖雅生活的担子,这一生的坚强自立是她强调女性独立的最好的说明。

　　张爱玲"用尽了"女性主义翻译的一切方法,包括增补、加写前言、劫持,并且实践了"作者与译者都参与的方案"。《金锁记》的译写即为一例。《金锁记》中的曹七巧乖戾、近乎疯狂,劈杀了儿子的婚姻,破坏了女儿的幸福,是一个恶魔般的女人,然而七巧背着的是父权社会压在七巧身上的枷锁,她无处陈述、无力抗争,正是父权社会的压制和迫害,才致使七巧成为"阁楼上的疯女人"中的一员。面对父权社会安排的命运,七巧愤怒、挣扎,她所有疯狂的行为都可以视为对父权社会的反抗,尽管她的反抗是畸形的、疯狂的。从这个意义上讲,《金锁记》是一部有女性主义色彩的作品。《怨女》(*The Rouge of the North*)暴露的是银娣的怨苦。银娣心思细密,年轻时为攀高枝,选择嫁入姚家,在姚家机关算尽、吃尽苦头稳固了地位之后,她一手操纵儿子与媳妇的婚姻生活,如王德威所说,银娣自己作了人吃人盛宴的俎上肉后,也有了吃人的欲望了,从父权文化的受害者一跃变成施虐者。改写后的银娣的性格没有七巧那么彻底,但是却更加人性化,她变成怨女的过程也更加合情合理,父权社会对一个女人无孔不入的侵害由此更加深入人心。身为作者的张爱玲无疑是最理解原作的人,是对原作的最佳阐释者,作为译者她更能够发扬光大原作的思想内容。与具有女性主义色彩的作品的作者合谋表达女性立场,"作者与译者都参与的方案"才能获得最完美的体现,女性主义的立场才能淋漓尽致地发挥,并且得到扩充和发展,这是女性主义翻译理论积极倡导的内容,译者的主体性在自译文本中更是得到合法体现。从"疯女"到"怨女"的过程是作者张爱玲与译者张爱玲反抗父权社会的共谋过程。

　　2. 与女性主义翻译实践的分离

　　张爱玲的性别观是复杂的,她主张两性平等,又接受了不平等的现实。这一态度与西方女性主义译者是不同的。

　　在对于 man 这个词的理解上,张爱玲就与她们有所区别。女性主义译者乔安·霍吉路德(Joann Haugerud)在谈到《圣经》的翻译时,提倡"包容性翻译"(inclusive translation),她写道:"When Jesus called Peter, Andrew, James and John and invited them to become(according to the King James and other versions)fishers of men, did Jesus mean that they would set out to catch male humans only? Or were women to be included? If the former, then Christianity is really for men only and women would do well to shun it. But if Jesus meant to include all people in the invitation to a new way of living, and there is ample evidence that he did, then the correct contemporary English translation of these words is 'fishers of women and men'"——霍吉路德提议用包容性的"fishers of women and men"来代替"fishers of men",并且主张用中性词、复数介词如"anyone"或"those",或者重复前文的名字来替代带有父权偏见(male bias)的"he"。霍吉路德的态度是明确的、激进的。

　　张爱玲这一态度源自她对两性特质的深刻思考和对性别差异的清醒认识。

　　张爱玲认为体力的不济造成女人在社会、经济生活中处于受支配的地位,这是女人无法改变的客观现实。张爱玲认为,女人生存困境的形成除了客观原因之外,还有其自身的原因。那就是女人的性别特质。

　　张爱玲深刻了解两性关系中女人对男人的依附。"电车上的女人使我悲怆。女人……女人一辈子讲的是男人,念的是男人,怨的是男人,永远永远。"她本人也频频表现出自觉地低于男性的姿态。因为认识到客观现实和女性的特质,张爱玲虽然主张男女平等,但是对于男女是否能实现真正的平等,张爱玲心存怀疑。

　　男子统治世界成绩糟糕,张爱玲提议让女人来治国平天下,并指出女人比男人富于择偶的常识,建议婚姻应该由女子主动,这样才能产生超人的民族。

　　正是对性别差异的清醒认识和勇于接受,张爱玲的性别姿态有别于西方女性主义译者与男性针锋相对的"清坚决绝",而是表现出温和、含混的特点。张爱玲这一性别姿态也体现在了翻译中。

　　张爱玲在《海上花》译后记以及英译本序言中,表现出了隐隐的迟疑与不安。《海上花列传》的译本删掉了书中诗词酒令、楔子和钹。这一点很有趣,张爱玲仿佛是在为自己对原作进行的删节行为寻找支持。张爱玲在大段地陈述了删节的原因之后,感觉还不够踏实,心中还有隐隐的不安,于是她以两位男性权威的言论来支撑自己删节的合理性,似乎只有与男性权威的意见一致,她的删节才是正确的、合法的。张爱玲的名言"男人应该有经验一点,女人应该天真一些"是她这一寻求男性支持行为的注脚。这应该是西方女性主义翻译所不能容忍的。

第三节　张爱玲翻译中的文化意识

　　移居美国,张爱玲从一个中国本土作家变成了流散者。在这种新的身份下,她的文学活动具有了与以往不同的意义。流散者要想在异国他乡生存,必定要努力融入主流社会。作为文人,张爱玲初踏入美国土地,没有任何素材的积累以创作新小说,翻译旧作是当时最佳的选择。张爱玲选择翻译《金锁记》这部小说,希望通过它打入西方文学界,融入主流社会。

　　The Golden Cangu 是张爱玲应夏志清直译的要求所译,后收录在哥伦比亚大学出版社所出的 *Tiventieth Century Chinese Stories* 中,被作为教材在现代中国文学课上讲授。美国大学生对 *The Golden Cangue* 的反应是:This woman is an absolute horror, so sick, so godless,这部被称为最伟大的现代中国中篇小说的作品,竟然被美国学生认为"令人作呕"(so sick),本书认为,问题出在完全贴近原文的直译的翻译策略上。译文从标题到内容、语言,都对原文亦步亦趋。曹七巧这个人物包含的悲剧色彩以及她的遭遇所体现出的中国女性的生存困境,是《金锁记》在中国获得广泛赞誉的主要原因,而这一点却是崇尚平等、追求自由而毫不理解中国文化背景的美国读者难以了解和体会的。

　　一直为评论界所称道的《金锁记》的两点特色,在原封不动地、"原汁原味"地移植到另一种语言、另一种文化之后,丧失殆尽。

　　由于《金锁记》的译本在西方出版,直接进入西方叙事语境之中,读者、语言都变化了,译作是在新的文化土壤中生成的,如果还是按照原文叙事方式,原封不动地进行移植,必然会遭遇水土不服而灭亡的命运。译者必须对原作的情节、人物进行重新构建,使其在新的文化土壤中长成新的生命。此时的翻译就不再是语言层面上的等值或对应,而是一种更为广阔、更具意义的文化对应,也即巴斯奈特所谓的文化翻译。一个东方故事移植到西方语境,需要进行文化层面的翻译,将文化内涵从一种语言形式转换到另一种语言形式,而不仅仅是语言层面的转换。

而另一个译本《北地胭脂》虽然没有给张爱玲带来她所期望的荣誉,帮助她打入英美文学界,但是获得了一定程度的成功。在遭遇了 *Rice Sprout Song* 以及 *Naked Earth* 在英美市场的失败后,《北地胭脂》成为张爱玲最后的希望,寄托之深,用力之勤,可以想见。要让这个东方故事具有卖点,必须使故事情节符合西方读者的阅读习惯,用张爱玲在《五四遗事》中文本的序言中的话来说,"要迁就读者的口味"。对于西方读者的阅读口味,张爱玲是有一定了解的。

如何解决向对源语文化缺失的译语读者传递原文的全部信息的难题,奈达认为译者必须把信息"拉长"来迁就读者。在实际翻译过程中,张爱玲根据西方语境的要求,对原作进行了改动,将三万字的中篇小说"拉长"成了十几万字的长篇小说。

一、改写情节

《北地胭脂》的扉页上有一段解题的文字:The face powder of southern dynasties The rouge of the northern lands. Chinese expression for the beauties of the country probably seventh century. 高全之将其汉译为:"南朝金粉,北地胭脂。大约七世纪时,中文指国之美人。"高全之认为"北地胭脂"有两层含义,第一层含义指女主人公貌美;第二层含义是指南人北化的过程。本书赞同这一论断。《辞海》解释六朝金粉(亦作南朝金粉):"指六朝时金陵的靡丽繁华景象。后也比喻妇女的仪容、装饰。亦作六朝脂粉。王实甫《西厢记》第二本第一折:'香消了六朝金粉,清减了三楚精神。'""南朝金粉"与"北地胭脂"合用,有其专意。

《金锁记》中的七巧是因兄嫂贪财,将自己卖给了姜家,嫁给了没有行动能力的残疾男人,这一切七巧是不知情的,因此,才导致了她日后心理变态,她的疯狂举动才有了合理的解释,也才显现出故事的悲剧性。《北地胭脂》中,银娣的婚姻是自己的选择,她知道将要嫁的是一个残疾人,而且与此同时,她与药店伙计小刘互有好感,为了谋得荣华富贵,她选择牺牲爱情。嫁到姚家以后,银娣一直努力融入姚家的生活,从生活习惯到意识形态都发生了转变,她甚至主动放弃了与三爷的感情,终于在姚家站稳了脚跟,完成了南人北化的过程。一个下层女子经过努力奋斗成功了。与相貌平平甚至长相刻薄的七巧相比,银娣是一个美女,从书名的题解到书中行文,《北地胭脂》反复强调银娣的美貌。在西方语境下,考虑到西方读者的阅读口味,张爱玲更改了自己一贯的写作习惯,给了银娣一个姣好的容颜,令其带上"传奇"的色彩。不仅如此,张爱玲还删除了《金锁记》中长安一角,这是对原作的重大改动。曹七巧与女儿长安的冲突是《金锁记》中的高潮,七巧逼女儿缠足、引她吸鸦片,刻意毁灭她的爱情,手段无不用其毒,七巧那"用那沉重的枷角劈杀了几个人,没死的也松了半条命"的疯狂的恶魔般的性格在这部分内容中发展到了极致。

由此《金锁记》在新的语境下,变成了一个生活在底层社会的美女如何费尽心机打入上层社会的故事,这无疑是符合西方读者的阅读口味的。

二、省略人名

《金锁记》中任何一个人物都有名字,三爷姜季泽,兰仙,儿子长白,长白的媳妇芝寿,几乎各个人物都有名字。而《北地胭脂》中,只有关键的几个人物——Yindi(银娣)、银娣的儿子 Yensheng(玉熹)被冠以名字,其他人物统统以家庭关系中的称谓指称,例如姚家的三个儿子,以大爷(Big Master)、二爷(Second Master)、三爷(Third Master)指代,银娣的两个嫂子被称为二奶奶(Second Mistress)、三奶奶(Third Mistress),玉熹的媳妇是 Yensheng's Wife。高全之认为《北地胭脂》不为这些人物取名是注意到"名分限制不分男女",这种解释语义模糊,不能让人信服。张爱玲是爱给人物取名字的,她曾经说过,取名字是"轻便的、小规模的创造",并饶有兴趣地为中国人取名的行为写了一篇文章。那么她为什么在《北地胭脂》中隐去了大部分人物的姓名，而冠之以家庭秩序称谓呢？本书认为这还是与译作的语境、面对的读者有关。对西方读者来说，中国小说中名字是他们阅读的一大障碍，这必然会影响他们继续阅读的兴趣。

三、译者的文化身份

译者的主体性还可以通过译者的文化身份，尤其是流散译者的文化身份得到彰显，张爱玲的异国翻译实践便是一个最好的证明。张爱玲散居海外 40 载，流散者的文化身份使得她陷入生存和精神的双重困境，一方面她迫切地要融入美国主流社会，另一方面她也渴望保存民族文化记忆。翻译既是张爱玲融入主流社会的最快途径，也是她保存民族记忆的重要形式。选择什么翻译和如何翻译，积淀在她内心深处的文化价值观在她的翻译过程中得到凸显。张爱玲选择翻译自己的旧作《金锁记》，并且倾半生之力注译《海上花列传》，是译者的独特文化身份使然。因为只有通过翻译东方故事，流散译者张爱玲才能够与民族家园取得联系。在"如何翻译"的问题上，张爱玲则采取了文化翻译的手段。

在新的文化语境下，译者必须对原作的情节、人物进行重新构建，才能使源语文化中的异质成分有效地融入译入语文化，从而成功地对原作进行文化移植，使其在新的文化土壤中长成后起的生命。此时，只有通过文化翻译而不是文字翻译，原作的文化价值才能得以成功传播。张爱玲对《金锁记》的文化翻译给出了解答。翻译并不单是展示差异，而是跨越差异，在跨越差异的过程中，译者发挥了巨大的作用，译者主体得以确立自身的文化身份。

美国新闻处驻香港办事处选择翻译《狄村传》是因为其强烈的政治色彩，符合他们的政治目的。作为赞助人的美国新闻处驻香港办事处就要求译文表现这样的意识形态。那么"忠实"地传达这部小说的政治色彩，使译本符合赞助者的要求应该是译者翻译的最高目标。按照勒菲弗尔的观点，在必要时，译者必须对原文进行调整，以达到宣扬原作者以及赞助者的意识形态。张爱玲的译本确有大量的改动，删除、增加比比皆是，增删的内容甚至包括情节和人物。但是我们发现，经过改动后的译本，不但没有完全体现原文和迎合赞助者的意识形态，反而削弱了原文的政治色彩,而这恰恰体现的是译者的意识形态。因为此时的译者,漂流海外,客居他乡,与祖国的距离感让她对祖国的认识更加理性,浸染在异质文化环境之中,家园意识、故土眷念又无时无刻不在左右着她对祖国的看法。此时的张爱玲,既不愿意丑化又悲愤于国家的不足。这一态度就完全体现在她对译本的改动上。张爱玲给原作增加的爱情故事则是译者书写女性、书写普通人,在喧闹的背后寻找人性的诗学观和性别意识的体现。在这种诗学观和性别意识的指导下,张译本呈现出了"人性"的气息。

因此,前面提到的勒菲弗尔影响译者的"三要素",只能说是外部因素,而真正最活跃、起决定性作用的是译者的内部因素。

第四节　张爱玲生态翻译学与文学翻译作品

一、翻译生态环境中游离与回归的译者张爱玲

（一）游离社会政治环境——动态性、时代性和地缘性

张爱玲文学翻译生态系统的外部结构包括政治环境、经济环境、文化环境、社会环境。1952 年,张爱玲到当时还是英国殖民地的香港,为了生计受雇而译,在美国驻香港新闻处从事翻译工作。美新处向来是美国政府向其他国家实行文化渗透的重要部门,中美意识形态之争的前沿阵地。张爱玲翻译了传达美国社会价值观和理念的美国文学经典海明威的《老人与海》。这一时代的译者多倾向于翻译进步作家的作品,以此来揭露资本主义社会的黑暗与腐朽。作为"迷茫的一代"的代表海明威,被大陆译者排斥于进步作家的行列之外,完全不适合张爱玲这样希望以自己的翻译才华进军美国文学的中国译者。离开中国的张爱玲脱离了官方有组织的翻译出版体系,其译作不可能真正打入大陆市场,加之受雇于美国新闻处,政治背景更加复杂化了。20 世纪五六十年代,港台地区及东南亚文学场的赞助人、诗学以及读者诸因素不仅决定了张爱玲翻译策略和风格,而且当时文学场结构十分有利于其作品的接受与传播。因此,张爱玲译作在香港地区及东南亚流传较广, 20

世纪 80 年代又进入了台湾地区，均产生了一定影响。1982 年，由香港今日世界出版社授权出版的《美国文学名著选集》，收录了张爱玲的 4 部作品：《老人与海》《爱默森文选》《鹿苑长春》和《美国诗选》，确立了张爱玲在翻译界的地位。

（二）囿于出版主体 / 存于赞助主体—适应性、选择性和持续性

20 世纪 50 年代初，张爱玲离开大陆去美国新闻处做翻译工作，参与大规模的美国文学作品中译计划以维持生计，使张爱玲在国内的身份极富政治性、模糊性和戏剧性。张爱玲一生与很多出版社（公司）合作过，如香港天风出版社、香港今日世界出版社、香港天地出版社、香港中一出版社、纽约司克利卡纳公司、香港霓虹出版社、哥伦比亚大学出版社、英国凯塞尔公司和台湾皇冠出版社等，一直处于适应、选择、适应之中。从某种程度上说，张爱玲翻译的成功主要取决于其翻译调和策略和赞助人。她的译作由出版社出版，并有一定的稿费收入，成为其全身心投入翻译的必要条件。张爱玲的翻译生涯，只有两个是她自主选材的，一是她的翻译处女作《谑而虐》，二是翻译收山之作《海上花列传》。一代才女只有迈入纷繁复杂的社会之前和跳出红尘俗世之外，才完全出于自己的兴趣和爱好而译，无奈在适应中选择，然后再被迫适应。翻译文学作品作为文化消费产品在市场流通中，如果能得到一些个人或机构的各种形式的赞助，将更容易产生影响力，占据更多的市场。宋氏家族的特殊身份，有利于张爱玲遗稿的整理和出版，其保存下来的张爱玲文学遗产丰富和发展了张爱玲翻译研究，也让张爱玲的研究者拥有更多的翔实资料，为张爱玲译者身份的研究确立更精准的坐标，有利于张爱玲研究的可持续发展。

二、女性经验与生态女性主义翻译调和的译者张爱玲

（一）生态女性主义翻译观

苏珊·巴斯内特和安德烈·勒菲弗尔合著的一书《翻译、历史与文化》的问世，标志着翻译的文化转向。此后，翻译研究的诸多方面都受到女性主义思想的影响和启迪，翻译研究目标也随之转变到推翻男性中心主义和推翻人类中心主义上来。男性是把世界当成狩猎场，与自然为敌；女性则要与自然和睦相处。女性具有一种不同于父权文化所

倡导的女性应有的品质,而立有一种包容的态度,在两性、人与自然以及各种文化之间建立起和谐共生的契合关系。翻译过程实质是译者操纵文本,对文本进行传达、重写的过程。

(二)张爱玲生态女性主义翻译——忠实的叛逆:因为忠实,所以叛逆

女性经验既受时代语境的制约,又与千差万别的个体经验直接相关。张爱玲与世上所有的女人一样或不一样的是:她的生理机体是女人的,她的魅力外表是女人的,她的感知思维是女人的,她的生活情趣是女人的,她的情感世界是女人的,她的人生感悟是女人的,她的叙事风格也是女人的,她的翻译思考更是女人的。张爱玲非同一般的人生经历,使女性主义在其骨子里生根、发芽、结果。张爱玲努力工作、奋斗,就是为了使自己成为一个独立的人。自食其力其实就是她一生的理想和奋斗目标。从这一点来说,她是一个标准的女性主义者。从她写作的内容看,她同情弱势群体,关心妇女问题,也算得上是中国最早的温和的女权主义者了,但她从没有激烈的言论,因为她对中国的历史太了解,她知道只靠舆论并不能解放妇女,解放妇女也不是一朝一夕的事情,女性的变化更是需要假以时日,但她做到了自身的解放,也通过作品传达了自己的思想。

随着国内意识形态领域的纷争逐渐平息,中西方文化的不断交融与碰撞,文化取向日趋多元化,新的文化观、价值观正在孕育之中。翻译的生态环境呈现出宽松、包容、多元的良性互动与发展态势。张爱玲的翻译成就也越来越被译界所认可,呈现出可持续发展的势头。

参考文献

[1] 熊月之 . 西学东渐与晚清社会 [M]. 上海：上海人民出版社，1995.

[2] 程裕祯 . 中国文化要略 [M]. 北京：外语教学与研究出版社，2003.

[3] 埃斯卡皮,文学社会学 [M]. 王美华,于沛译 . 合肥：安徽文艺出版社，1987.

[4] 巴尔胡达罗夫 . 语言与翻译 [M]. 北京：中国对外翻译出版公司，1995.

[5] 黄田,郭建红 . 文学翻译：多维视角阐释 [M]. 北京：中央文献出版社，2009.

[6] 陈玲 . 文学翻译中的文化移植 [D]. 上海：上海复旦大学，2011.

[7] 促伟合,何刚强 . 文学翻译 [M]. 北京：外语教学与研究出版社，2010.

[8] 谢天振 . 中西翻译简史 [M]. 上海：外语教学与研究出版社，2009.

[9] 曹顺庆,比较文学论 [M]. 成都：四川教育出版社，2002.

[10] 毛莉 . 文学翻译赏析 [M]. 兰州：甘肃文化出版社，2008.

[11] 包惠南 . 文化语境与语言翻译 [M]. 北京：中国对外翻译出版公司，2001.

[12] 王平 . 文学翻译风格论 [M]. 成都：电子科技大学出版社，2014.

[13] 王平 . 文学翻译审美学 [M]. 北京：国防工业出版社，

2009.

[14] 张志清. 异化翻译思想探究 [D]. 长沙湖南师范大学，2013.

[15] 王厚平. 美学视角下的文学翻译艺术研究 [D]. 上海：上海外国语大学，2010.

[16] 吴文安. 文学翻译中的美学效果比较分析 [D]. 上海：上海外国语大学，2004.

[17] 谢军林. 阐释学祝阈下林语堂儒经英译研究 [D]. 长沙：长沙理工大学，2012.

[18] 孙海波. 对等理论视角下的外宣翻译研究 [D]. 长春：吉林大学，2012.

[19] 段楠楠. 影视翻译中的归化与异化 [D]. 秦皇岛：燕山大学，2012.

[20] 李敏. 文化全球化背景下的异化策略 [D]. 上海：上海外国语大学，2010.

[21] 高玉兰. 解构主义视阈下的文化翻译研究 [D]. 上海：上海外国语大学，2010.

[22] 王璟. 译者的介入张爱玲文学翻译研究 [M]. 杭州：浙江大学出版社，2014.

[23] 张同胜. 文学史的新方向 [J]. 百家评论，2017，（04）：110-116.